KB154811

리옹 불시착
Lyon, attérrissage d'urgence

리옹 불시착

Lyon, atterrissage d'urgence

미요나 장편 소설

Content

별 혹은 빛

선잠이 들었던 시은이 앞으로 팔을 쭉 뻗어 기지개를 켰다. 어느덧 인천 공항을 떠난 지 여덟 시간이 지났다. 하지만 아직 네 시간 남짓 더 날아가야 했다.

딱히 잠이 올 거 같지는 않아 앞좌석 등받이의 모니터를 켜 영화 카테고리를 열고는 제목과 줄거리를 훑으며 스크롤을 내렸다.

'회사원으로 위장한 폴은 리옹(Lyon)에 본부를 둔 인터폴에서 근무하는 스파이로……'

"리옹?"

평소라면 관심을 두지 않았을 첩보물이지만 이번 여행의 목적지인 리옹이 배경이었다.

카메라가 도시 풍경을 자주 잡지 않으면 그만 봐야지 생각하며 플레이 버튼을 터치했다. 르네상스 시대 건축물이 잘 보존된 구시가지, 비우 리옹. 영화는 비우 리옹의 초록 언덕 위 푸르비에르 성당을 비추며 시작되었다. 성당이라기보다 동화 속 공주가 살고 있을 것 같은 사랑스러운 궁전처럼 보였다.

클리셰 같은 이야기가 이어졌다. 그냥 끌까 하던 찰나 카메라가 온통 유리로 마감된 묵직한 형태의 건물을 비추었다. 인터폴 본부였다. 카메라는 인터폴을 나와 바로 옆의 아파트로 들어가는 주인공을 클로즈업했다. 시은이 예약한 숙소였다.

한 달 동안 머물 숙소가 나오자 창가에 기대 턱을 괴고 영화를 보던 시은이 관심을 보이며 모니터 가까이 다가갔다.

아파트 앞에는 숲을 연상케 하는 공원이 그리고 뒤편에는 론강이 흐르고 있었다. 강변에는 저마다의 색감으로 페인트칠을 한 저층 건물과 주택들이 보였다.

"파스텔화 같다."

색색깔의 건물들이 아기자기 붙어 있는 리옹에 대한 감상이었다.

영상은 낭만적인 풍경에서 삭막한 도시 외곽으로 바뀌었다. 리옹에서 한 시간 거리인 그르노블의 노을 진 고층 아파트는 슬럼가 특유의 음산한 기운으로 덮여 있었다.

아파트에 은신한 알제리 출신의 마약 공급책을 체포하는 과정에서 총격이 오갔다. 체포한 타깃을 넘긴 주인공이 무표정한 얼굴로 승용차를 몰고 달렸다. 까만 밤길을 헤드라이트를 비추며 달려온 승용차가 집 앞에서 멈췄다. 어두움을 닮은 눈동자를 한 남자가 차에서 내려 지친 걸음을 뗐다.

잠시 뒤 적막한 집 안으로 돌아와 상처를 살피던 남자가 쓰러지듯 눈을 감았다. 남자의 흉부를 감싼 붕대에서 피가 배어나고 있었다.

날이 밝자 반코트를 걸친 남자가 집을 나섰다. 엘리베이터에서 마주친 이웃과 인사를 나누며 일상 속으로 스며드는 것으로 영화는 끝이 났다.

첩보물 특유의 클리셰를 모아 놓은 스토리였지만 생각보다 리옹 구석구석을 비춰 준 덕분에 한 달간 체류할 도시를 미리 감상하기에는 나쁘지 않은 영화였다.

"생각보다 더 예쁘네."

불과 며칠 전까지만 해도 관심도, 별다른 정보도 없던 리옹은 파리와는 전혀 다른 분위기였다.

원래의 목적지는 파리였다. 하지만 출국 며칠 전, 집주인이 갑작스레 메일로 예약 취소를 통보했다. 예약금을 돌려준 그는 사과를 하지도, 이유를 설명하지도 않았다.

길어지는 발령 대기로 쌓여 가는 스트레스를 풀기 위해 선택했던 파리에서의 한 달 살기였다. 그런데 출발하기도 전부터 일이 꼬여 버렸다. 시은이 급하게 새로운 숙소를 찾고 있다는 말에 사촌 언니이자 고등학교 교사인 지영이 리옹을 추천했다.

'경치 좋은 곳에서 힐링하는 게 목적이라며? 꼭 파리여야 할 이유 없으면 리옹은 어때? 여자 혼자서 한 달이나 지내려면 숙소 안전한 게 젤 중요하잖아. 우리 학교에서 프랑스어 가르쳤던 원어민 교사가 지금 6개월 일정으로 홍콩에 가 있는데, 안심하고 빌려줄 만한 단기 세입자 구하기 어려워서 집 비워 두고 있다고 했거든. 리옹 꽤 괜찮은 도시라던데. 어때, 연락해 볼까?'

촉박한 시간에 마음을 졸이던 시은은 우선 숙소 정보를 주면 생각해 보겠다고 했다. 동시에 숙소 찾는 일을 계속해 나갔다. 하지만 적당한 곳을 구하는 건 쉽지 않았다.

그러던 찰나 집주인이 메일로 보내 준 사진에 마음이 혹해 버렸다. 음식의 도시라는 별칭을 가졌다는 것도 시은의 관심을 끌었다.

방금 영화 속 영상으로 리옹에서의 체류에 대한 기대감이 상승되었다.

곧 샤를 드골 공항에 착륙한다는 안내 방송이 흘러나왔다.

— 파리에서 환승하실 분들은 게이트를 확인하시길 바랍니다.

시은은 인천 공항에서 발권받은 보딩 패스를 꺼냈다. 리옹의 숙소를 예약하면서 부랴부랴 티켓팅한 파리—리옹 비행기표였다.

"환승 시간 짧은데, 게이트 변경되었으려나."

비행기가 샤를 드골 공항에 착륙하자 시은은 서둘러 환승 안내판으로 달려갔다.

[리옹 생텍쥐페리 게이트 J23]

게이트가 바뀌었다. 시은은 리옹행 마지막 비행기를 놓치지 않으려 달렸다. 공항을 구경할 여유조차 없이 서두른 덕분에 무사히 탑승할 수 있었다. 창가 좌석이었다.

두꺼운 유리창 너머로 폭우가 쏟아지고 있었다.

— 우리 비행기 곧 이륙하겠습니다.

비행기 바퀴가 비에 젖어 까맣게 번들거리는 활주로를 느릿느릿 굴러가기 시작했다. 그러다 급격하게 속도를 내더니 한순간에 날아올랐다. 빨라진 속도에 빗방울 소리가 유리창을 부술 듯 요란했다.

인천 공항에서 타고 왔던 국제선과는 달리 파리와 리옹을 오가는 국내선은 별것 아닌 기상 변화에도 즉각 영향을 받았다. 강한 바람에 비행기 날개가 종잇조각처럼 파르르 떨렸다.

비행기는 사선으로 빠르게 구름을 통과했다. 발밑에서는 먹구름이 여전히 비를 뿌리는데 눈앞에는 물기 하나 없는 말끔한 하늘이 펼쳐졌다.

이륙한 지 얼마 되지 않은 것 같은데 도착한다는 안내 방송이 나왔다.

— 우리 비행기 곧 리옹 생텍쥐페리 공항에 착륙할 예정입니다.

비를 뿌리던 파리와는 달리 리옹은 먹구름에 덮여 있었다.

비행기 날개 끝에서 불빛이 반짝였다. 비행기는 불빛을 깜빡이며 하강하기 시작했다.

출국 이틀 전만 해도 예정에도 없던 곳, 리옹으로의 착륙이었다.

서재에서 복도로 이어지는 나무 바닥을 조용히 밟아 나간 맨발이 부엌으로 향했다. 잠시 뒤 고요한 공간에 커피 물이 떨어지는 소리가 번졌다.

다시 서재로 간 이안은 창틀에 기대서 어둑한 공원에 시선을 둔 채 커피 잔을 비웠다. 밤 10시를 넘긴 시각이었지만 내성이 쌓인 몸은 카페인의 영향을 받지 않았다.

한여름의 초록으로 생동감 넘치던 공원은 묵직한 어둠에 잠겨 있었다. 익숙한 그림이었다.

권태로운 얼굴로 잔을 비운 그가 창틀에서 몸을 떼던 때, 뭔가 반짝하고 시야에 걸렸다.

프랑스 여름 특유의 버석한 공기와 닮은 건조한 눈이 빛을 찾듯 밤하늘을 훑었다. 착각한 건가 싶을 즈음, 진회색 구름 사이로 작지만 강한 빛이 존재를 드러냈다.

별인가 했는데, 별이 움직였다. 비행기 랜딩 라이트였다.

모래 알갱이 크기의 빛이 깜빡이며 무거운 진회색 구름 뒤로 나타났다 사라지기를 반복했다. 드물지 않은 광경임에도 이안은 눈길을 떼지 않았다.

빛이 사선을 그으며 하강하기 시작했다. 불빛의 궤적을 따라가던 이안은 빛이 완전히 사라지자 등을 돌려 데스크에 앉았다.

얼마간의 시간이 흐르고 피곤한 표정으로 마른세수를 한 이안이 노트북을 덮었다. 일어나 서재 창을 닫으려는 때였다.

밤 12시가 가까워 인적이 끊긴 적막한 도로를 조용히 달려온 택시 한 대가 멈춰 섰다. 운전석에서 내린 기사가 트렁크에서 캐리어를 꺼내는 동안 뒷문을 열고 누군가 내렸다. 택시가 떠나자 여자가 아파트 건물을 향해 돌아섰다.

가로등 빛에 여자의 얼굴이 환하게 드러났다. 이안은 가늘게 눈을 접었다. 처음 보는 얼굴이었다.

여자가 캐리어를 끌고 그가 서 있는 건물 안으로 들어섰다. 어둑한 길은 다시금 텅 비었다. 그리고 얼마 지나지 않아 반짝 불이 켜졌다. 한동안 비어 있던 옆집이었다.

Jour 1

나무 덧창의 미세한 틈새로 스며든 빛이 속눈썹을 건드리자 기절하듯 잠들었던 시은의 눈꺼풀이 열렸다. 시은은 멍한 표정으로 눈을 깜빡였다. 천장이 낯설었다. 버석 소리가 날 만큼 건조한 공기는 그보다 더 이질적이었고.

"……리옹이었지."

몸이 느끼는 것과 뇌가 인지하는 데 시차가 발생했다.

손을 더듬어 핸드폰을 찾았다. 새벽 6시였다. 열두 시간쯤은 가뿐히 잠들 수 있겠다 싶을 정도로 피곤했는데 벌써 눈이 뜨여 버렸다.

나른하게 기지개를 켜고는 유리창을 열자 기다렸다는 듯 상큼한 새벽 공기가 나무 덧창 틈으로 파고들었다. 나무 덧창까지 밀어젖히

자 눈앞에 믿기지 않는 풍경이 드러났다.

"와……."

말간 호수와 드넓은 잔디밭. 잔디를 둘러싼 울창한 아름드리나무. 실제로 보는 테트 도르 공원은 기내의 작은 스크린 속과는 비교할 수 없게 웅장했다.

"공원이 아니라 숲 같다."

창밖으로 고개를 내밀어도 공원의 끝이 보이지 않았다. 이제 막 잠에서 깬 거위와 오리가 뒤뚱이며 호숫가를 산책하고 있었다. 프랑스에서 아침을 맞이하고 있다는 것만큼이나 현실감 없는 풍경이었다.

창틀에 나른하게 팔꿈치를 기대고 그림 같은 광경을 감상하던 시은이 커다랗게 하품을 했다. 하품 끝에 눈물이 따라왔다. 속눈썹에 맺힌 눈물 때문에 뿌예진 시야에 뭔가 어른거렸다. 몇 번 눈을 깜빡이자 공원으로 향하는 트레이닝복 차림의 남자가 선명하게 보였다.

"부지런하네."

4층 높이에서 내려다보는데도 키가 크다는 걸 알 수 있었다. 훤칠한 키만큼이나 근사한 비율을 가진 남자가 긴 다리로 몇 걸음 만에 공원 안으로 사라지는 모습을 물끄러미 바라보던 시은이 중얼거렸다.

"나도 산책 갈까."

도로 눕는 것보다 그 편이 시차 적응에 도움이 될 거다.

시은은 새벽빛이 막 닿기 시작한 공원을 바라보며 모닝커피를 마시고는 숙소를 나왔다. 아직 남아 있는 여독에 공원으로 들어서는 걸음이 느직했다.

잔디밭 주변으로 자연스럽게 조성된 길을 따라가다 키 큰 나무들이 빽빽하게 늘어선 곳으로 방향을 틀었다. 공원 테두리를 따라 심어 놓은 높다란 나무들이 숲 한가운데로 들어온 기분이 들게 했다.

몇 걸음 걷던 시은이 손바닥으로 팔을 문질렀다. 맨살을 스쳐 가는 바람은 습기 하나 없었다.

"진짜 건조하구나."

시은은 가슴을 부풀려 건조하기만 한 게 아니라 맑기도 한 공기를 들이켰다.

프랑스의 여름 공기를 즐기며 산책을 이어 나갈 때였다. 멀리서 빠르게 다가오는 규칙적인 발소리가 들렸다.

시은은 새벽의 공원을 달리는 부지런한 러너에게 방해가 되지 않도록 길가로 조금 비켜서 걸었다. 가까워진 소리에 무심코 눈길을 돌리자 오솔길로 접어든 러너의 모습이 보였다.

덩달아 산책을 나오게 만들었던 트레이닝복의 남자였다. 우연한 마주침이다 싶어 시은이 재밌어할 때였다.

눈을 몇 번 깜빡하는 사이 두 사람의 거리가 훅 줄어들었다. 넓은 보폭으로 어느새 눈앞으로 다가온 남자의 얼굴에 시은의 눈이 동그래졌다.

짙은 먹색 트레이닝복과 대비되어 흰 겨울을 떠올리게 하는 차가운 인상의 남자는 순간적으로 여기가 테트 도르 공원이 아니라 서울

숲이라고 착각하게 만들었다. 설마 한국인인가.

조깅의 여파로 남자의 머리카락이 살짝 흐트러져 있었다. 땀이 배어난 이마에 머리카락 몇 가닥이 붙어 있었지만 땀 냄새가 아니라 청량한 바람 냄새가 묻어났다. 그 때문에 조깅을 하는 게 아니라 분무기로 머리카락을 적셔 화보를 찍고 있는 모델처럼 보였다. 남자에게서 전해지는 새벽 공기의 서늘함이 그런 착각을 더해 주었다.

걸음까지 멈추고서 빤히 바라보는 행동에 정면을 응시하며 달리던 남자의 눈동자가 스륵 움직였다. 차갑고 거만해 보이는 움직임이었다. 흑요석 같은 눈동자와 마주치자 시은은 저도 모르게 호흡을 삼켰다.

놀란 토끼 같은 눈동자를 일별한 남자는 순식간에 시은을 지나쳤다. 그가 만든 바람이 시은을 쓸었다.

시은의 고개가 저도 모르게 남자의 움직임을 따라갔다. 빠르게 다가왔다 한순간에 멀어진 그가 숲길을 돌아 사라졌다.

시은은 멍한 얼굴로 눈을 깜빡였다.

"……잘생겼다."

뒤늦은 감상이었다.

Jour 2

창문을 열자 연한 커피 향이 맡아졌다. 그러고 보니 어제 아침에도 비슷한 향이 났었다.

"어디 브랜드지."

오른쪽에서 불어온 바람에 커피 향이 실렸다. 옆집이 근원지인가 보다.

침실을 나온 시은은 부엌으로 가 커피 메이커에 어제 사 온 원두커 피 가루를 넣었다.

옆집 커피보다는 덜하겠지만 그래도 아침을 시작하기에는 근사한 맛이었다.

"이런 뷰를 보면서 마시는데 맛이 없을 수가 없지."

어제와는 달리 물안개가 호수를 덮고 있었다.

갓 내린 커피를 들고 발코니 난간에 기대서서 몽환적인 분위기를 즐기는 시은의 시야에 익숙한 실루엣이 잡혔다. 공원에서 마주쳤던 그 남자였다. 어제와는 색감만 다를 뿐 같은 디자인의 트레이닝복을 입고 있었다.

턱을 괴고서 남자를 지켜보던 시은이 중얼거렸다.

"취향이 확고한 걸까, 아님 옷에 신경 쓰는 게 싫은 걸까. 아무튼 엄청 부지런하고 의지 강한 성격인가 보다."

일요일인 어제도 새벽부터 조깅을 하더니. 직장인이라면 누구나 월요병을 앓는다는데 남자는 달리러 공원으로 가고 있었다.

시은은 문득 스치는 생각에 핸드폰을 집어 시간을 확인했다. 6시 20분. 어제와 같은 시간대였다.

"게다가 정확한 시간에."

시은은 감탄 어린 눈을 하고서 새벽 특유의 공기 속으로 남자가 사라질 때까지 지켜보았다. 그러다 마저 커피를 마시고는 어슬렁어슬렁 밖으로 나왔다.

집 앞 2차선 도로를 가로지르는 짧은 건널목과 맞닿은 공원 후문으로 들어가자 어제는 미처 보지 못했던 작은 안내판이 눈에 들어왔다. 1857년에 만들어졌다는 공원 역사와 테트 도르, 황금 머리라고 이름 지은 이유가 적혀 있었다.

길지 않은 안내문을 흥미롭게 읽고는 호숫가를 걸었다. 사람에게 익숙한 오리가 뒤뚱 다가오더니 먹을 게 없다는 걸 알자 휙 고개를 돌리고 가 버렸다.

"냉정하기는."

웃음을 담아 핀잔을 준 시은은 잔디를 가로질러 어제 걸었던 오솔길로 들어섰다. 구름에 닿을 듯 높다란 나무들이 만들어 낸 오솔길이 마음에 들었다.

좁은 길을 쪼르르 가로지르던 다람쥐가 인기척에 멈춰 섰다. 위험한지 아닌지 가늠하듯 시은을 주시하던 다람쥐가 규칙적인 보폭으로 다가오는 발소리에 놀라 달아났다.

착착, 발소리가 가까워지고 있었다. 어제와는 달리 발소리 간격이 짧았다. 그래도 혹시나 하며 코너를 돌아 모습을 드러낼 인영을 기다렸다.

"아."

멀리서 봐도 다른 사람이었다. 낯선 남자가 훅 땀 냄새를 풍기며 스쳐 갔다.

"시간만 일정하고 코스는 다르게 달리나?"

어쩐지 조금 아쉬웠다.

아쉬움을 주었던 그 남자를 다시 보게 된 건 푸르비에르 성당을 구경하고 돌아오는 버스 안에서였다.

성당은 르네상스 시대 건축물이 잘 보존된 비우 리옹 구역에 위치해 있었다. 공원을 산책하고 돌아와 다시 숙소를 나설 때의 계획은 비외 리옹 구역과 그 안에 있는 시네마 & 미니어처 박물관 그리고 마리오네트 박물관까지 돌아보는 거였다.

하지만 성당이 있는 언덕까지 걸어 올라간 데다 아직 여독이 풀리지 않은 탓에 마리오네트 박물관만 방문하고서는 숙소로 돌아가는 버스에 올라탔다.

버스는 론강을 끼고 천천히 달렸다. 몇 정거장을 지나자 테트 도르 공원 정문이 보였다. 버스는 공원 옆 2차선 도로로 들어섰다. 직선으로 쭉 뻗은 도로를 얼마 달리지 않아 정류장에 멈춰 섰다.

— 이번 정류장은 인터폴입니다.

햇살을 반사하는 유리 건물로 된 인터폴 후문이 보였다.

"오빠가 봤으면 신나했겠네."

정류장에서 승객을 태운 버스는 신호등을 기다리며 정차해 있었다. 시은은 카메라 기능을 켜 핸드폰을 눈앞으로 가져왔다.

첩보물을 좋아하는 오빠에게 보내 줄 요량으로 곧게 뻗은 가로수와 그 사이로 보이는 인터폴을 앵글 속에 담을 때였다. 자전거 한 대가 미끄러지듯 앵글 속으로 들어왔다.

"어?"

그 남자다. 시은은 저도 모르게 창문에 바짝 얼굴을 가져갔다.

남자는 쏟아지는 햇살을 받으며 한 발은 페달을, 다른 발은 지면을 딛고서 신호를 기다리고 있었다. 눈이 부시도록 환한 햇살 아래에서 보는 남자는 몽환적이던 새벽의 공원에서와는 또 다른 분위기를 풍겼다. 분위기는 달랐지만 햇살 아래에서도 여전히 잘생겨 보였다.

시은은 시간을 확인했다. 오후 4시가 가까워지고 있었다. 일반 직장인이라면 한가하게 자전거를 타고 있을 시간이 아니었다.

"진짜 모델인가? 자전거 탄 모습도 근사하다."

자전거 광고를 찍는 중이라고 해도 믿을 만큼 쨍한 햇살 아래에서도 남자는 더운 기색 하나 없이 청량해 보였다.

눈동자가 특히나 인상적이었는데. 아쉽게도 생각에 잠긴 건지 눈을 반쯤 내리뜬 탓에 짙은 속눈썹에 가려 있었다. 시은은 환한 햇살 아래에서도 남자의 눈동자가 새까말지 보고 싶었다. 자석에 끌리듯 창문에 바싹 달라붙었다.

"아야."

그러다 코끝을 창에 박아 버렸다. 아프기보다는 민망해 눈살을 찡그린 채 코끝을 문질렀다.

눈길을 내린 이안은 자전거 핸들 바에 달린 자그만 백미러를 주시하고 있었다. 백미러 속 여자가 코를 문질렀다. 아픈지 얼굴을 찡그리면서도 여자는 버스 창문에 바싹 붙어 그를 보고 있었다. 어쩌다 시선을 준 게 아니라 노골적으로 쳐다보는 중이었다.

왜 저러는 걸까?

어제 새벽, 공원에서 마주쳤던 여자는 산책하던 걸음을 멈추고서 동그래진 눈을 했었다. 지금은 별이라도 쏟아 낼 것처럼 초롱초롱 눈을 빛내고 있었다. 호기심 가득한 아이가 뭔가 신기한 것을 발견한 것처럼.

쳐다보고 있다는 걸 들켰을 때는 어떤 표정을 보일까.

얼핏 난 궁금증에 이안이 불시에 고개를 돌렸다.

핸들을 잡은 채 비스듬히 눈길을 내리고 있던 남자가 돌연 고개를 틀었다. 마치 보고 있는 걸 알고 있다는 듯 정확히 자신을 향한 눈동자에 시은은 호흡을 멈췄다.

너무 놀라 안 본 척 딴청을 피울 생각조차 하지 못했다. 새벽 숲속, 흑요석을 떠올리게 했던 남자의 눈동자는 환한 햇살에서는 밤하늘처럼 보였다.

두 사람은 유리창을 사이에 두고 마치 대치하듯 서로를 응시했다.

먼저 눈길을 돌린 건 남자였다. 신호가 바뀌어 그가 페달을 밟았다. 동시에 버스도 서서히 출발했다. 그제야 시은은 참았던 숨을 내쉬었다. 그때까지 숨을 멈추고 있던 것도 몰랐다.

"놀래라. 근데 쳐다보는 거 어떻게 알았지?"

의문을 남긴 채 곧게 뻗은 자전거 도로를 빠르게 달려 나간 남자가 이내 시야에서 멀어졌다.

— 이번 정류장은 현대 미술관입니다.

인터폴에서 다음 정류장까지는 아주 가까웠다. 버스는 금방 또 멈춰 섰다. 시은의 숙소 앞이었다.

버스에서 내린 시은은 혹시나 하고 주변을 두리번거렸다. 하지만 진작 시야에서 사라진 남자의 흔적을 찾기는 불가능했다.

어쩐지 실망스러운 마음으로 공동 현관 안으로 들어가 엘리베이터 버튼을 누른 뒤 4층에서부터 하나씩 줄어드는 숫자를 보고 있을 때였다. 누군가 옆으로 다가섰다.

「봉주르.」

목소리가 들리는 쪽으로 고개를 틀며 인사를 건네던 시은이 말끝을 흐렸다.

「봉주……르.」

자전거를 타고 사라졌던 그 사람이었다. 주차장에 세워 두고 온 건지 자전거는 보이지 않았다.

남자가 한쪽 눈썹을 밀어 올렸다. 그러더니 도착해 문이 열린 엘리베이터를 눈짓으로 가리켰다.

시은이 허둥대며 엘리베이터 안으로 들어갔다. 넋 놓고 있던 게 민망해 순식간에 얼굴이 달아올랐다. 얼른 3층을 누르고는 남자가 버튼을 누를 수 있도록 한 걸음 비켜섰다. 하지만 남자는 계기판 쪽으로는 눈길도 주지 않았다.

'같은 층이구나.'

꼭대기 층이 4층이었다. 그러니 같은 층이라고 해도 대단한 우연은 아니었다. 그럼에도 시은은 같은 층에 사는 이웃이라는 사실에 조금 들떴다.

시은은 핸드폰을 만지작거리며 고민했다. 한 달 일정으로 여행 왔다고 인사할까. 혹시 한국 사람이냐고 물어볼까. 차가운 인상인데. 말 걸면 귀찮아하려나. 그것도 번역 앱 도움 받아 가면서 시간을 뺏으면.

남자를 곁눈질하며 망설이는 사이 3층에 도착했다. 0층의 로비에서 3층까지는 아쉬울 만큼 금방이었다.

엘리베이터 문이 열리자 남자가 인사말을 던지고는 복도를 향해 걸음을 내디뎠다.

「본 주르네.」

약간 낮은 톤의 나른한 음색이었다. 날카로운 분위기와는 상반되는.

「본 주…….」

그런 생각을 하며 남자의 인사말을 따라 하던 시은이 눈을 동그랗게 키웠다.

복도를 걸어간 남자가 열쇠를 꺼내 들어 현관문에 꽂았다. 현관문 안으로 들어가는 남자의 등 뒤로 문이 닫혔다. 시은의 숙소 바로 옆집이었다.

Jour 3

"하나도 안 꿉꿉하게 일어나는 기분이 이런 거구나."

벌써 세 번째 맞이하는 리옹의 아침이었다. 그런데도 침대에서 일어난 시은은 새삼스럽게 손바닥으로 목덜미를 쓸었다. 에어컨이나 선풍기같이 자연 바람이 아닌 건 두통을 유발했다. 그 탓에 시은에게 여름은 유독 힘든 계절이었다.

그런데 바람을 일으키는 건 아무것도 없이 잠을 자고 일어났는데도 머리카락이 목덜미에 끈끈하게 달라붙거나 등에 땀이 차 눅눅한 불쾌함이 없었다. 한여름, 그것도 무더위가 발악하는 8월인데. 이렇게 바삭하고 상쾌한 느낌으로 아침을 시작할 수도 있다는 게 신기했다. 덕분에 샤워 대신 세수만 간단하게 하고 빵을 사러 밖으로 나왔다.

아파트 앞에 줄지어 세워 놓은 대여용 자전거 중 하나를 꺼내 안장에 앉았다. 아파트 상가 빵집은 8시에 문을 열어 오븐에서 갓 구운 빵으로 아침 식사를 하고 싶은 시은에게는 좀 늦은 시간이었다. 좀 더 일찍 문을 여는 곳이 있나 집 근처 다른 빵집들을 찾아보다 어제 아침 새벽 6시부터 영업을 하는 빵집을 발견했다. 공원 정문 근처 골목에 위치한 곳이었다.

시은은 자전거 도로를 따라 맑은 새벽 공기를 만끽하며 페달을 밟았다.

오픈 시간이 막 지났을 뿐인데도 고소한 버터 향에 유혹당한 사람들이 줄을 서 있었다. 시은도 자전거를 세우고 사람들 뒤에 섰다.

차례가 오자 시은은 리옹 특산물이라는 비용을 가리켜 보였다. 크루아상보다 조금 더 바삭하고 단맛이 나는 반달 모양 페이스트리였다. 매일매일 다른 빵 맛보기. 빵의 나라 프랑스, 그중에서도 미식의 도시라는 리옹에서 즐겁게 수행 중인 미션이었다.

자전거에 달린 바구니에 빵 봉지를 담은 시은은 다시 숙소로 향했다.

이른 아침이라 자전거 도로도, 그 옆의 2차선도 한적했다. 왼쪽은 높이 솟은 가로수가 풍성한 가지를 드리운 곳이었고 오른쪽은 숲 같은 공원이었다. 도심을 달리고 있는데도 마치 공기 좋은 한적한 시골길을 달리는 착각이 일었다.

느긋하게 나아가던 시은의 자전거가 한순간 흔들렸다. 공원 후문을 빠져나오는 이웃 남자를 발견하고서 순간적으로 놀란 탓이었다. 순발력이 나쁘지 않아 다행히 넘어지지는 않았다.

헝클어진 머리카락을 쓸어 넘기던 남자가 조용한 소란에 고개를 돌렸다.

잠깐 고요한 눈으로 시은을 응시하던 그가 인사를 던져 왔다.

「봉주르.」

「봉주르.」

시은은 우스꽝스러운 모습을 보였다 싶어 멋쩍은 미소를 지으며 인사했다.

남자는 자전거를 세운 시은이 들어올 때까지 공동 현관문을 잡아 주었다.

「메르시.」

시은의 인사에 빵 봉지에 잠깐 눈길을 던진 남자가 고개를 까딱여 보였다.

남자와 나란히 엘리베이터에 올라탄 시은은 저도 모르게 그를 곁눈질했다.

흐트러진 머리카락이 이마를 덮고 있었다. 머리카락 사이로 그린 듯한 눈썹이 슬쩍 드러났다. 길고 숱 많은 속눈썹에 가려져 눈동자는 잘 보이지 않았다. 매끈한 콧대를 미끄러지듯 내려온 시은의 눈동자가 입술에 안착했다. 선이 또렷하고 예쁜 색이었다.

시은은 입술 사이에 하얀 담배를 물리고 싶어졌다. 그러면 서늘한 인상과 무감한 눈매 때문에 금욕적으로 보이는 인상이 퇴폐적으로 변할 것 같았다.

담배, 안 피우려나? 냄새는 싫지만, 저 입술로 담배 무는 모습은 보고 싶은데.

말, 걸어 볼까. 타인과 대화를 나누는 게 어려웠던 적이 없는데 희한하게도 이 사람한테는 그게 잘 안 됐다.

띵— 3층에 도착했다는 기계음이 울렸다.

근접하기 어려운 분위기의 남자에게서 눈길을 돌린 시은이 당황해 움찔했다. 엘리베이터에 비친 남자가 자신을 보고 있었다. 거울처럼 선명한 건 아니었지만 그래도 눈길이 어디를 향해 있는지는 알 수 있었다.

지난번 버스 안에서 볼 때도 그러더니. 감이 정말 좋은 사람인가 보다.

훔쳐보고 있던 걸 들켜 버린 시은은 눈길을 내리며 서둘러 엘리베이터에서 내렸다.

「본 수아레.」

민망해서 개미만큼 작아진 목소리였다.

등 뒤에서 대답하는 남자의 목소리가 들렸다.

「본 주르네.」

남자의 인사말에 시은은 질끈 눈을 감았다. 본 수아레라니. 정신이 없어서 아침인데 저녁 인사를 해 버렸다. 기분 탓인지 남자의 목소리에 웃음기가 얼핏 담긴 것 같기도 했다.

바보같이 굳어 버린 것을 후회하며 집 안으로 들어온 시은은 커피를 만들어 방금 사 온 빵을 들고 발코니로 나갔다. 야외 테이블에 앉아 공원 전경을 감상하며 아침을 먹을 때였다. 가까운 곳에서 진한 커피 향이 났다.

향을 따라 고개를 돌리자 옆집과의 경계인 불투명한 유리 칸막이 너머로 그림자가 어른거렸다.

"커피 좋아하나 보다."

정확히 새벽 6시 20분에 조깅을 하는 이웃 남자는 조깅을 하기 전 그리고 조깅 후 커피를 마신다. 새로이 알게 된 정보였다.

프랑스 남동부에 위치한 리옹은 8월 평균 기온이 30도를 밑돈다. 열대야와 35도를 넘는 날이 이어지는 이상 기온이 찾아들 때도 있지만 그런 경우는 드물었다. 게다가 손을 뻗어 공기를 움켜쥐면 바스락 부서지는 소리가 들릴 것처럼 건조하다. 덕분에 8월 한낮임에도 강변에서 일광욕을 즐기는 사람들을 쉽게 볼 수 있었다.

특히 관광의 시작점인 벨쿠르 광장과 이어지는 기요티에르 다리 부근 강변이 가장 인기가 많았다. 강변 야외 수영장과 하얀 배를 개조

해 만든 카페와 바(Bar) 그리고 공연을 관람할 수 있게 조성된 계단과 잔디밭, 강을 따라 난 자전거 도로까지 갖췄기 때문이었다.

시은도 강변에서 햇살을 만끽하는 사람들 속에 합류했다.

"여름도 꽤 괜찮은 계절이었구나."

한 번도 좋아해 본 적 없는 여름의 재발견이었다. 1인용 벤치에 길게 다리를 뻗고 앉아 하늘을 올려다보는 시은의 표정은 볕 잘 드는 곳에서 낮잠을 즐기는 배부른 고양이를 닮아 있었다. 방금 점심을 먹어 실제로 배가 부르기도 했다.

빨대를 물고 아이스라테를 한 모금 마신 시은이 선글라스를 코끝으로 내렸다. 선글라스의 색감을 걷어 낸 하늘이 나타났다.

"진짜 그림 같다."

불순물 하나 없는 하늘색 바탕에 귀여운 솜뭉치 같은 구름이 요기 조기 뭉쳐 있었다. 그 아래 몇 세기 동안 병원으로 사용되었던 웅장하고 묵직한 분위기의 건물이 깨끗한 론강에 비쳤다. 아무렇게나 막 찍어도 엽서처럼 근사한 장면이었다.

강한 햇살에 눈이 부셔 다시금 선글라스를 올려 쓴 시은은 휴식을 즐기는 사람들을 구경했다.

잔디밭에 드러누워 광합성을 하는 연인들, 얕은 분수대를 맨발로 뛰어다니는 아이들, 넓은 돌계단에 앉아 샌드위치를 먹는 사람들 그리고 강물의 높이와 큰 차이가 없는 자전거 도로에서 자전거를 타는 사람들.

각자의 방식대로 여름 한낮을 즐기는 사람들을 보던 시은이 중얼 거렸다.

"나도 자전거 탈까?"

시은은 생각을 곧장 실행에 옮겼다. 인도로 올라가 자전거 한 대를 대여해 다시 강변으로 내려갔다. 그리고 강을 따라 길게 이어진 자전 거 도로를 천천히 달리기 시작했다.

강바람이 머리카락을 쓸고 지나자 시은의 입가에 미소가 지어졌 다.

잔디밭에서 피크닉을 즐기는 사람들과 야외 수영장을 지나쳤다. 조금 더 달리자 리옹 대학이 보였다. 인적이 드물어진 곳까지 올라갔 던 시은은 핸들을 틀어 왔던 길을 다시 달리기 시작했다.

처음 출발했던 기요티에르 다리가 가까워졌을 즈음 시은이 브레이 크를 밟았다.

"뭐지?"

바닥에 흰색 페인트로 글자와 숫자가 찍혀 있었다. 아까는 강물에 서 장난을 치는 오리에게 눈을 빼앗겨 페인트 얼룩이라고 무심히 생 각했었다.

← mer 590km la source 421km →

"이쪽으로 590킬로미터 가면 바다가 나오고 반대편으로는 론강 원 천이 나온다는 건가?"

바다는 대서양이라는 걸 알겠는데, 원천은 어디를 말하는 건지 모르겠다. 이왕 멈춘 김에 크로스 백에서 핸드폰을 꺼내 론강의 원천을 검색하자 '물의 성'이라고 불리는 스위스 산맥의 빙하가 나왔다.

"낭만적이잖아?"

물의 성이라고 붙인 이름도, 바다에 이런 표식을 그려 넣는 발상도 귀여웠다.

미소를 머금은 시은이 다시 페달을 밟았다. 다리 밑을 지날 때였다. 다리를 지지하는 철제 교각이 만든 어둑한 그림자 속에서 뭔가 훅 튀어나왔다.

"으악!"

갈색 덩어리가 푸다닥 요란한 소리를 내며 눈앞을 휙 스쳤다. 소스라친 시은이 본능적으로 핸들을 꺾었다. 정신없는 와중에 푸드덕거리는 날갯짓 소리에 이어 풍덩 물에 뛰어드는 소리가 들렸다. 놀라 커다래진 눈앞으로 물속에 뛰어든 오리가 만들어 낸 거센 물결이 확 가까워졌다. 자전거와 함께 시은이 기우뚱 넘어가고 있었다.

빠진다!

패닉에 빠진 시은은 질끈 눈을 감아 버렸다. 구명줄처럼 핸들을 꽉 움켜쥔 채였다. 자전거와 함께 몸이 넘어가는 움직임이 슬로 모션처럼 느릿하게 느껴졌다.

그때였다. 쏟아질 듯 기울던 몸이 순식간에 휙 하니 바로 세워졌다. 정신을 차릴 수 없을 만큼 한순간에 벌어진 일이었다.

흔들리던 몸이 더 이상 흔들리지 않았다. 위험에서 벗어났다는 확신이 들자 시은은 질끈 감았던 눈을 조심스럽게 떴다.

"하아⋯⋯."

한숨에 가까운 안도의 숨이 나왔다. 그제야 자전거 핸들 바를 움켜쥐고 있는 손이 눈에 들어왔다. 커다란 손이 뼈가 드러나도록 강한 힘으로 시은의 자전거와 그녀의 무게를 지탱하고 있었다.

손의 주인을 보기 위해 고개를 든 시은이 조금 전 사고가 났을 뻔했던 때보다 더 놀란 얼굴을 했다.

왜 이 남자가 여기에 있지?

시은은 절묘한 타이밍에 나타나 자신을 구해 준 이의 정체에 놀라 고맙다는 인사를 할 생각조차 하지 못하고 멍하니 그를 쳐다봤다.

이안이 여전히 핸들 바를 붙든 채 날카로운 눈으로 시은을 훑었다. 하얗게 질려 있던 뺨에 다시 핏기가 돌아왔다. 핸들을 구명줄처럼 잡고 있던 작은 손에도 긴장이 풀린 게 보였다. 두 발 역시 안정되게 바닥을 짚고 있다.

빠르게 시은을 훑고는 다시 눈을 마주치며 이안이 물었다.

「괜찮아요?」

얼떨떨한 표정을 한 시은이 고개를 주억였다. 쓰고 있던 선글라스가 어디론가 날아가 버렸지만 강물에 빠질 뻔했던 거에 비하면 아무것도 아니었다.

「……괜찮아요.」

그러자 이안이 그때까지 잡고 있던 핸들 바에서 천천히 손을 거두었다. 다시 한번 시은의 상태를 확인하듯 안색을 살핀 그가 페달에 발을 올렸다.

「그럼.」

고개를 까딱인 이안이 느릿하게 바퀴를 굴리며 시은을 스쳐 갔다.

시은의 고개가 그의 움직임을 따라갔다. 속도를 내며 멀어지는 남자를 멍하니 바라보던 시은이 뒤늦게 몰려온 안도감에 어깨를 축 늘어뜨렸다.

"아, 진짜 놀랐다."

몇 초만 늦었어도 강에 빠졌을 거다.

한 발짝만 내밀면 닿을 강물을 쳐다보자 사고를 낼 뻔했던 원흉이 물결에 몸을 맡기고 떠다니고 있었다. 둥실 떠올랐다 내려앉기를 반복하는 모양새가 놀이 기구를 타는 아이처럼 즐거워 보였다.

"얄밉게."

한 대 콩 쥐어박아 주고 싶은 마음을 담아 오리를 노려보다가 피식 웃어 버렸다. 말 안 통하는 녀석을 상대로 뭐 하는 건가 싶다.

"그러고 보니 고맙다는 인사도 못 했다."

사고가 날 뻔한 데다 예상치 못한 남자의 등장으로 잠깐 혼이 나가 버렸었다.

"되게 예의 없다고 생각했겠다. 아니면 그런 생각 할 만큼 관심도 없으려나."

풍기는 분위기를 보면 아무래도 후자에 가까울 것 같았다.

넘어져도 물에 빠질 위험이 없도록 길 안쪽으로 자전거를 끌고 가던 시은이 불현듯 스친 생각에 브레이크를 잡았다.

"그런데 어떻게 그 타이밍에 나타난 거지?"

눈 깜짝할 사이에 벌어질 뻔한 사고였다. 게다가 집 근처도 아니었다. 그런데도 마치 기다렸다는 듯 나타나 도와주었다. 손 뻗으면 닿을 만큼 가까운 거리에서 주시하고 있던 게 아니라면 불가능한 일이었다.

"날 지켜보고 있을 이유가 없잖아."

어쩌다 이웃이 되었다. 그것도 여행 와서 잠깐 있다 가는 단기 이웃. 인사 몇 마디 나눈 것 외에는 아무런 접점도 없는. 넋 놓고 쳐다보고 있던 걸 들킨 적이 있지만, 그런 이유로 미행하듯 따라와서 주시하고 있었다는 건 말이 안 된다.

"진짜 뭐 하는 사람이지?"

모델인가 싶었는데, 아무래도 아닌 것 같다.

지금 시각이 오후 1시 30분이었다. 어제도 오늘도 한낮에 자전거를 타고 한량처럼 돌아다닌다. 모델 일이라는 게 그렇게 한가하지 않을 텐데.

슈트를 입혀 놓으면 기업의 CEO처럼 보일 남자가 왜 할 일 없는 사람처럼 행동하는지 모르겠다. 왜 이곳에서 마주친 건지도.

골똘히 고민하던 시은은 어깨를 으쓱였다. 혼자서 짐작해 봤자 모를 일이었다.

"다음에 만나면 인사나 해야지."

다시 자전거에 오른 시은은 방금 전 사고가 날 뻔했다는 걸 잊은 듯 강바람과 청명한 하늘 그리고 초록 내음을 즐기며 페달을 밟아 나아갔다.

Jour 4

창문을 연 순간 서늘한 기운이 감지되었다. 약간 촉촉하기도 하고.

"어? 비 온다."

덧창을 열자 발코니 난간에 부딪쳐 튀어 오르는 빗방울이 확연히 보였다. 너무 조용히 와 오는 줄도 몰랐던 이슬비였다.

이곳에 온 후 비는 처음이다. 턱을 괴고서 비 오는 공원 풍경을 감상했다. 어제는 초록 나무 끝에 구름이 솜사탕처럼 걸려 있었는데 지금은 호수에 빗방울이 부서져 물안개가 피어오르고 있었다. 공원은 매일 다른 모습을 보여 주었다. 매일 봐도 질리지 않았다.

"발령 나면 공원 가까운 데로 집 구해야지. 근데 비 오는데 조깅하려나?"

얌전히 내리는 비였지만 간혹 나뭇잎이 톡톡 흔들릴 만큼 무겁고 큰 빗방울도 섞여 있었다. 그래도 혹시나 싶어 핸드폰을 보며 기다렸다. 6시 20분, 정각. 어제 그녀를 구해 줬던 남자는 나오지 않았다.

"조깅 안 하는 날은 뭐 하면서 시간 보낼까?"

때마침 대답하듯 옆집에서 진한 커피 향이 번져 나왔다. 커피를 즐기지 않는 사람도 마시고 싶게 만드는 향을 음미하며 내리는 비를 감상하던 시은이 우산을 챙겨 들고 밖으로 나갔다.

버스를 타고 빵집에 다녀온 시은은 젖은 우산을 발코니에 세워 두고 부엌으로 가 커피 메이커를 작동했다. 그러고는 내린 커피와 오븐에서 갓 나온 빵이 담긴 쟁반을 들고 야외 테이블에 앉았다.

"발코니가 있으니까 이런 점이 좋구나."

난간을 타고 흐른 빗방울에 발코니 경계가 젖었지만 야외 테이블까지는 빗줄기가 닿지 않았다. 덕분에 비가 내릴 때의 서늘한 공기와 빗소리를 느끼며 커피를 마실 수 있었다. 비가 오면 거실과 침실 창부터 서둘러 닫아야 하는 확장형 아파트에서는 누릴 수 없는 즐거움이었다.

비 오는 풍경을 바라보며 커피를 마시던 시은이 문득 자신이 앉아 있는 발코니를 둘러봤다.

2인용 야외 테이블과 의자. 화분 몇 개. 흔히 볼 수 있는 발코니 풍경이었다. 남자의 발코니와 경계를 나누는 불투명한 유리 칸막이만 아니라면.

발코니의 난간과 바닥이 옆집과 길게 이어졌다. 두 집의 발코니를 나누는 경계는 도톰하고 불투명한 유리 막뿐이었다. 게다가 예쁜 철제 테두리로 장식된 유리 막의 하단에는 어린아이의 손이 들락날락할 만큼의 공간이 있었다. 위쪽 역시 천장까지 닿지는 않았다.

난간에 기대서면 얼굴과 어깨를 맞대고 얘기를 나눌 수 있는 구조였다. 막혔다고도 뚫려 있다고도 할 수 있는 묘한 경계였다.

"왜 이렇게 만들어 놓은 거지?"

요 며칠 돌아다녀 본 결과 비슷한 구조의 건물들이 꽤 많았다. 오스만 스타일 건축물처럼 유리 막조차 없이 넝쿨 모양의 화려한 철제로만 경계가 표시된 곳도 있었다. 이웃과 관계가 안 좋으면 발코니를 쓰는 게 곤란하겠다 싶을 정도로.

"건축비 아끼려고 이런 식으로 지은 건 당연히 아닐 테고."

가족 찬스 덕분에 평균 월세보다 저렴하게 렌트할 수 있었지만, 안전한 구역인 데다 바로 앞은 공원, 뒤로는 론강이 흐르는 입지 조건에 주민들의 평균 소득이 가장 높은 구역이라고 들었다. 그러니 건축비를 이유로 사생활이 침해받을 수 있는 설계를 하지는 않았을 건데.

"더구나 개인주의 성향이 강하다는 사람들이."

핸드폰을 집어 검색해 봤지만 원하는 답을 찾을 수가 없었다. 핸드폰을 도로 내려놓은 시은이 숨을 크게 들이켰다. 정말로 마음에 드는 커피 향이었다.

비가 오는 바람에 하루를 시작하는 루틴이 틀어져 버린 남자는 커피를 마시며 뭘 하고 있을까. 좀 궁금했다.

"시간이 많으니까 별게 다 궁금해지는구나."

별거라고 하기에는 시선을 사로잡을 만큼 잘생겼고, 발코니가 이어진 이웃이었다. 무엇보다 위험한 순간에 영웅처럼 나타나 구해 줬고.

시은은 난간을 두드리는 빗방울과 촉촉이 젖어 드는 공원 풍경과 함께 아침 식사를 마친 뒤 오늘 방문할 폴 보퀴즈 요리 학원에 대한 정보를 읽기 시작했다.

프랑스 요리의 교황이라고 불리던 폴 보퀴즈의 레스토랑과 그가 설립한 요리 학원. 생쥐가 나오는 애니메이션 '라따뚜이' 속 유령 셰프의 모델이기도 했던 폴 보퀴즈의 요리 학원에서는 비정기적인 일정으로 원데이 클래스를 열었고, 운 좋게도 이번 달에 요리와 디저트 클래스를 진행하고 있었다.

디저트 클래스에서는 뭘 만드는지 구경하던 시은이 고개를 들었다. 빗소리가 그쳤다.

"조용히 왔다가 조용히 가네."

중얼거리던 시은이 난간 쪽으로 상체를 가져갔다. 건물을 나온 남자가 자전거를 타고서 비가 그친 자전거 도로로 나가고 있었다. 시간을 확인하자 7시 30분이었다.

"이 아침에 어딜 가는 거지. 상점들도 다 늦게 열던데."

시은은 턱을 괴고서 점점 멀어지는 남자의 뒷모습을 지켜봤다.

강박이 있는 사람처럼 정확한 시간에 하루를 시작하는 사람이 낮에는 또 자전거를 타며 유유자적이다. 좀 이상한 생활 패턴을 가진 사람이다.

시은은 보고 있던 요리 학원의 홈페이지로 신경을 돌렸다.

"근데 원데이 클래스치곤 좀 비싸긴 하다."

좀이 아니라 꽤 많이 비쌌지만 다시 리옹을 올 일은 없을 테니까.

디저트를 배우기로 결정한 시은은 폴 보퀴즈 요리 학원을 방문해 등록을 한 뒤 학원에서 가까운 시립 미술관에서 그림을 구경했다. 미술관에서 멀지 않은 곳에서 점심을 먹고서 트램 정류장으로 걸어갔다.

동화 속 귀여운 애벌레처럼 희고 토실토실한 몸통에다 커다란 전조등이 마치 심통 난 아이의 눈꼬리처럼 샐쭉한 모양의 트램이 느릿느릿 다가왔다.

시은은 상업 지구인 파르디외 구역에서 하차했다. 유럽에서 가장 많은 매장 수를 보유하고 있다는 파르디외 쇼핑센터와 리옹 기차역 그리고 시립 도서관이 몰려 있어 늘 인파로 붐비는 곳이었다.

여름 휴가철과 대바겐 세일이 겹쳐 파르디외 쇼핑센터엔 사람들이 그득했다. 시은은 갤러리 라파예트 백화점을 시작으로 프랑스 브랜드 매장과 한국에서는 보기 드문 매장 위주로 구경했다.

유혹을 참기 어려운 세일가에 구경만 하려던 처음 계획과는 달리 방문하는 매장이 늘어날수록 쇼핑백이 추가되었다. 이제 숙소로 돌아가야겠다고 하던 순간 생소한 매장이 눈에 들어왔다.

[네이처 & 디스커버리]

매장명이 알려 주듯 자연과 과학에 관련된 물품들을 주로 판매하는 곳이었다. 시은의 눈길을 사로잡은 건 태양광 무드 등이었다. 낮에 흡수한 태양 빛을 품고 있다가 어둑해지면 서서히 빛을 내보내는 무드 등은 마치 은색 달처럼 보였다.

"아이들이 엄청 좋아하겠다."

햇빛이 쏟아지는 창가에 두었다가 커튼을 치면 어둠을 감지하고 서서히 빛을 발하겠지. 그럼 아이들은 코드도 안 꽂았는데 어떻게 불이 켜지냐며 마법을 본 듯 신기해할 거다. 개중에는 과학 지식을 뽐내며 원리를 설명하려는 아이도 있을 거고, 비가 오거나 해가 구름에 가려 햇빛이 없는 날은 무드 등이 배가 고플 거라며 안타까워 발을 동동 구르기도 할 거다. 귀여운 녀석들.

"하나 사 가야겠다."

시은은 늦어도 몇 달 후면 만나게 될, 아직은 몇 학년인지도 모르는 반 아이들의 호기심을 자극하기 위해 무드 등을 집었다.

계획에 없던 소비를 마치고 숙소로 향하는 버스에 올랐을 때에는 7시가 훌쩍 넘어 있었다.

한 손에는 쇼핑백을 들고 다른 손으로는 무드 등을 안은 시은이 버스에서 내려 공동 현관으로 다가갔다. 쇼핑백을 들고서 힘겹게 비밀번호를 입력하려던 때, 누군가의 긴팔이 뻗어 와 전자 키를 가져다 댔다. 익숙한 손이었다.

시은은 반가워 저도 모르게 미소를 지으며 인사했다.

「메르시.」

예쁘게 휘어진 눈꼬리와 입술에 시선을 주며 시은의 인사에 답한 이안이 함께 엘리베이터에 올랐다.

남자가 3층 버튼을 누르자 시은이 조심스레 말을 건넸다.

「저기.」

그가 고개를 돌려 눈을 마주치자 시은은 저도 모르게 등줄기를 세웠다. 이유도 모르게 긴장하게 만드는 사람이었다.

「고마워요, 어제, 자전거.」

이렇게 마주칠 줄 알았으면 번역 앱으로 미리 문장을 만들어 볼걸. 지금은 양손에 쇼핑한 물건을 들고 있어서 핸드폰을 꺼내기도 애매했다. 뭐 어쨌든 뜻을 전달하면 목적은 달성된 거니까.

남자가 고개를 까딱였다.

「천만에요.」

더 이상 할 수 있는 말이 없었다. 시은은 그저 미소를 지어 보였다.

이럴 줄 알았으면 프랑스어 좀 더 열심히 배울걸. 너무 어려워 한 학기 만에 포기해 버렸던 게 좀 후회되었다.

엘리베이터 문이 열리자 남자는 평소처럼 짧은 인사말을 던지고는 등을 돌렸다. 그런 남자의 뒷모습을 보며 시은은 프랑스어 실력이 조금 더 나았더라도 딱히 대화가 이어지지는 않았을 거라는 생각을 했다.

Jour 7

아침을 먹은 뒤 숙소를 나온 시은은 아파트 주변을 산책했다. 영화관과 카지노 건물을 둘러보고는 강변을 거닐었다. 아파트 뒤쪽의 론강을 따라 키가 큰 나무들이 쭉 서 있었다.

얼마 걷지 않아 멀리 인터폴 본부가 보였다. 정문 쪽이었다.

가까이에서 인터폴 본부를 찍으려 다가가던 시은이 익숙한 뒷모습을 발견하고는 고개를 갸우뚱했다.

"왜 이쪽으로 가는 거지?"

요 며칠 지켜본 결과 이웃집 남자는 조깅 시간만 정확한 게 아니었다. 조깅을 마친 후 자전거를 타고 집을 나서는 시간도 일정했다. 그런데 집 앞 자전거 도로로 가야 할 그가 뒤편인 이쪽 길에 있었다. 시은은 루틴을 벗어난 행동을 하는 그를 흥미롭다는 얼굴로 지켜보았다.

산책이라도 하듯 느릿하게 바퀴를 굴리던 남자가 자전거에서 내렸다. 그러더니 누군가를 향해 가볍게 손을 들어 보였다. 시은은 그의 시선이 향한 곳을 따라 고개를 돌렸다. 막 인터폴 정문을 빠져나온 중년 남자가 그에게 알은체를 해 오는 모습이 보였다.

가까이 다가선 두 사람이 악수를 한 뒤 이야기를 나누기 시작했다. 멀어서 목소리는 들리지 않았다. 설령 듣는다 해도 이해할 수 없었겠지만, 중년 남자의 심각한 표정이 뭔가 중요한 이야기라는 걸 알려 주고 있었다.

그녀에게 등을 보이고 선 이웃집 남자의 표정은 알 수 없었다. 하지만 어쩐지 남자는 차가운 얼굴로 무감하게 듣고 있을 것 같았다. 물에 빠질 뻔했던 걸 구해 줬을 때 그랬듯 어떤 일에도 쉽게 동요하지 않을 것 같은 사람이었다.

"어떻게 인터폴 직원을 아는 거지?"

일반인이 인터폴 직원을 아는 경우가 흔한가.

"진짜 뭐 하는 사람이지?"

마주칠수록 정체에 대한 궁금증이 커져 가게 만드는 남자였다.

짧은 대화를 끝낸 두 사람이 악수를 나누었다. 중년 남자는 다시 인터폴로 들어가고 이웃집 남자는 안장에 올라 유유히 사라졌다.

혼자 남은 시은은 갖가지 상상을 해 보다 어깨를 으쓱이고는 원래의 목적대로 핸드폰으로 인터폴 본부를 찍었다.

Jour 8

눈을 뜬 시은은 어둑한 기운에 침대 협탁으로 손을 뻗어 핸드폰을 집었다. 6시. 평소 기상 시간과 다르지 않았다. 이 시간쯤이면 은은한 새벽빛이 덧창 사이로 스며들어야 하는데. 뭔가 좀 이상했다. 밖이 실내보다 더 밝긴 했지만 채도가 아주 낮았다.

"구름 꼈나?"

유리창과 나무 덧창을 차례로 열어젖힌 시은이 멍한 얼굴을 했다. 눈앞이 온통 빛바랜 주황색으로 가득 찼다. 하늘, 호수, 나무, 아스팔트 도로. 어느 것 하나 물들지 않은 것이 없었다. 마치 카메라 렌즈에 필터를 끼운 것처럼 보였다.

잠이 덜 깬 건가. 손등으로 눈을 비볐지만 세상을 뒤덮은 색감은 사라지지 않았다.

"뭐지?"

디스토피아. 광활한 모래 언덕에 주홍 노을이 진 것처럼 메마르고 탈색된 광경은 세상의 끝을 떠올리게 했다.

이유를 알 수 없는 현상에 시은은 핸드폰을 켰다.

"뭐라고 검색해야 하지……."

오늘 날씨 왜 이런가요, 라고 물을 수는 없어 잠깐 고민하다 lyon(리옹) ciel(하늘) orange(주황색) 검색어를 입력했다. 그러자 'Le nuage de sable de Sahara'가 떴다. 채도 낮은 벽돌색으로 물든 도시를 찍은 사진과 함께였다.

"사하라 사막 모래 구름?"

저 멀리 아프리카 사하라 사막에서부터 불어온 모래바람이라는 설명에 시은은 핸드폰에서 눈을 들어 다시금 밖을 봤다. 세상이 왜 빛바랜 오렌지색을 띠는지 이유를 알게 됐지만 여전히 믿기지 않았다.

"이런 걸 보게 될 줄이야."

살면서 사하라 사막에서부터 불어온 모래바람이 세상의 모든 색감을 바꿔 버리는 광경을 목격하게 될 줄은 몰랐다. 미세 먼지를 떠올리고는 얼른 창문을 닫아야 하나 싶었지만, 희한하게도 눈동자에 이물감이 느껴지거나 호흡하기 나쁜 느낌이 들지는 않았다.

창틀에 팔꿈치를 대고서 손등에 턱을 괸 시은은 어쩌면 평생에 한 번뿐일지도 모를 신기한 장면을 구경했다. 그러다 고개를 갸웃했다.

뭔지 모를 위화감 때문이었다.

불현듯 이유를 깨달은 시은은 창밖으로 고개를 내밀어 유리 칸막이를 쳐다봤다. 그리고 강아지처럼 코를 킁킁거렸다.

"커피 향이 안 나는데?"

그러고 보니 불도 안 켜져 있다. 밤에 옆집에서 불을 켜면 그 빛이 시은의 숙소 발코니까지 번졌다. 그런데 지금 남자의 공간은 어두웠다. 아직 일어나지 않았거나 일부러 불을 켜지 않았거나 둘 중 하나였다.

"좀 있으면 조깅하러 나오는 시간인데?"

시계만큼 정확한 사람이 아직까지 자고 있는 건 아닐 테고. 그럼 일부러 안 켠 건가? 이 시간에 오늘처럼 불을 켜야 할 만큼 어두웠던 적이 없어서 알 수가 없었다. 그런데 왜 커피도 안 마시는 거지?

새벽 루틴만큼은 로봇처럼 정확하던 사람의 일탈에 의아한 얼굴을 하고서 유리 막을 쳐다보던 시은은 혹시나 하는 마음으로 남자가 조깅을 하러 나오는 시간까지 기다렸다.

"안 나오네. 어디 아픈가?"

고개를 갸웃거리는 그때 승용차 한 대가 적막한 도로를 조용히 달려왔다. 빛이 바랜 주황색 대기에 스며든 승용차의 불빛이 묘한 분위기를 연출했다.

눈앞에서 승용차가 멈춰 섰다. 차도를 비추던 불빛이 꺼지고 운전자가 내렸다.

별다른 생각 없이 승용차를 바라보고 있던 시은이 운전자의 정체에 놀라 눈을 크게 떴다.

"운전도 하는구나."

특별할 거 하나 없는 일인데도 자전거를 타는 모습만 봐서인지 뭔가 신기했다.

"근데 이 새벽에 어딜 갔다 오는 거지?"

집에 도착했는데도 건물 안으로 들어오는 대신 차체에 등을 기대서더니 담배를 꺼내 입에 물었다.

"담배, 피우는구나. 근데 어떻게 늘 바람 냄새가 나지? 자주는 안 피워서 그러나?"

상상했던 것처럼 퇴폐적인 분위기일지 가까이에서 보고 싶은데. 아쉽다.

남자가 고개를 들었다. 보고 있는 게 느껴졌다. 인사를 해야겠다고 손을 들던 시은이 머뭇했다.

남자가 바라보는 각도가 미묘하게 달랐다. 자신이 서 있는 곳보다 좀 더 위쪽을 보고 있었다. 거기 뭐가 있나 싶어 고개를 틀려다 뒤늦게 남자가 특정한 곳을 보고 있는 게 아니라는 걸 알았다. 그저 허공 어디쯤에 시선을 두고서 딴생각에 빠져 있는 것 같았다.

인터폴 쪽에서 달려온 버스가 조각상처럼 미동도 없는 남자를 비추고 지나갔다. 불빛에 잠깐 환하게 드러난 남자는 어딘가 많이 지쳐 보였다. 적막한 공간에 홀로 서 있는 탓에 쓸쓸해 보이기까지 했다.

어쩐지 지극히 개인적인 순간을 훔쳐보는 것 같아 뒤돌아서려던 시은이 불현듯 뭔가 깨달은 것 같은 표정을 했다. 루틴에서 완전히 벗어난 모습인데도 어딘가 기시감이 든다 했는데, 며칠 전 기내에서 봤던 영화 속 장면과 아주 비슷했다.

적막한 새벽길을 조용히 달려와 자동차를 멈춰 세우던 주인공. 승용차에 지친 몸을 의지하다 아무도 없는 집 안으로 부상당한 몸을 끌고 쓸쓸히 들어가던 인터폴 소속의 스파이.

"스파이?"

저도 모르게 소리를 내뱉은 시은이 제풀에 놀라 손바닥으로 입을 막았다.

스파이. 뭔가 모순점 많던 그의 생활 패턴이 이해되는 직업이었다.

평범한 직업을 가진 사람이라면 인터폴 직원과 쉽게 접점을 가지기 힘들었을 거다. 론강에 빠질 뻔했을 때 영화 속 히어로처럼 나타나 구해 준 민첩함과 근력은 일반인에게서는 쉽게 보기 어려운 일이다. 무엇보다 사고에 익숙한 사람처럼 냉정한 얼굴로 그녀를 살폈다. 그러고 보니 버스 안에서 쳐다보던 것도 금방 눈치챘었지. 창문에 붙어서 조용히 보고만 있었는데.

"어쩐지."

스파이들은 아마 밤에 주로 활동할 테니 낮에는 한량처럼 돌아다니던 것도 이해가 된다. 규칙적인 운동으로 체력을 단련하는 건 기본일 거고.

시은은 커다란 비밀을 알아차린 사람 같은 표정을 하고서 가늘게 눈을 접었다. 인터폴 소속 스파이. 영화 속에서나 접하던 스파이가 바로 이웃에 살고 있었다.

뜻밖의 사실에 짜릿한 흥분을 느끼며 남자를 새로운 눈으로 관찰하던 시은이 금방 심각해진 얼굴을 했다.

"설마, 다쳤나?"

지친 게 아니라 부상을 당한 건가? 총상을 입었던 영화 속 주인공처럼. 스파이라는 사실에 흥분을 느꼈던 시은의 눈동자에 연민이 스며들었다.

승용차 불빛이 그를 훑고 지나갔다. 그러자 현실로 돌아온 것처럼 남자가 차체에 기대고 있던 몸을 일으켜 조수석에 놓인 백팩을 꺼내 어깨에 걸치고는 공동 현관을 향해 걸어왔다. 묵직한 걸음이었다.

걱정이 담긴 눈으로 지켜보다 그가 시야에서 사라지자 시은은 핸드폰을 집어 들고 현관으로 나갔다. 번역 앱을 켠 후 문을 열려던 시은이 손잡이를 잡은 채 고민했다.

도움이 필요한지 물어보는 게 나을까. 그에게는 익숙한 일상일 텐데 오히려 귀찮아하려나. 스파이라는 걸 눈치챘다는 걸 보이면 안 되겠지. 누구나 볼 수 있는 공간에서 인터폴 직원을 만난 걸 보면 굳이 직업을 감춰야 하는 건 아닌 건가. 아니, 오히려 대놓고 만나는 게 의심을 사지 않을 거라는 계산에서 그런 걸 수도 있지.

"아, 모르겠다."

사하라 사막 모래 구름에다 부상을 입었을지도 모르는 스파이라니. 날씨부터 범상치 않다 싶더니 모든 게 비현실적이라 뭘 어떻게 해야 할지 알 수가 없었다.

엘리베이터가 도착한 소리가 들렸다. 복잡한 표정을 하고서 도어 스코프에 눈을 가져가자 까맣던 복도에 불이 켜졌다. 그리고 남자가 모습을 드러냈다. 복도를 걷는 그의 걸음이 유독 느려 보이는 건 결코 기분 탓이 아니었다.

삭막하다는 표현이 어울릴 만큼 건조한 남자의 얼굴은 밤을 꼬박 새운 것처럼 보였다. 쉽게 말을 걸 수 없는 분위기에 시은은 용기를 잃었다. 손잡이에서 손을 뗐지만 남자에게서 눈을 떼지는 못했다.

남자가 시야에서 사라지고 얼마 지나지 않아 복도는 다시금 어둠에 물들었다.

"부상이 큰가?"

가까이에서 본 남자의 표정은 발코니에서 내려봤을 때보다 한결 쓸쓸해 보였다. 어쩌면 매 순간 목숨을 걸어야 하는 위험한 직업에 회의가 드는 건 아닐까.

지금까지와는 전혀 다르게 약해 보이는 남자의 모습에 마음이 좀 이상했다. 현관을 떠나 다시 거실로 돌아오니 발코니의 유리 막 너머로 불빛이 스며 나왔다.

몇 번 아니지만 인사도 나눈 이웃이고, 위험할 뻔했던 순간에 도움을 주기도 했다. 그런 사람이 부상을 당한 몸으로 혼자서 고통을 삭일 거라고 생각하니 마음이 쓰였다.

　시은은 불빛에 간간이 시선을 주며 커피를 마셨다. 빵을 사러 나가는 대신 야외 테이블에 앉아 핸드폰으로 베이킹에서 자주 사용되는 영단어를 복습하며 오늘 있을 디저트 수업을 준비했다. 시야에 들어오는 불빛에 신경을 쓰면서였다.

　얼마쯤 시간이 지났을 때였다. 불투명한 유리 막 너머로 비치던 빛이 사라졌다.

　이제 잘 건가 보다.

　시은은 소리가 나지 않게 조심조심 의자에서 일어났다. 이 숙소에 머무는 동안 층간 소음이라고는 전혀 겪지 않았다. 옆집에서도 어떤 소리도 들려오지 않았다.

　하지만 밤을 지새우고 온 듯 지극히 예민해 보이는 남자의 숙면에 혹시라도 방해가 될까 봐 가만가만 움직였다.

　8시에 시작하는 원데이 디저트 클래스에 가기 위해 크로스 백에 지갑과 핸드폰을 챙기던 시은이 갑자기 손짓을 멈췄다. 문득 떠오른 생각에 옆집 쪽을 보던 시은은 핸드폰의 번역 앱으로 문장을 만들었다.

　"뭐 좀 틀려도 뜻이 통하면 되니까."

　메모지에 번역된 문장을 옮겨 적고는 현관문을 열었다. 복도로 한 발을 내딛던 시은이 아차 하는 얼굴로 되돌아섰다. 현관문에 걸어 놓은 열쇠를 깜빡했다. 밖에서 문을 닫으면 열쇠가 없이는 열리지 않는

다. 아무 생각 없이 문을 닫았다가 밖에 갇힐 뻔했다.

"편한 디지털 도어 놔두고 왜 열쇠를 쓰는지 몰라."

입 속으로 작게 투덜거리고는 조용한 복도에 발소리가 울릴세라 까치발을 하고 걸었다.

남자의 집 현관문에 메모지를 붙이고는 뒤돌아서서 고양이 걸음으로 엘리베이터에 올라탔다.

건물 밖으로 나온 시은은 남자의 집을 올려다봤다. 한 곳의 나무 덧창이 닫혀 있었다.

"침실인가 보다."

버스에 올라탄 시은의 눈길이 또다시 그의 공간을 향했다.

무채색 무드의 침실에 생명감을 주는 건 나무 덧창 틈을 비집고 들어온 햇살뿐이었다. 날카로운 햇살이 손등에 닿자 반듯하게 누워 있던 이안이 눈꺼풀을 들어 올렸다. 단번에 눈을 뜨는 모습이 깊이 잠들었던 사람이라고 믿기 어려웠다. 시트를 걷은 이안이 침대에서 내려와 창을 열었다.

온통 노을이 진 것 같던 새벽보다는 대기의 색이 조금 옅어져 있었다. 사하라 모래 구름에 가려진 해가 환한 달처럼 보였다. 흔하지도, 그렇다고 아주 드물지도 않은 광경이었다.

침실 안 욕실에서 샤워를 하고 나온 이안이 물기가 채 마르지 않은 머리카락으로 복도를 걸었다. 나무 바닥에 찍힌 맨발 자국이 금세 말라 버렸다. 대기가 무슨 색이든 건조한 건 마찬가지였다.

커피를 내려 서재로 들어간 이안은 공원을 달리는 대신 데스크에 앉아 노트북을 펼쳤다. 모래 구름 때문에 마스크를 써야 할 만큼 호흡기에 영향을 받지는 않지만 그렇다고 이런 날까지 조깅을 할 만큼 운동에 중독된 건 아니었다.

이안이 빈 커피 잔을 들고 다시 서재를 나온 건 한 시간쯤 지나서였다. 냉장고의 냉동 칸을 열어 무감한 눈으로 내용물을 스캔하고는 도로 문을 닫았다. 핸드폰을 집어 음식을 주문한 뒤 커피 잔을 채워 다시 데스크에 앉았다.

서재로 들어간 지 30분쯤 지나 인터폰이 울리자 공동 출입문을 열어 준 후 복도를 걸어가 현관문을 열었다. 얼마 기다리지 않아 음식 박스를 든 배달원이 엘리베이터에서 내렸다.

「봉주르, 무슈.」

「봉주르.」

박스를 받은 이안이 팁을 건넸다.

「감사합니다. 맛있게 드세요.」

넉넉한 팁에 배달원이 환한 미소로 인사를 던졌다. 엘리베이터로 몸을 틀던 그가 현관문을 닫으려는 이안을 불렀다.

「여기 메모지 있는데요.」

메모지? 이안이 복도로 한 걸음 나왔다. 현관문에 설탕 냄새가 풀풀 날 것 같은 핑크색 메모지가 붙어 있었다. 이안은 메모지를 떼어 내 내용을 훑었다.

[Bonjour, je suis votre voisine (gauche). Si vous avez besoin d'aide, frappez quand vous voulez. J'ai un cours de dessert aujourd'hui, donc je serai de retour vers 17h.]

유려한 필체와는 달리 번역기를 돌린 듯 삐걱거리는 문장이었다. 그래도 메모를 남긴 이웃이 왼쪽 집이라는 것과 도움이 필요하면 문을 두드리라는 내용은 전달되었다. 디저트 수업이 있어 오후 5시쯤에 돌아온다는 마지막 문장에서 눈을 뗀 이안이 비어 있을 옆집을 쳐다봤다. 그러다 시선을 다시 메모지로 옮겼다.

다시 한번 읽어 봐도 메모를 남긴 의도를 알 수 없었다.

「무슨 도움을 말하는 거지?」

볼 때마다 겁 많은 사람처럼 눈을 동그랗게 뜨는 사람이 밑도 끝도 없이 도움을 주겠단다. 더구나 프랑스어를 잘 모르는 외국인이. 차라리 도움이 필요하다면 이해가 갈 텐데.

도통 이해되지 않는 메모지를 들고서 집 안으로 들어갔다.

오후 4시 30분, 폴 보퀴즈 요리 학원을 나오는 시은의 양손에는 직접 만든 디저트를 담은 박스와 원데이 클래스 수강 기념으로 받은 앞치마와 레시피 북이 들려 있었다. 학원 앞 벨쿠르 광장을 가로질러 버스 정류장을 향해 걷는 시은의 걸음이 빨랐다.

박스에 아이스 팩을 붙여 놓아 상온에서도 한 시간 정도는 까딱없겠지만 그래도 얼른 숙소로 가 냉장고에 넣고 싶었다. 무엇보다 메모지의 행방도 확인하고.

지금쯤 일어났을까. 메모는 봤을까.

빨리 확인하고 싶은 마음 때문인지 평소에는 풍경 감상하기 좋다고 생각했던 버스 속도가 답답하게 느껴졌다.

강변을 따라 달린 버스가 테트 도르 공원 정문을 지났다. 이제 두 정거장 남았다. 인터폴에서 잠시 정차한 버스가 현대 미술관을 향해 달렸다.

벽돌색 아파트가 보이자 시은은 창문에 얼굴을 가져갔다. 떠날 때 닫혀 있던 덧창이 활짝 열려 있었다.

"큰 부상은 아닌가 보다."

남자가 일어났다는 사실에 시은의 얼굴에 안도가 어렸다. 버스에서 내린 시은은 빠르게 로비를 가로질렀다. 숙소가 있는 층에 도착해 엘리베이터 문이 열리자 그의 집 현관문 앞으로 달려갔다. 메모지가 사라졌다.

"읽었구나."

시은의 목소리에 옅은 흥분이 어렸다. 집 밖으로 나왔었다는 건데.

외출할 만큼 괜찮은 건가. 지금은 집에 돌아왔을까.

궁금증을 안고서 집 안으로 들어온 시은은 곧장 부엌으로 가 냉장실 문을 열었다. 디저트 박스를 냉장실에 넣다 말고 중얼거렸다.

"피곤할 때 달달한 거 먹으면 기운 나는데. 근데 단거 별로 안 좋아할 분위기인데, 먹으려나."

잠깐 고민하다가 요리 학원에서 받아 온 디저트 조각을 두 개쯤 넣을 수 있는 작은 사이즈의 종이 박스를 꺼냈다. 박스를 조립하고는 오늘 만든 디저트 중에 뭘 나눠 줄까 고민했다.

"좀 덜 단 게 안전하겠지."

아침마다 커피를 마시는 걸 떠올리고는 가장 덜 단 커피 에클레어와 자르면 끈적한 초콜릿이 흘러나오는 퐁당 오 쇼콜라를 하나씩 집었다.

번역 앱을 켜고 아침에 그랬던 것처럼 번역된 문장을 메모지에 옮겨 적으려다 생각을 바꿔 폰과 디저트 박스를 들고 복도로 나왔다.

남자의 직업을 알아 버려서인가. 막상 그의 집 앞에 서자 잘못한 것도 없는데 괜히 떨렸다. 시은은 심호흡을 하고는 용기가 사라지기 전에 벨을 눌렀다. 아무런 반응이 없었다.

"아직 안 들어왔나?"

긴장해서 굳었던 어깨에서 힘이 빠졌다.

시은이 숙소 쪽으로 걸음을 돌리던 때였다. 소리 없이 현관문이 열렸다.

감정의 동요라는 건 존재하지 않을 것 같은 눈동자와 마주한 시은은 긴장해 마른 입술을 축였다. 직업을 몰랐을 때와 스파이라는 걸 알게 된 지금 그를 마주하는 기분이 확연히 달랐다.

　방문의 목적을 묻듯 말없이 한쪽 눈썹을 밀어 올리는 모습에 시은은 얼른 들고 있던 걸 내밀었다.

　「이거요.」

　만지면 설탕이 묻어 나올 것 같은 화이트 핑크색 박스를 일별한 눈동자가 다시 시은을 마주했다.

　「뭐죠?」

　건네받는 대신 물어 오자 시은은 얼른 들고 있던 폰을 눈앞으로 가져왔다. 긴장으로 머리끝이 삐죽 설 것 같은 기분을 꾹 참고 준비해 온 문장을 이제 막 글 읽기를 배운 아이처럼 또박또박 읽어 나갔다. 집중한 사람들이 흔히 그러듯 미간을 접은 채였다.

　「이거 하루 수업에서 오늘 만든 디저트입니다. 당신이 피곤하고 또 피곤할 때 단것들은 먹으면 기분이 나아지는 데 도움이 됩니다. 힘내요!」

　시은이 한 문장씩 읽어 나가는 동안 문틀에 기대선 이안의 표정이 묘하게 변했다. 시은이 하고 있는 말을 해석하려는 듯 혹은 시은을 해석하려는 듯. 귀여운 행동을 목격했을 때의 표정도 조금 섞여 있었다.

　이안의 눈동자가 긴장이 전해지는 작은 얼굴을 훑었다. 귀여운 인상을 주는 건 머리카락과 이마의 경계에 난 잔머리 때문이었다. 액정을 보느라 촘촘한 속눈썹에 반쯤 가려졌지만 흰자위가 유독 깨끗하다는 걸 알고 있었다. 조금 작지만 오뚝 솟은 코가 귀여웠다. 전체적으로 귀엽고 깨끗한 이미지의 얼굴이었다. 그런 이미지에서 묘하게 비껴간 건 입술이었다.

이안의 눈동자가 번역 앱의 도움을 받아야 하는 것치고는 꽤나 유려한 발음을 하는 입술에 머물렀다.

섹시하다? 이안은 눈썹을 찡그렸다. 틀린 건 아니지만 썩 만족스럽지도 않았다. 이안은 여자의 입술과 좀 더 어울리는 단어를 찾아 가늘게 눈매를 접고서 달싹이며 소리를 내는 입술을 응시했다.

그러다 문득 들고 있는 디저트 박스로 눈길을 내렸다. 핑크색 솜사탕 같은 색감의 저 박스처럼 달콤해 보이는 입술이었다. 여자는 달콤한 입술로 지치고, 지쳤을 때 단걸 먹으면 기분이 나아진다며 힘내라는 말을 전하고 있었다.

핸드폰 액정에서 눈을 뗀 여자가 다시 박스를 내밀었다.

「자요.」

내가 무슨 말을 한 건지 이해했나 하는 옅은 걱정과 이걸 받아 줄까 조마조마한 얼굴을 하고서.

무슨 생각을 하는지 짐작하기 어려운 눈으로 빤히 보던 남자의 손이 상자로 향하자 시은이 미소를 감추지 못했다.

「메르시.」

선물을 쥐 놓고는 고맙다는 말까지 해 오자 이안이 희한한 사람을 보는 것 같은 눈을 했다. 그런 그에게 시은이 눈웃음을 지었다.

「본 아페티!」

목적을 달성했다는 기쁨에 시은은 맛있게 먹으라는 말을 던지고는 재빨리 등을 돌렸다. 그러고는 빠르게 복도를 걸어 숙소로 돌아갔다.

도망치듯 달려가 현관문을 닫아 버리는 행동에 이안이 어이없다는 웃음을 흘렸다.

아침에는 알 수 없는 메모를 붙여 놓더니 이번에는 디저트를 안겨 주고는 가 버렸다. 메모의 의미를 묻거나, 고맙다는 인사를 할 틈도 주지 않고. 재밌는 이웃이 생겼다.

박스와 함께 복도에 남겨진 이안이 집 안으로 들어와 내용물을 확인했다.

커피 에클레어와 퐁당 오 쇼콜라.

「자기만큼 예쁜 걸 만들었네.」

짤막한 감상과 함께 냉동실에 넣으려던 이안은 생각을 바꿔 접시에 커피 에클레어를 담았다. 퐁당 오 쇼콜라를 냉동실에 넣고는 평소보다 진하게 커피를 내렸다.

커피와 디저트를 들고 서재로 들어와 데스크 위에 올려놓은 이안이 노트북을 켰다. 좋아하지 않거나 맛없는 걸 먹을 때에는 다른 일에 집중하면 입 안에 들어오는 내용물을 덜 의식할 수 있다.

하지만 학술 동영상을 플레이해 놓고도 정작 이안은 앞에 놓인 커피 에클레어를 보고 있었다. 이걸 줄 때의 긴장하던 표정이 떠올라서였다. 피곤하고, 피곤할 때 단걸 먹으면 기운이 난다는 목소리도.

한 방울 한 방울 진주알처럼 짜 놓은 생크림 위에 산딸기를 올려놓은 커피 에클레어. 턱을 괴고서 한동안 바라보던 이안이 숨을 들이켜고는 손을 뻗었다. 포크 대신 손으로 들고서 한입 베어 물었다. 강렬한 단맛에 짙은 눈썹이 일그러졌다. 그나마 이게 혀를 덜 괴롭힐 것 같아 골랐는데 입 안 가득 설탕 가루를 물고 있는 기분이었다.

쓴 약을 삼키는 것처럼 눈썹을 찡그린 채 입 안의 것을 넘겼다. 커피로 단맛에 놀란 혀를 달랬다. 몇 번의 반복 후에야 겨우 먹어 치울 수 있었다.

해치워야 할 일거리를 힘겹게 끝마친 사람처럼 긴 숨을 내뱉던 이안이 뒤늦게 자신의 행동에 어이가 없어져 웃음을 흘렸다.

「뭐 하는 건지.」

인사 좀 나눈 이웃을 실망시키지 않겠다고 혀를 혹사했다. 하지만 혀가 고통스러운 것과는 달리 기분은 썩 나쁘지 않은 걸 보면 그녀의 말대로 피곤하고 또 피곤한 상태였는지도 몰랐다. 거절당할까 봐 긴장한 눈동자에 미소가 차오르던 모습을 볼 수 있었으니 크게 나쁘지는 않았다. 하지만 당분간 냉동고 속 디저트는 잊고 싶었다.

시은의 오늘 저녁 메뉴는 떡볶이였다. 아침마다 새로운 빵에 도전하고 점심은 늘 현지 음식을 먹었다. 그러다 보니 저녁은 자연스레 짭짤하고 매콤한 한식이나 분식이 생각났다.

냉장실 문을 열고 한국 식품점에서 사 온 밀떡을 꺼낸 뒤 필요한 것들을 쭉 늘어놓았다. 양배추, 고추장, 고춧가루, 간장, 설탕.

"파가 없구나."

그냥 요것만 가지고 만들까 잠깐 고민하다 지갑과 열쇠를 챙겨 밖으로 나갔다.

아파트 상가의 작은 마트에서 파 한 개를 집었다. 떡볶이에는 파가 듬뿍 들어가는 게 맛있지만 프랑스 대파는 한국 거에 비해 뻣뻣한 데다 특유의 단맛이 덜했다.

"그래도 없는 것보다는 나으니까."

한 개씩 낱개로 구매할 수 있어 다행이라고 생각하며 대파 한 개를 사 가지고 엘리베이터에 올라탄 시은이 로비로 들어서는 이안을 발견하고서 얼른 열림 버튼을 눌렀다. 두 시간 전에 디저트를 건네주며 봤는데 또 보게 된 그가 반가웠다.

시은은 옆에 선 그를 곁눈질하다가는 지난번처럼 또 들킬 것 같아서 정면을 바라봤다. 하지만 곧 남자가 핸드폰을 보는 모습이 엘리베이터 문에 흐릿하게 비치자 용기 내 또르르 눈동자를 굴렸다.

시은의 조심스러운 눈길이 닿은 건 피자 박스를 들고 있는 그의 손이었다.

아침마다 흘러 들어오는 커피 향과 어둠이 내리기 시작하면 켜지는 전등 외에는 생활감이 전혀 느껴지지 않는 사람이었다. 그런 그가 피자를 들고 있었다.

늘 사 먹는 걸까. 하긴 총 들고 싸우는 스파이가 부엌칼을 쥐고 요리하는 모습은 상상이 잘 안 간다. 딱히 요리를 잘할 것 같지도 않고.

볼 때마다 드는 생각이지만, 섹시하다는 표현이 어울리는 손이었다. 총을 쥐면 손등의 혈관이 좀 더 도드라지겠지. 저 손으로 사람도 죽여 봤을까? 그렇겠지? 살인 대상이 범죄자라고 해도 사람을 죽여 본 손이라는 생각을 하자 등줄기가 오싹해졌다. 뻣뻣하게 등줄기를 세우던 시은은 오싹한 기분에 단지 무서움뿐만 아니라 짜릿한 흥분도 섞여 있다는 걸 깨달았다.

미쳤나 봐.

말도 안 되는 생각에 시은은 저도 모르게 머리를 흔들었다. 머리를 흔드는 기세에 눈길을 던진 남자가 무기처럼 파 한 개를 꼭 쥐고선 인상을 쓴 모습을 보며 귀엽다는 표정을 지은 건 전혀 눈치채지 못한 채였다.

긴장으로 마른 입술을 혀끝으로 적시고는 다시 조심조심 눈동자를 굴렸다. 그의 팔을 타고 올라간 동공이 얼굴에 닿았다. 총으로 상대를 쏠 때는 어떤 표정일까. 서늘한 저 얼굴로 눈썹 하나 까딱하지 않고 방아쇠를 당길 것 같다. 눈앞에 떠오른 스릴 넘치는 장면에 마른침을 삼켰다. 꼴깍. 조용한 공간에 침 삼키는 소리가 귓가에 크게 울리자 시은이 어깨를 움찔했다. 도둑이 제 발 저려 숨을 죽였다. 하지만 핸드폰을 보고 있는 그는 아무런 반응을 보이지 않았다.

나한테만 들린 거구나.

안도의 숨을 삼키던 시은의 눈동자가 의지를 배반하고 또다시 살금살금 남자에게로 향했다.

아무리 봐도 지나치게 잘생겼다. 이런 외모를 가지고 언제 죽을지 모를 위험한 스파이를 직업으로 삼다니. 무슨 이유로 죽음이 그림자처럼 달라붙은 직업을 가지게 되었을까. 궁금하기도 하고 한편으로는 좀 안쓰러운 마음도 들었다.

시은의 눈동자가 그를 탐색하는 그때, 촘촘한 속눈썹에 반쯤 가려져 있던 눈동자가 정확히 그녀를 향해 움직였다. 너무 순식간이라 안 본 척 시침을 떼며 눈길을 돌릴 틈도 없었다.

그가 살짝 고개를 틀었다. 할 말 있냐고 묻는 것처럼. 당황한 와중에도 시은은 말 한마디 없이 작은 움직임만으로 의사 전달을 하는 남자가 신기했다. 아마도 압박 심문 같은 거에 익숙해서 그런 거겠지. 근데 뭐라고 하지? 아, 하필 이럴 때 핸드폰은 놓고 와서는.

당장 만들어 낼 수 있는 문장이라고는 피자 좋아하냐는 물음 정도였다. 한심한 질문이라도 던지자 싶어 손에 든 파를 꼭 쥐고는 막 입술을 떼던 때였다.

남자의 섹시한 입술이 열렸다.

「디저트, 잘 먹었어요.」

외국인이라는 걸 배려하듯 조금 느리고도 또박또박한 발음이었다.

무슨 말을 하려는 걸까, 집중해서 듣고 있던 시은이 놀란 표정으로 물었다.

「먹었어요, 그거?」

먹으라고 쥐 놓고 마치 못 먹을 걸 준 사람 같은 반응이 재밌는 듯
이안의 눈동자에 이채가 스쳤다. 그가 확인시키듯 다시 한번 답했다.

「먹었습니다, 그거.」

「힘, 났어요?」

시은이 만들어 낼 수 있는 최선의 문장이었다.

혀를 자극하던 달달한 디저트보다 더 달콤해 보이는 눈웃음에 시
선을 둔 채 이안이 대답했다.

「났어요, 힘.」

목소리에 옅은 웃음기가 묻어났지만 익숙하지 않은 언어에 집중하
느라 시은은 미처 알아채지 못했다.

힘이 났다는 말에 시은이 눈을 좀 더 예쁘게 휘었다. 속눈썹에 눈
동자가 반쯤 가려지는 모습을 뚫어져라 바라보던 이안이 고갯짓으로
엘리베이터 문을 가리켰다.

언제 도착한 건지 엘리베이터 문이 열려 있었다. 시은의 얼굴에 대
화가 끝나 버려 아쉽다는 표정이 번졌다.

Jour 9

기상 시간은 늘 비슷했다. 게다가 여행 온 거라 늦잠을 자 버려도 아무런 문제가 없었다. 그런데도 시은은 자기 전 알람을 맞췄다. 남자가 조깅을 할 만큼 회복되었는지 확인하고 싶어서였다. 알람이 울리기 5분 전에 눈이 뜨였다. 창문을 열자 남자도 일어났다는 걸 알려 주듯 커피 향이 났다.

시은은 깍지 낀 손등에 턱을 괴고서 조마조마한 심정으로 남자가 나올지를 지켜봤다.

6시 20분, 익숙한 트레이닝복이 나타나자 마음을 놓았다.

"달릴 만큼 괜찮아졌나 보다."

남자가 칸트처럼 정확한 루틴을 가진 사람이라 다행이었다. 안 그럼 다치고 돌아온 남자가 언제 회복되었는지 알기 어려워 계속 신경이 쓰였을 텐데.

정확히 어디를 얼마나 다쳤는지는 모르겠지만 퍽 지친 표정이었던 걸 보면 가벼운 부상은 아니었을 텐데 하루 만에 다시 조깅을 하러 나왔다. 확실히 일반인들과는 회복 속도가 달랐다.

안심한 얼굴로 그가 공원으로 사라질 때까지 지켜보던 시은은 부엌으로 들어가 바구니 안의 빵을 집어 들었다. 오늘은 새로운 빵을 사지 않고 어제 먹고 남은 빵을 먹을 생각이었는데, 대나무처럼 딴딴했다.

빵칼로 딱딱한 빵을 조금 잘라 손가락으로 속을 눌러 봤다. 겉만큼 속도 굳어 있었다.

"마찬가지네. 어떡하지."

건조한 날씨가 수분을 몽땅 앗아 가 버렸다. 바게트보다 조금 작은 크기의 바네트를 앞에 두고 버려야 하나, 잠깐 고민하다 먹기 좋은 크기로 썰었다. 프렌치토스트를 만들 생각이었다.

달걀을 푼 우유에 돌덩이 같은 빵을 담갔다. 프라이팬을 달궈 버터를 넣고 우유를 머금어 말랑해진 빵 조각을 하나씩 올렸다. 손으로는 분주히 프렌치토스트를 만들며 왜 남자의 부상이 신경 쓰였는지를 곰곰이 생각했다.

남자와 관련된 일이 평범하지 않아서 그런 걸까. 스파이가 부상을 입고 집으로 돌아오는 장면을 목격하는 건 현실에서는 드문 일이긴 하지. 시은은 고개를 주억거렸다.

무엇보다 어떤 상황에서도 냉정함을 잃지 않을 것 같은 남자의 쓸쓸해 보이던 인상은 지워지지 않을 만큼 강렬했다.

"어쨌든 많이 안 다친 것 같으니 다행이다."

앞뒤로 노릇노릇하게 구워진 겉면이 반짝반짝 윤이 났다. 산딸기와 블루베리를 얹은 뒤 슈거 파우더를 뿌리자 접시 위로 하얀 눈이 내렸다. 굳어 버린 바게트를 어떻게 하면 먹을 수 있을까 고민했던 프랑스 할머니들의 레시피로 근사한 아침 식사가 차려졌다.

시은은 프렌치토스트를 먹으며 제네바 여행 일정을 짰다. 고속 열차 편은 없었다. 하지만 일반 열차로도 두 시간 남짓한 거리였다.

"가깝네. 오랜만에 일반 열차 타겠다."

기차표를 예매한 후 제네바 호텔을 예약하려던 시은이 조깅을 마치고 다가오는 남자를 바라봤다.

그가 시야에서 사라지자 시은은 다시 여행 일정표로 눈을 돌렸다. 그때 큰오빠로부터 전화가 걸려 왔다.

"웬일이야, 이 시간에? 점심시간 지나지 않았어?"

한국은 오후 2시였다.

— 외근 나왔다가 들어가는 길. 부탁할 거 생각나서.

"뭔데?"

— 데일리로 쓸 만한 반지갑 좀 사다 줘. 디자인은 네가 봐서 괜찮은 걸로.

91

"오— 뭐야, 여자 친구 생겼어?"

— 남자 거. 이번에 프로젝트 진행하면서 진서 형이 많이 도와줘서 선물 하나 해야겠다 싶었는데 마침 너 거기 있으니까. 선물 고르는 센스 좀 발휘해 봐.

"그러지 뭐. 근데 그 오빠 취향이 어떤데?"

— 딱히 없는 것 같던데.

"그래도 좋아하는 브랜드나 색상 같은 거 있을 거 아냐."

—그냥 실용적이고 유행 타지 않는 무난한 거.

시은이 불만스러운 표정으로 볼에 바람을 불어 넣었다.

"그런 게 은근히 어려운데."

— 무난한 사람이라니까. 쓰기 편하겠다 싶은 걸로 사.

"최선을 다해 볼게."

— 거긴 지내기 어때?

"날씨도 숙소도 완벽해. 집주인분이 보내 준 사진보다 인테리어가 훨씬 깔끔하고 예뻐. 근데 숙소보다 더 놀라운 건 집 앞 공원이랑 날씨야. 이 건물에 에어컨 실외기 한 대도 없는 거 믿어져? 여름에 건조기 안 돌리면 빨래에서 꿉꿉한 냄새 나잖아. 근데 여기는 오전에 빨래하면 저녁에 바짝 말라 있어. 옷에서 햇볕 냄새 나. 습도만 다를 뿐인데 그거 하나로 삶의 질이 완전 달라진 기분이야."

— 그 정도야?

"그 정도야. 그리고 미세 먼지 걱정 없이 종일 창문 열어 놓고 지내. 하늘이 놀랍도록 맑아. 가을에 하늘 엄청 선명하고 맑을 때 있지? 여긴 늘 그런 하늘이야. 숙소에서 공원 호수 돌아다니는 오리도 보여. 게다가 생각보다 도시 분위기도 맘에 들고 볼 것도 많아. 미식의 도시라더니 빵이랑 디저트도 엄청 맛있어."

— 렌트비도 크게 비싸지 않다더니, 전화위복이네.

"그러게 말야. 얼떨결에 오게 된 거라 실은 좀 걱정했는데, 파리 숙소 틀어졌던 게 오히려 잘된 일이었어. 근사한 숙소 소개해 준 거 고마워서 언니 선물로 스카프 사 가려고. 몰랐는데 여기 실크도 유명한 도시더라고."

— 그래?

"아, 나 뭐 물어볼 거 있어. 인터폴 스파이가 주인공으로 나오는 영화 봤거든. 마약 딜러들 잡으려고 총격전도 벌이던데, 영화라 과장된 거야, 아니면 실제로도 FBI나 CIA처럼 목숨 걸어야 할 만큼 위험해?"

— 마약 딜러 상대하는 거면 목숨이 왔다 갔다 할 만큼 위험한 상황이겠지. 그런데 왜 갑자기 그런 게 궁금해졌는데? 인터폴 본부 옆에 살다 보니 관심 전혀 없던 분야에 흥미라도 생겼어?

"역시, 오빠는 여기에 인터폴 본부가 있다는 거 알고 있었구나."

— 현재 인터폴 총재가 한국인이라는 것도 알지.

"진짜?"

동그랗게 눈을 뜬 시은의 얼굴에 흥분이 피어올랐다. 그렇다는 건 남자가 한국 사람일 확률이 높다는 거다.

"있지, 오빠."

시은이 은밀한 목소리를 냈다.

"옆집 남자, 스파이인 것 같아."

서재 창을 닫으려던 이안의 움직임이 멈췄다. 기상 후 커피를 마시고 공원을 달린다. 돌아와 샤워를 하고 두 번째 커피를 마신다. 그의 루틴이었다.

두 번째로 내린 커피를 들고서 서재로 들어가 스케줄러를 펼쳐 오늘 보게 될 사람들의 명단을 체크하고 있을 때였다. 열어 둔 서재 창으로 목소리가 흘러들었다.

"진짜?"

며칠 전 갑자기 생긴 이웃은 짐작대로 한국인이었다. 아주 오랜만에 한국어를 듣는 이안의 표정이 복잡했다.

"있지, 오빠."

갑자기 목소리가 은밀해졌다. 마치 비밀이라도 털어놓을 것처럼 조심스러워진 목소리에 창문을 닫기 위해 창가로 갔다.

"옆집 남자, 스파이인 것 같아."

예상치 못한 말에 살짝 눈을 키운 이안이 창을 닫는 대신 창틀에 비스듬히 등을 기댔다. 비밀스러운 대화의 주제가 그였다. 그러니 도청을 해도 양심에 꺼릴 건 없었다.

"도착한 다음 날 아침에 공원에서 마주쳤는데 깜짝 놀랐어. 진짜,

잘생겼어. 잘생기기만 한 게 아니라 분위기가 근사해. 이지적인 데다 좀 서늘한 느낌? 한국인 같은데 확실하지는 않아. 아니, 아직 못 물어 봤어. 뭔가 인사 말고 사적인 말을 걸기는 좀 어려운 분위기라서. 근데 그 사람 새벽 루틴이 아주 정확하거든. 시간 강박 있는 사람처럼 정확히 6시 20분에 공원으로 조깅하러 가."

상대가 무슨 말을 하는지 잠시 침묵하다 반박하는 목소리가 퉁명 스러웠다.

"잘생겨서 지켜본 게 아니라, 아니 물론 맘에 드는 얼굴이긴 하지 만, 일어나는 시간이 비슷해서 보게 된 거란 말이야. 어쨌든 들어 봐 봐. 새벽부터 부지런하게 하루를 시작하는 사람이 낮에는 자전거 타고 돌아다니면서 설렁설렁 시간 보내는 거야. 꼭 아무 일도 안 하는 사람처럼. 분위기는 유능한 CEO나 연구원처럼 보이는데, 한량같이 그러는 게 이상하잖아. 더구나 누구보다 부지런하고 의지력 강하게 하루를 시작하는 사람이."

이안은 팔짱을 끼고서 본격적으로 엿들었다. 엘리베이터에 함께 머물 때마다 간지러울 만큼 훔쳐보던 눈길이 이것 때문이었나.

"그래서 뭐 하는 사람일까 궁금했는데, 얼마 전에 인터폴 직원이랑 은밀히 얘기 나누는 거 목격했어. 그리고 어제는 새벽에 집에 돌아왔어. 부상이라도 당한 건지 아주 지치고 힘들어하는 모습으로. 너무 쓸쓸해 보여서 도와줄 건 없는지 물어보고 싶었는데, 스파이라는 거 눈치챘다는 걸 얘기하기도 애매하고 또 괜히 귀찮게 만드는 건 아닐까 싫어서 관뒀어. 근데 확실히 몸을 무기처럼 쓰는 사람이라 그런지 어제 그렇게 힘들어 보였는데 오늘은 조깅할 만큼 회복됐나 봐. 다행이야."

암호 같던 메모가 붙어 있던 이유를 알게 되었다. 디저트를 준 이유 역시.

"아니, 인터폴 직원이랑 만나고, 새벽에 돌아온 것만으로 의심하는 게 아니라니까? 그 사람, 화보에서 막 빠져나온 느낌이야. 외모만 모델 같은 게 아니라, 뭔가 일상의 냄새가 거의 안 나. 그리고 인사할 때 보면 사회적인 미소라고 해야 하나. 뭔가 웃음을 잃어버린 사람이 마땅히 그래야 하는 상황이라 미소 짓는 것처럼 보여. 아, 이건 설명으로는 부족하고 직접 봐야 무슨 느낌인지 아는데."

불시에 급소를 공격당한 사람처럼 이안의 낯빛에 당황스러운 기색이 스쳤다. 손을 들어 기계적인 미소를 짓는다는 입술을 쓸었다. 상상력이 풍부한 예쁜 이웃은 의외로 날카로운 관찰력을 가졌나 보다.

"아무튼 바로 옆에 섹시한 스파이가 산다고 생각하니까 긴장되고 두근거리고 엄청 스릴 있어. 어쩌다 보니 리옹에 오게 된 건데, 진짜 잘 온 것 같아. 매일매일이 재밌어. 오늘 일정? 오늘은 비우 리옹이라고 구시가지 가 볼 거야. 지난번에는 피곤해서 못 본 트라불 구경하려고. 트라불이 뭐냐면 리옹에서 주로 볼 수 있는 건물 구조인데, 복도랑 계단으로 건물들이 연결돼서 돌아가지 않고도 다른 거리로……."

대화 주제가 사적인 영역으로 넘어가자 이안은 창틀에서 몸을 일으켜 창문을 닫았다.

오빠와의 통화를 마친 시은은 2박 3일간의 제네바 일정을 마저 짠 뒤 밖으로 나왔다.

숙소 앞에서 버스를 타고 벨쿠르 광장에서 멀지 않은 곳에서 하차한 후 비우 리옹 구역으로 들어갔다. 아기자기한 골목길을 따라 몇백 년 전의 건축물들을 탐방하는 재미가 있는 곳이었다. 리옹 대성당과 시네마 & 미니어처 박물관, 마리오네트 박물관이 모여 있는 데다 푸르비에르 성당으로 올라가는 언덕길이 시작되는 곳이라 늘 관광객으로 붐빈다.

시은은 오늘 이곳을 온 목적인 트라불을 찾아 돌길을 걸었다. 백 개가 넘는 트라불 중 가장 유명한 '변호사들의 집'은 큰 규모만큼이나 채도 낮은 독특한 파스텔 색감으로 눈길을 사로잡았다.

리옹은 오래전부터 방직으로 유명했고, 방직 작업에는 대량의 물이 필요했다. 방직 공장이 있는 푸르비에르 언덕에서 손강까지 하루에도 몇 번을 오가는 일은 힘든 작업이었고, 거리를 단축하기 위해 다닥다닥 붙은 건물들을 돌아가지 않도록 복도와 계단으로 통로를 만들었다. 트라불의 시작이었다.

실용적인 이유로 만들어진 트라불은 2차 세계 대전 때는 레지스탕스의 비밀 아지트 역할을 하기도 했으며, 좁고 은밀한 나선형 계단은

만남을 숨겨야 했던 연인들에게 로맨틱한 공간이 되어 주기도 했다.

안쪽으로 들어갔다가 옆 건물로 연결되는 계단과 복도를 걸으며 '변호사들의 집'을 탐방하고 나온 시은은 주변을 두리번거렸다.

"이쪽으로 가야 하나?"

슬슬 배가 고파 와 오늘 점심을 먹을 곳으로 체크해 둔 레스토랑을 찾아 두리번거리며 골목길 벽면에 붙은 거리 이름을 확인하던 때였다. 좁은 골목 끝에 익숙한 인영이 스치듯 지나갔다.

"어?"

시은은 저도 모르게 걸음을 뗐다. 남자가 들어간 골목 쪽으로 빠르게 걸어가자 자전거를 끌고 가는 뒷모습이 보였다.

"이 시간에 여기서 뭘 하는 거지?"

이틀 전이었다면 대체 뭐 하는 사람이기에 또 한량처럼 돌아다니나 했을 거다. 하지만 스파이라는 걸 알고 있는 지금, 시은의 머릿속을 스쳐 간 생각은 누군가와 접선하려는 게 아닐까 하는 의심이었다. 몇백 년 전에 세워진 건물 사이로 난 좁은 골목길의 은밀한 분위기가 그런 의심에 확신을 주었다.

스파이. 접선. 아지트.

심장을 두근두근하게 만드는 단어들이었다. 시은은 어느새 본격적으로 그의 뒤를 밟기 시작했다.

그가 모퉁이를 돌아 골목길 안으로 사라졌다. 놓칠세라 분주히 쫓아가자 두툼한 돌벽 건물의 나무문을 밀고 들어가는 게 보였다. 시은은 천천히 닫히고 있는 묵직한 문틈 사이로 잽싸게 몸을 비집고 들어 갔다.

눈앞에 정사각형의 중정이 나타났다. 밖에서는 짐작도 할 수 없는 구조에 감탄하며 주변을 두리번거렸다.

중정을 둘러싼 건물 1층은 아치형 구조의 복도로 이어져 있었다. 한낮임에도 복도 깊숙한 곳은 그늘져 보였다. 옛 수도원을 연상시키는 공간이었다. 후드를 깊숙이 덮어쓴 수도사들이 비밀회의를 위해 은밀히 이동했을 것 같은 고요하고 서늘한 분위기에 시은은 더럭 겁이 났다.

'들키면 어떡하지? 다시 나갈까?'

무슨 정신으로 스파이를 따라왔는지 모르겠다. 뒤늦게 허둥지둥 돌아서려는 시은의 시야에 복도를 통과해 어느새 맞은편 건물의 나선형 계단을 오르는 남자의 모습이 보였다. 작게 난 창으로 그의 얼굴이 보이다 사라지기를 반복했다. 마치 겁먹었냐고 놀리는 것처럼.

굳은 결심이라도 하듯 입술을 꾹 다문 시은이 멈췄던 미행을 다시 시작했다. 미로처럼 뒤엉킨 계단과 아치형 복도가 스릴 넘치는 첩보 영화 속으로 들어온 듯한 착각을 일으켰다. 한 걸음 내디딜 때마다 시은의 심장 박동이 속도를 더했다.

나선형 계단을 오르던 이안이 아래로 슬쩍 눈길을 던졌다. 처음에는 들키지 않으려고 깨금발로 걷더니 놓칠 것 같은지 아예 발소리를 내면서 쫓아오고 있었다. 부지런히 쫓아오는 어설픈 미행자에 이안이 옅은 미소를 지었다. 자세히 봐야 할 만큼 옅었지만 시은이 말했던 사회적인 미소가 아니라 진짜 미소였다.

어설픈 미행자가 붙었다는 걸 알아챈 건 철제 손잡이가 달린 두꺼운 나무 대문을 밀고 들어섰을 때였다. 복도를 걸을 때 맞은편 아치형 복도를 지나는 뭔가가 시야에 걸렸다. 처음엔 고양이인가 했다. 햇볕이 잘 드는 중정을 제집처럼 오가는 고양이를 종종 봤으니까. 그런데 미행자는 다름 아닌 예쁘고 엉뚱한 새 이웃이었다.

도청한 대화로 오늘 이 구역을 방문할 건 알고 있었지만 이런 식으로 만나게 될 줄은 예상하지 못했다.

'스파이'를 미행하는 긴장과 흥분이 고스란히 드러난 귀여운 얼굴에 이안은 입꼬리를 올렸다.

「겁 없네.」

스파이가 이웃이라 겁도 나고 스릴도 있다더니. 스릴이 겁을 이겼나 보다.

그의 약속 장소는 이번 층 복도 끝에 위치했다. 하지만 이안은 목적지를 눈앞에 두고서도 계속해 계단을 밟아 올라갔다. 놓치지 말고 잘 따라오라는 듯 평소 걸음보다 느린 속도로. 방향을 잃은 것 같을 때에는 부러 발소리도 좀 내면서.

"하아— 하아—"

타닥타닥 계단을 오르는 분주한 소리에 이어 숨이 찬 듯 가쁜 호흡이 들려왔다.

미행, 몰래 뒤따라오는 것. 하지만 뒤따라오는 것에 열중한 아마추어 미행자는 '몰래'를 잊었나 보다.

백 개가 넘는 트라불 중 현지인들의 사생활을 위해 관광객들에게는 개방되지 않은 곳들이 여럿 있었다. 이 건물이 그중 하나였다.

이안은 겁 없는 귀여운 이웃이 금지된 공간을 충분히 즐길 수 있도록 안쪽 깊숙한 복도와 은밀하게 감춰진 계단을 밟아 나갔다. 어느새 나선형 계단 마지막 층에서 옆 건물로 이어지는 복도로 접어들었다.

손목시계를 확인한 이안이 미간을 살짝 접었다. 약속 시간이 지나고 있었다. 더 늦어지면 전화가 올 것 같은데.

이 정도면 스파이에게 들키지 않고 미행했다는 스릴과 뿌듯함을 충분히 느꼈을 거다. 이안은 약속 장소를 향해 두 건물을 연결하는 통로로 들어갔다.

목적지에 도착해 노크하자 기다렸다는 듯 문이 열렸다. 고등학교 동창 테오가 손에 든 핸드폰을 흔들어 보였다.

「웬일로 늦었어? 딱 5분만 더 기다려 보고 전화하려고 했는데.」

이안은 식물도감과 진짜 식물이 가득 찬 실내로 들어가며 대답했다.

「페이스트리값 돌려주느라.」

「웬 페이스트리? 그런 거 안 먹잖아.」

「그럴 일이 있어.」

이안이 등 뒤로 문을 닫았다. 그리고 얼마 지나지 않아 시은이 숨을 할딱이며 도착했다.

"하— 어디로 가 버렸지?"

열심히 쫓아왔는데 사라져 버렸다. 아치창으로 고개를 내밀고 계단과 옆 건물의 복도를 분주한 눈으로 훑었지만 그림자도 보이지 않았다. 잘 쫓아온 것 같은데. 민첩한 스파이답게 연기처럼 눈앞에서 증발해 버렸다.

스릴 넘치던 미행이 끝났다. 시은은 그제야 무릎을 짚고 숨을 골랐다.

"아, 힘들어."

다리에 힘이 풀려 계단에 풀썩 주저앉았다.

"그래도 짜릿했다."

미로 같은 길을 헤매느라 상기된 볼을 한 시은은 흥분의 여파로 눈동자를 반짝였다.

Jour 10

호수와 마주한 나무숲을 도는 걸 마지막으로 조깅을 마친 이안은 공원 후문을 나왔다. 2차선의 짧은 건널목을 건너 아파트 건물로 향하던 이안이 갑자기 멈춰 섰다. 잠깐 미동도 없이 서 있다 불현듯 고개를 들었다. 이안의 눈길은 정확히 그의 옆집 발코니를 향해 있었다.

그를 쳐다보고 있던 눈동자의 주인이 움찔하는 게 보였다.

지켜보고 있던 걸 들켜 버렸는데 어떤 반응을 보이려나. 못 본 척 슬그머니 눈길을 돌릴까. 들고 있는 커피 잔으로 얼굴을 가려 버릴까.

용맹하고 어설펐던 미행자의 반응을 기대하며 올려다보던 이안이 놀란 듯 살짝 눈을 키웠다.

마주칠 때면 늘 그랬던 것처럼 여자는 동그랗게 눈을 떴다. 숲속에서 도토리를 줍다 바스락 소리에 놀란 다람쥐처럼. 나쁜 짓을 저지르다 걸린 것처럼 얼어붙었던 여자가 머뭇머뭇하며 손을 들어 올리더니 작게 흔들었다.

「봉주르.」

입술을 달싹이며 인사말도 던져 왔다. 평소보다 작아진 목소리에다 좀 떨리긴 했지만.

예상치 못했던 반응에 이안의 입매가 희미한 곡선을 그렸다.

「용맹하네.」

놀란 게 보이는데. 혹시나 어제의 미행을 들켜 버린 건 아닐까 하는 생각도 분명 하고 있을 텐데. 그런데도 인사를 해 왔다.

한동안 눈싸움이라도 하듯 쳐다보던 이안이 고개를 까딱여 보이고는 건물 현관으로 들어갔다.

사람 간 떨어지게 만들었던 남자가 시야에서 사라지자 인형처럼 뻣뻣하게 굳은 시은이 그때까지 어색하게 올리고 있던 오른손을 툭 내렸다. 입 안에 머금고 있던 빵도 힘겹게 삼켰다.

"……놀래라."

예고도 없이 날아온 시선은 시은을 꼼짝 못 하게 옭아맸다. 그의 눈동자에 붙잡혀 버린 그 짧은 찰나에 온갖 생각이 날아다녔다.

못 본 척 딴청 피울까. 어설프게 연기했다가 의심만 더 사지 않을까. 고민하다가 용기를 쥐어짜 손을 흔들어 보이며 인사를 했다. 그런데도 그는 미동도 없이 쳐다만 봤다. 입술이 바짝 마르고, 심장 쿵쾅

거리는 소리가 귀에 들릴 때쯤에야 그가 고개를 까딱여 알은체를 하고는 걸음을 뗐다.

"왜 쳐다본 거지? 설마, 미행한 거 들켰나? 아니, 그럼 왜 어제는 가만있다가 오늘 이러는 거지?"

한눈파는 일 없이 곧장 건물로 들어서던 그였다. 평소와는 달리 멈춰 서는 바람에 운동화 끈이라도 풀린 건가 했는데.

"경고하는 건가?"

로봇 같던 남자의 에러 같은 일탈에 시은은 혼란스러웠다.

남자의 이상 행동의 의미를 골똘히 추측해 보다 현관으로 달려 나가 도어 스코프에 눈을 가져갔다. 얼마 기다리지 않아 엘리베이터에서 내리는 그가 보였다.

복도를 걷던 그가 갑자기 고개를 돌렸다. 이번에도 시선은 정확히 그녀를 향해 있었다.

"······!"

시은은 튀어나오려는 비명을 막았다. 보고 있다는 걸 어떻게 알아챘지? 스파이의 동물적 감각을 우습게 여겼나, 겁도 없이. 너무 놀라 심장이 쿵쾅쿵쾅 요란을 떨었다.

이러다 심장이 터지겠다 싶을 때였다. 그의 입매가 슬쩍 휘어졌다. 그의 시선에 핀에 꽂힌 곤충처럼 옴짝달싹 못 하던 시은이 뜻밖의 미소를 보고는 멍하니 입을 벌렸다.

그가 사라지자 복도는 다시 어둠으로 돌아갔다. 그제야 도어 스코프에서 겨우 눈을 뗀 시은이 몸을 돌려 현관문에 기대섰다. 몰랐는데 다리가 아까부터 후들거리고 있었다.

"왜, 웃었지?"

유심히 보고 있지 않았다면 알아채지 못했을 만큼 엷었지만 지금까지 봐 왔던 형식적인 미소가 아니었다. 뭐가 그런 미소를 짓게 했을까. 영문을 알 수 없어 불안했다.

"그래도 근사하기는 했어."

시은은 손을 심장으로 가져갔다. 심장이 빠르게 손바닥을 쳤다. 스릴 넘쳤지만 이러다가 심장이 남아나지 않겠다.

Jour 11

　　로비로 들어선 이안이 우편함에서 우편물을 꺼내 엘리베이터에 올랐다. 문이 열리자 잠깐 옆집에 눈길을 던지고는 그의 집 현관에 열쇠를 꽂았다. 혹시나 메모지가 붙어 있을까 현관문을 훑으면서였다.

　　집 안으로 들어와 무릎을 굽혀 신발 끈을 풀고는 긴 복도를 지나 욕실로 들어갔다. 샤워를 마친 뒤 맨발로 나무 바닥을 밟으며 부엌으로 가 냉장고를 열었다.

　　시간표가 짜인 프로그램처럼 변화 없는 그의 루틴에서 달라지는 건 저녁 메뉴였다. 집 근처 식당에서 테이크아웃해 오거나 배달을 시키거나 혹은 냉동식품을 데우거나.

　　무감한 눈동자가 냉동 칸을 훑었다. 딱히 입맛을 돋우는 건 없었지만 메뉴가 빈약한 배달 음식도 질렸다. 눈앞에 있는 냉동식품에 손을 가져가던 이안이 한쪽에 넣어 놓은 디저트 박스에 눈길이 닿자 손끝으로 눈썹을 문질렀다.

「난감하네.」

먹을 엄두는 나지 않고 그렇다고 이대로 꽁꽁 얼려 두기에는 양심이 따끔거렸다. 이걸 받았을 때 뿌듯해하던 얼굴 때문이었다.

혀를 고문하는 일은 조금 더 보류할 생각으로 디저트 박스를 안쪽으로 슬며시 밀어 넣고는 냉동 키슈를 꺼냈다.

상자를 벗겨 전자레인지에 넣은 뒤 전자 기기가 돌아가는 동안 무감한 눈으로 공원을 산책하는 사람들을 바라보았다. 해가 질 때까지는 아직 한참 남았지만 나무를 쓸고 온 바람은 낮의 열기가 빠져 시원하게까지 느껴졌다. 건조한 공기가 머리카락의 물기를 빠르게 흡수해 갔다.

등 뒤에서 전자레인지 멈추는 소리가 들렸다. 접시를 꺼내 식탁에 앉아 포크와 나이프를 집었다.

적당한 크기로 잘라 입으로 가져가 기계적으로 입 안의 음식물을 씹던 이안이 가늘게 눈매를 접었다. 문득 알 수 없는 위화감이 일었다.

뭔가, 묘하게 신경이 거슬렸다. 위화감의 정체를 찾으려는 듯 미간을 모은 채 집중하던 이안이 아, 하고 나직한 탄성을 내뱉었다. 냄새였다. 이 시간쯤이면 어김없이 흘러나오던 맛있는 냄새. 미각을 자극하던 냄새가 사라졌다.

「아직 안 들어왔나.」

이 시간에는 거의 집에 있는 것 같던데. 그러다 오늘 아침에도 그녀의 모습을 보지 못했다는 사실을 떠올렸다. 비어 있는 발코니를 보며 어제는 용감하게 굴더니 오늘은 일부러 피하는 건가 짐작했는데.

설마 떠난 건가. 이안은 떠오른 생각을 금방 부정했다.

번역기를 돌려 메모지를 붙여 놓고, 핸드폰을 보며 문장을 읽어 내려가던 사람이었다. 떠날 때도 직접 얘기를 하거나 최소한 메모를 붙여 놓겠지. 뭐라고 할까. 실은 스파이인 거 알고 있었다고? 그래서 엄청 스릴 넘치는 휴가를 보냈다고 할까. 아니면 총이나 칼에 맞아 죽어 버리지 말라고 걱정 어린 당부를 하려나.

피식 웃으며 나이프로 키슈를 잘라 입으로 가져갔다. 연어와 시금치로 만든 키슈가 조금씩 줄어들었다.

「우습네.」

요 며칠간 저녁 식사에 양념처럼 동반하던 맛있는 냄새가 사라졌을 뿐이다. 맛있는 냄새가 입맛까지 가져가 버린 건지 입 안이 한층 까끌했다. 언제부터 집에서 하는 식사가 맛있었다고.

낯선 것에 익숙해지는 건 며칠만으로도 충분히 가능하다는 사실을 새삼 실감하며 이안은 기계적으로 접시를 비워 나갔다.

Jour 12

_____

짧게 머물렀던 노을이 사라지자 서재에 어스름이 내려앉았다. 이
안은 읽던 책을 들고 일어나 스위치를 켰다. 다시 소파 베드로 돌아가
던 그가 창가로 걸음을 옮겼다. 발코니 유리 막 너머로 레몬빛이 스며
나오고 있었다.

처음 저 빛이 그의 공간으로 넘어온 어젯밤, 이안은 그녀가 돌아온
거라고 착각했다. 야외 테이블에 올려놓은, 낮에 햇빛을 저장했다가
빛을 방출하는 태양광 무드 등이라는 걸 깨달았을 때 이안은 미간을
찌푸렸다.

돌아왔다는 착각을 한 순간과 그게 착각이라는 걸 알았을 때, 그의
감정에 진동이 생겼다. 잔잔한 호수의 수면에 빗방울 하나 떨어지는

수준이었지만 빗방울 하나로도 파문은 생겼고 한 번도 일지 않았던 파문은 적잖은 동요를 불러일으켰다.

이안은 창틀에 기대 동그란 무드 등이 만들어 내는 빛 구름을 응시했다. 한여름의 태양은 오랫동안 하늘에 머물렀다. 깊은 밤이 되어도 무드 등이 그 빛을 다 소진하지 못할 만큼.

맛있는 냄새가 사라진 걸로 의식하게 된 여자의 부재를 저 빛 구름이 이어 가고 있었다.

그의 발코니까지 침범한 빛을 생각이 많은 눈으로 관조하던 이안이 뒤돌아 들고 있던 책을 데스크에 내려놓고는 집을 나왔다. 머릿속이 복잡해질 때면 그랬듯 공원을 조금 걸을 생각이었다.

엘리베이터가 멈추고 열리는 문 사이로 산책을 하고 싶게 만든 장본인이 나타났다.

마주칠 때마다 그러듯이 동그랗게 떴던 눈이 예쁘게 휘었다.

「봉수와.」

시은은 인사와 함께 기내용 캐리어를 끌며 밖으로 나왔다. 아무도 모르는 이국땅에서 유일하게 인사하고 지내는 이웃이라서인지 겨우 2박 3일간 여행을 갔다 왔을 뿐인데 꽤 오랜만에 만난 것처럼 반가웠다.

「봉수와.」

인사를 해 온 그의 눈이 캐리어에 잠깐 닿자 시은이 얼른 말을 건넸다.

「여행. 제네바 갔어요.」

부재의 이유를 알게 된 그가 물었다.

「재미있었어요?」

이안의 목소리에는 오랜 지인이 아니라면 알아채지 못할 만큼 미미한 반가움이 섞여 있었다.

「아주 흥미 있어요.」

동사를 현재로 말하는 시은의 귀여운 실수에 이안의 눈동자에 미소가 스쳤다.

시은은 왜 흥미로웠는지 이유를 말해 줄 수 없어 아쉬웠다. 나 제네바에서 당신처럼 인터폴에 근무하는 사람 봤어요, 라고 고백할 수는 없으니까.

제네바는 평소에 갖고 있던 인상처럼 깨끗하고 아기자기한 도시였다. 감자로 만든 전통 음식 뢰스티도 맛있었고 사람들도 친절했다. 다음에도 또 가고 싶을 만큼 느낌이 좋았던 도시에서 무엇보다 흥미로웠던 건, 유엔 사무국을 구경하기 위해 제네바 기차역에서 고속 열차를 탔다가 인터폴 로고가 찍힌 파일을 옆에 놓고서 노트북 작업을 하던 사람을 발견한 거였다.

앞에 서 있는 이 남자가 아니었다면 인터폴 로고를 보면서도 알아보지 못했을 거다. 청바지에 셔츠 차림으로 문서 작업을 하던 열차 안 그 남자는 그저 외근을 나온 평범한 회사원처럼 보였으니까.

「아, 잠깐요.」

시은이 들고 있던 종이봉투에서 부피가 작은 뭔가를 꺼냈다.

「이거. 제네바 여행 선물.」

초콜릿이었다. 패키지가 예뻐서 몇 개 샀는데 포장만큼이나 내용물도 맛있어서 선물용으로 여러 개 구입했다. 나머지는 똑같은 맛으로 고르고 눈앞의 이 남자 걸로는 카카오 함량이 많은 걸 집었었다. 아무래도 이쪽을 조금 더 좋아하지 않을까 싶어서. 그러다 디저트도 잘 받아 준 걸 떠올리고는 자신의 것과 똑같은 걸로 바꿨다.

이안은 아마도 꽤 오랜 시간 디저트 박스 옆자리를 차지하게 될 초콜릿을 받아 들었다.

「고마워요.」

「뭘요.」

짧은 순간 두 사람 사이로 침묵이 흘렀다. 그리고 그가 로비로 내려가 버린 엘리베이터의 버튼을 눌렀다.

시은은 손을 흔들어 보이고는 걸음을 돌렸다. 현관문에 열쇠를 꽂아 문을 열고 안으로 들어가려다 고개를 돌렸다. 작은 인기척에도 민첩하게 반응하는 그와 눈이 마주쳤다. 시은은 눈을 휘며 또다시 손가락을 팔랑였다.

숙소 안으로 들어온 시은은 캐리어를 열어 간단히 짐을 정리하고는 샤워부터 했다. 일반 기차는 빈 좌석이 없을 만큼 꽉 찬 데다 에어컨마저 약해 두 시간 동안 사람들이 뿜어내는 열기로 땀이 날 만큼 더웠다.

집에 온 거 같은 기분으로 소파에서 뒹굴다 일어나 부엌으로 갔다.

"뭐 좀 먹을까?"

제네바에서 리옹행 기차를 타기 전 먹었던 스위스산 치즈가 듬뿍 든 샌드위치는 맛은 있지만 양이 좀 부족했다.

그릭 요거트와 지난번 스트리트 마켓에서 사 온 과일을 꺼내 발코니로 나가자 테이블 위에 놓아둔 무드 등이 어둑한 밤길에 빛을 비추는 보름달처럼 홀로 빛나고 있었다.

"잘 있었어? 나 왔다고 반기는 거야?"

말할 사람 없는 곳에서 홀로 지내다 보면 혼잣말이 는다. 혼잣말만 느는 게 아니라 사물에게도 말을 건네게 된다.

시은은 테이블에 앉아 어둑해진 공원에 불이 켜진 모습을 감상하며 요거트를 먹고 바나나 껍질을 벗겼다. 바나나 다음으로 키위 크기의 과일을 집었다. 피그 드 바르바리라는 이름을 가진 처음 보는 과일이었다.

과도로 껍질을 까던 시은이 얼굴을 찡그렸다.

"아, 따가."

약하고 가는 뭔가에 찔린 느낌에 검지를 살폈다.

"뭐지?"

따끔함과 간지러움이 섞인 것 같은 묘한 통증에 엄지로 문질러 보았다. 아무것도 걸리는 게 없었다. 혹시나 싶어 시은은 과도로 과일을 살살 굴리며 살폈다.

검지보다 조금 더 긴 타원형의 붉은 주황빛 과일 껍질 어디에도 손을 찌를 만한 가시는 눈에 띄지 않았다.

"뭐지?"

따끔했던 느낌은 금세 사라졌다. 별것 아닌가 보다. 다시 과일을 집었다. 도톰하고 부드러운 껍질을 벗기자 노르스름한 과육이 드러났다. 기대감을 안고서 한 조각을 입에 넣었다.

"무슨 맛이야, 이게?"

시은은 눈썹을 찡그린 채 집중하며 과육을 씹었다. 말캉한 과육은 달지도 시지도 쓰지도 않았다. 먹어 봤던 과일 중에 그나마 근접한 맛을 찾으려고 미각에 집중하던 시은은 결론을 냈다. 멜론을 물컵에 몇 시간 집어넣었다가 먹으면 이 맛이 날 거다.

Jour 13

침대에서 내려선 시은은 기지개를 켰다. 무심결에 잠옷용 티셔츠 속으로 손을 넣어 배를 긁으며 욕실로 들어갔다. 가볍게 세수를 하고 나와 커피 메이커에 물을 붓다가 다시 배를 긁었다.

"아, 피곤하다."

말끝에 하품이 나왔다. 2박 3일 동안 부지런히 제네바를 돌아다닌 탓에 평소보다 푹 잤는데도 나른했다. 그래서인지 입 안이 깔깔해 빵을 사러 나가는 대신 커피만 따라 발코니로 나갔다.

"왜 이렇게 간지럽지."

이상하게 배가 점점 더 가려웠다.

"모기한테 물렸나?"

건조해서인지, 아님 올여름이 유독 모기가 없어서인지 한눈에 담기 어려울 만큼 커다란 호수와 나무가 무성한 공원이 바로 앞인데도 아직까지 모기를 본 적이 없었다. 리옹보다 더 깨끗했던 제네바에서도 마찬가지였다. 대체 어디서 물린 거지. 기차 안인가?

의아해하며 티셔츠를 걷어 올린 시은이 어리둥절한 얼굴을 했다.

"이게 뭐야?"

뭔가에 긁힌 것처럼 피부가 부풀어 올라 있었다. 모기 물린 자국과는 확연히 달랐다.

"뭐지? 왜 이런 거지?"

당황한 얼굴로 트러블 자국을 바라보다 조심스레 손끝으로 만져 봤다. 딱히 통증은 없었지만 이대로 가라앉기만 기다리기에는 부푼 정도나 크기가 심상치 않았다. 무엇보다 원인을 알 수 없어 불안했다.

"여기 와서 병원 갈 일이 생길 줄이야."

시은은 핸드폰을 집어 숙소 근처의 피부과를 검색했다. 가장 빨리 예약할 수 있는 곳을 찾던 시은이 어이가 없다는 듯 중얼거렸다.

"말도 안 돼."

예약 가능한 가장 빠른 날짜가 9월 말이었다.

"대학 병원도 아니고 개인 병원인데 왜 이러지?"

불만 가득한 표정으로 볼에 입바람을 빵빵하게 넣고 검색 거리를 넓혀 갔지만 별반 차이가 없었다.

"휴가철이라 그러나?"

불만은 곧 걱정으로 변했다. 이 정도 피부 트러블은 굳이 피부과가 아니어도 괜찮지 않나.

시은은 초조해져 가정학과, 내과 할 것 없이 마구잡이로 클릭을 했다. 그러다 내일 오전에 딱 한 자리가 남아 있는 곳을 발견했다. 예약하려 얼른 빈 시간대를 클릭하자 빨간색 문구가 떴다. 빨간색이 뭔가 불길해 보여 얼른 번역기를 돌렸다.

[현재 새로운 환자는 받지 않습니다. 예약 시 참고해 주시길 바랍니다.]

"아니, 왜?"

번역된 문구를 이해할 수 없어 멍하니 있던 시은은 다시 병원 찾기에 몰입했다. 이해는 안 가지만 다른 곳을 찾는 수밖에 없었다. 하지만 이번 주에 예약 가능한 병원을 찾는 건 불가능했다. 우선 약국이라도 가 볼까. 하지만 단순한 피부 트러블이 아니면?

의사와의 의사소통에 문제가 있을까 걱정했는데, 예약 자체가 불가능했다.

초조하게 아무 병원이나 마구 클릭하며 안 되면 응급실로 가야겠다고 생각하는 찰나 오늘 진료가 가능한 곳을 발견했다.

"어?"

초진 환자는 받지 않는다는 문구도 없었다. 시은은 딱 하나 남은 예약 시간대를 재빨리 클릭했다.

[18시 20분 예약이 완료되었습니다.]

예약 완료 문구가 뜨고 곧바로 컨펌 메일이 도착했다. 그러자 시은은 의자에 털썩 등을 기댔다. 큰일 하나를 해결한 듯 어깨가 축 처졌다.

"병원 예약이 이렇게나 힘들 일이야."

해외여행을 하는 동안 현지 병원을 가야 하는 건 처음이라 겨우 병원 예약 하나 하는 걸로 진이 다 빠져 버렸다.

운 좋게 예약한 병원은 숙소에서 버스로 10분 거리에 있었다. 버스는 익숙한 강변도로를 달렸다. 하차 벨을 누른 시은은 론강을 등지고 건널목을 건넜다. 병원은 4차선 도로 안쪽 조용한 주택가에 위치해 있었다.

번지를 확인하며 걷던 시은이 고개를 갸웃했다. 몇 걸음만 더 가면 병원이 나와야 하는데, 아무리 봐도 간판이 보이지 않았다. 그러고 보니 이곳에 도착한 후로 개인 병원을 본 기억이 없었다. 하얀 가운을 입은 의사들을 내세운 광고판도 보지 못했다. 보통은 약국 근처에 병원도 있을 텐데. 초록 십자가가 반짝거리는 약국은 자주 봤지만 병원 간판은 전무했다.

"뭐든 나오겠지."

불안한 마음을 누르며 주소의 번지가 적힌 건물 앞에 도착했지만 그곳에도 간판이 없었다. 대신 공동 출입문 옆 벽면에 부착된 명패가 보였다.

A4 용지 크기의 금색 동판 세 개에 전문 분야와 의사의 이름이 새겨져 있었다.

[Dr. EUGENE lane.]

"있다."

Dr. EUGENE lane. 시은이 예약한 의사였다.

안도의 숨을 내쉬며 벨을 누르자 자동으로 공동 현관문이 열렸다. 로비의 안내판을 따라가자 의사 세 명의 이름이 붙은 나무문이 보였다. 안으로 들어가자 복도를 중심으로 여러 개의 문이 있었다. 그중 대기실이라고 적힌 곳의 손잡이를 조심스레 잡아 열었다.

"여기서 기다리면 되는 건가?"

문이 열리자 대기실에 있던 환자 몇 명이 기계적인 인사를 던졌다. 시은도 인사를 건네고 빈자리에 앉았다.

검진 타임이 20분 간격이라 의사 두 명이 진료를 보고 있는데도 대기실은 한적했다. 혹시나 병원을 찾다가 늦을까 봐 예약 시간보다 조금 일찍 도착한 시은은 호기심 가득한 눈으로 실내 공간을 살폈다.

처음 방문하는 프랑스 개인 병원 대기실은 군더더기 없는 심플한 공간이었다. 유일한 장식은 안내 사항과 포스터가 붙어 있는 메모판과 맞은편 벽에 걸린 작은 액자였다. 액자 속에는 그림이 아니라 겨자색 바탕에 흰색 문장 하나가 달랑 적혀 있었다.

[J' attends.]

번역기를 돌린 시은이 풋 웃음을 흘렸다.

'나는 기다립니다.'

대기실에 걸맞은 문구였다.

기다리라면 기다려야지. 위트 있는 글귀에 긴장을 푼 시은은 핸드폰을 눈앞으로 가져왔다. 숙소에서 작성한 의사에게 전할 문장을 눈으로 읽어 나가던 때였다.

대기실 문이 열리고 금발이 화려한 눈에 띄게 예쁜 여자가 「봉주르」라고 인사를 던지며 들어왔다. 그러자 환자들 중 잡지를 보고 있던 노신사가 인사와 함께 느릿하게 몸을 일으켰다.

노신사가 다리를 조금 끌며 여자에게 다가가자 불편한 걸음을 유심히 주시하던 그녀가 한쪽 팔을 내밀었다.

「자, 제 팔 잡으세요.」

「메르시, 독퇴르.」

「지난번보다는 걸음이 덜 불편해 보이시네요. 안색도 좋아지셨고요.」

「그래 보여요? 다행이네.」

할아버지와 손녀는 아닌 것 같은데. 친절한 사람이다 싶어 쳐다보던 시은이 눈을 크게 떴다. 두 사람의 대화에서 유일하게 알아들은 메르시와 독퇴르(docteur).

의사 가운을 입지 않은, 대기실까지 들어와서 거동이 불편한 환자를 부축해 가는 저 예쁜 여자가 의사였다.

진료실로 들어가는 두 사람의 모습을 신기한 눈으로 지켜보던 시은이 다시 폰으로 눈을 돌렸을 때였다.

「봉주르.」

누군가의 목소리가 또 들렸다. 반사적으로 고개를 들며 답인사를 하려던 시은이 눈을 휘둥그레 떴다. 이웃집 남자였다.

"어!"

너무 놀라 저도 모르게 검지로 남자를 가리켰던 시은이 뒤늦게 무례한 반응을 보였다는 걸 자각하고는 나머지 손가락도 폈다. 그러고는 손가락을 작게 팔랑여 보였다.

「봉주르.」

다 회복된 게 아닌가 보다. 이 병원 다니는구나. 어떻게 이런 우연이 다 있지. 하긴 집에서 그다지 멀지 않은 거리니까.

그런 생각을 하며 반갑게 인사하던 시은이 그의 표정에 웃음을 삼켰다. 이곳에서 마주칠 줄은 몰랐는지 꽤나 놀란 얼굴이었다. 놀랐다고 하기에는 살짝 눈이 커졌을 뿐이고 그것마저 금세 원래 모습으로 돌아오기는 했지만. 그럼에도 그를 계속 지켜봐 왔던 시은은 그 작은 변화를 알아챌 수 있었다.

냉철한 스파이도 이런 우연에 놀라기도 하는구나. 어떤 상황에서도 물결 하나 생기지 않는 깊은 호수처럼 고요할 것 같은 남자를 놀라게 만들었다는 사실이 재밌어 시은은 웃음이 나올 것 같았다. 그랬다가는 웃음의 이유를 설명해야 하겠지만.

시은은 그녀의 옆 빈자리를 톡톡 가리켜 보였다.

「여기, 앉아요.」

시은의 말에 환자들이 그녀를 쳐다봤다. 하지만 예상치 못한 남자의 등장에 흥분한 시은은 의아한 얼굴로 쳐다보는 그들의 시선을 알아채지 못했다.

재미있다는 듯 이채로운 눈으로 시은을 내려다보던 이안이 그녀를 불렀다.

「강시은 씨.」

시은이 경악했다. 그가 자신의 이름을 알고 있다! 통성명을 한 적이 없는데 어떻게 강시은이라는 걸 아는 거지? 아니, 직업 특성상 알려고 든다면 신상 정보 캐내는 거야 일도 아니겠지만. 그런데 어떤 식으로 정보를 빼낸 거지? 아니, 그것보다 지극히 평범한 자신의 정보를 왜 알아낸 거지? 무슨 이유로. 역시나 미행했던 걸 들킨 걸까.

뻔히 다 알면서도 어제 그렇게 아무런 내색도 하지 않고서 초콜릿을 받은 거야?

당황해서 마구 흔들리는 눈동자 앞에 커다란 손이 내밀어졌다. 시은은 멍한 표정으로 고개를 내려 그의 손을 봤다가 다시금 그의 얼굴을 올려다봤다.

"뭘 어떡하라는 거야. 손잡으라는 건가."

당황한 시은의 혼잣말에 이상하게도 그의 입꼬리가 슬쩍 올라간 것처럼 보였다.

「닥터 으젠입니다.」

닥터? 스파이가 아니라?

"······말도 안 돼."

믿기지 않는 말에 얼떨떨한 표정을 하고서 이안을 올려다보던 시은이 뒤늦게 일어나 내밀어진 손을 맞잡았다. 총이 잘 어울린다 싶던 섹시한 손이 시은의 손을 폭 감쌌다. 보는 것보다 더 크고 상상하던 것보다 따뜻했다.

손아귀에 폭 들어오는 작은 손을 놓은 그가 여전히 믿기지 않는 얼굴을 한 시은에게 진료실을 가리켜 보였다. 시은은 그의 손이 향한 곳으로 걸음을 뗐다. 시은의 뒤를 이안이 따라 걸었다. 그의 등 뒤로 Dr. EUGENE Iane 명패가 붙은 문이 닫혔다.

평범한 상황이었다면 처음 경험하는 프랑스 개인 병원 진료실을 호기심 가득한 눈으로 둘러봤겠지만 남자의 진짜 정체에 놀란 시은은 그럴 여유가 없었다.

「앉아요.」

이안이 데스크 맞은편에 놓인 의자를 가리켰다.

"아, 네."

자신이 한국어를 하고 있다는 사실도 인지하지 못한 시은이 진료 데스크를 사이에 두고 그와 마주하고 앉았다.

시은은 뭔가 이상하다는 생각을 떨칠 수 없었다. 데스크 위에 팔을 올리고 손깍지를 낀 채 자신을 주시하는 그는 의사 가운을 입지 않았다. 진료실도 그녀가 봐 왔던 여태까지의 진료실과는 달리 의료 기기가 거의 보이지 않았다.

　방금 전 그 여의사도 가운을 입지 않았던 걸 보면 한국과는 진료 시스템이 달라서 그런 것일 수도 있겠지만. 그래도 뭔가 믿기지가 않았다. 시은의 머릿속으로 의심이 번뜩 스쳤다.

　'의사라는 건 스파이라는 걸 숨기기 위한 위장 신분이 아닐까. 어쩌면 단순한 스파이가 아니라 한층 더 높은 신분의……'

　시은은 고개를 흔들었다. 그건 지나친 비약 같았다.

　고민에 빠진 얼굴을 하다가 금방 고개를 젓는 시은을 주시하던 이안의 눈꼬리가 살짝 접혔다. 스파이라고 믿었던 사람이 의사라며 나타났으니 무슨 생각을 할까. 상상력 풍부한 사람이니 위장용 신분이라고 의심하는 중일까. 스릴 넘치는 삶을 사는 스파이인 줄 알았는데 실상은 평범한 의사라서 실망했을까.

　이안은 시은의 몸을 진료하는 것보다 머릿속을 분주히 오가고 있을 생각들을 관찰하고 싶었다. 궁금함을 감추고 의사로서 해야 할 말을 던졌다.

　「어디가 아파서 왔어요?」

　조깅을 하고서 돌아오는 길에 발코니에 앉아 핸드폰을 들여다보는 시은을 봤다. 평온한 분위기는 어디가 아픈 사람처럼 보이지 않았다. 지금도 겉으로는 그래 보였다. 몇 시간 동안 무슨 일이 있었기에 진료실을 찾은 걸까.

　그의 물음에 뒤늦게 정신을 차린 시은이 손을 들어 보였다.

「잠깐만요.」

그러고는 폰을 눈앞으로 가져와 세심하게 번역해 온 문장을 읽어 나갔다.

「어젯밤까지는 괜찮았는데, 갑자기 가려움증이 생겼어요. 모기에 물린 줄 알았는데, 모기는 아닌 것 같아요. 배가 발갛고 부어올랐어요.」

이안은 읽기에 집중한 시은의 얼굴을 대놓고 쳐다봤다. 집중할 때의 습관인지 이번에도 그림처럼 예쁜 눈썹을 살짝 찌푸리고 있었다. 정확한 발음을 내려고 애쓰는 입술의 움직임에 이안의 눈길이 머물렀다. 전부터 생각했지만 프랑스어를 잘 못한다는 걸 믿기 어려울 만큼 발음이 좋았다. 그래서 처음 인사말만 오가던 때는 프랑스어를 하는 줄 알았다.

「만지면 아프지 않아요. 가렵고 바늘로 따끔 찌를 때가 있어요.」

시은이 액정에서 눈을 떼고 고개를 들었다. 그리고 잘 알아들었는지 반응을 기다리듯 빤히 쳐다봤다.

이안은 아이를 대하듯 최대한 쉬운 단어를 사용해 대화를 시도했다. 별로 소용은 없을 것 같다는 생각을 하면서.

「지금 먹는 약이나…….」

「또 잠깐만요! 미안해요.」

또다시 손을 들어 그의 말을 멈춘 시은이 미안한 미소를 지어 보이고는 준비한 문장을 이어 나갔다.

「나랑 말해서 알겠지만 나 프랑스어 거의 못해요. 대학에서 프랑스어 잠깐 배워서 조금 읽을 줄 알고 발음 안 나빠서 사람들이 착각해요. 간단한 인사말만 알아요. 미안하지만, 여기 번역 앱에 좀 적어 줄래요? 음성 번역은 좀 알아듣기 어려워요.」

시은은 '↔' 부호를 터치해 한국어 ↔ 프랑스어로 되어 있는 걸 프랑스어 ↔ 한국어로 변경한 뒤 그에게 폰을 내밀었다.

핸드폰을 건네받는 대신 침묵한 채 액정을 응시하는 이안의 태도에 시은은 당황했다. 언어가 통하지 않는 외국인 환자를 진료하는 건 분명 번거로운 일일 거다. 단순히 번역 앱을 쓰느라 시간이 더 걸리는 문제만이 아니라 자칫 오역으로 잘못된 진단을 내려 의료 사고로까지 번질 수 있는 가능성을 배제할 수 없을 테니까.

그래도 마주치면 인사하는 이웃인데. 나는 자기가 부상당했을까 봐 걱정했는데. 말도 안 통하는 외국이라 당황했는데. 아픈 사람 돌보는 의사면서.

시은은 그의 무정한 태도에 서운함이 일었다. 조금 전 대기실까지 들어와 환자를 부축해 주던 친절한 그 의사와 비교되어 더 그랬다.

그동안 정이라도 들은 건가. 생각보다 더 마음이 상해 시은은 시무룩한 얼굴로 입술을 꾹 다물었다.

이안은 시은의 핸드폰 액정에 뜬 한국어 문장과 프랑스어 문장을 번갈아 눈에 담았다. 번역 앱의 결과물은 불규칙하다. 어떤 문장은 완벽하게 또 어떤 문장들은 그럭저럭 의미를 전달한다. 때로는 지극히 심플한 문장에도 전혀 엉뚱한 해석을 내놓기도 한다.

지금까지는 시은과의 소통에 큰 오역은 없었다. 하지만 기계를 상대로 앞으로도 그럴 거라는 확신은 할 수 없었다. 그러니 의사로서의 의무를 다하려면 한국어로 진료를 해야 한다.

막 성인이 된 열여덟 살 때, 치유가 불가능한 상처를 입은 이안은 더 이상 한국어를 사용하는 일은 없을 거라고 다짐했었다. 하지만 의사라는 직업은 국적을 가려 환자를 받지 않는다. 언젠가는 프랑스어가 유창하지 않은 환자에게 한국어로 진료할 날이 올지 모른다고 생각했다. 그게 눈앞의 이 여자가 될 줄은 몰랐다.

이안은 생각이 많은 눈을 하고서 시은을 응시했다. 다른 환자였다면 곧바로 한국어로 진료를 이어 나갔을 거다. 환자에게 사용하는 한국어는 그저 진료를 위한 도구일 뿐이니까.

하지만 눈앞의 환자는 그의 감정에 파문을 일으킨 여자였다. 이안은 시은에게 한국어로 말을 거는 지금이 시은과의 관계에 분기점이 될 거라는 예감이 들었다.

이안의 침묵을 오해한 시은이 마음이 상한 걸 애써 감추며 대안을 제시했다.

「영어는 좀 할 줄 알아요…….」

이안은 핸드폰 액정에서 눈길을 거뒀다. 그리고 속상하고 억울한 표정인 시은을 달래듯 미소를 지어 보이며 물었다.

"지금 먹고 있는 약 있어요?"

"……!"

놀라서 고장 난 기계처럼 굳어 있던 시은이 단번에 환한 미소를 지었다. 눈물이 찔끔 나올 것 같던 서운한 상황에서 듣게 된 한국어라 더더욱 반가웠다.

"한국 사람이었네요! 안 그래도 혹시나 했는데."

"부모님이 한국분이셨습니다."

"아, 그래요?"

"복용 중인 약이 있거나 알레르기 같은 거 있어요?"

이안의 말투가 뭔가 좀 이상했다. 마치 오랫동안 쓰지 않아 먼지가 잔뜩 쌓인 언어를 다시 끄집어낸 것처럼 어색하게 느껴졌다. 말은 유창한데 묘한 이질감이 그런 생각을 하게 했다.

고개를 갸웃한 시은이 그의 문진에 성실하게 답했다.

"아뇨. 지금까지 알레르기 때문에 고생한 적은 없어요. 복용하는 약도 없고요."

"피임약도?"

"네?"

시은의 반응에 그녀의 차트를 만들어 정보를 입력하던 이안이 노트북 액정에서 눈을 떼고 시은을 쳐다봤다. 불규칙한 주기나 생리통이 심한 경우 흔히들 처방받는 약품 중 하나였다. 그리고 피임을 위해서도.

의사 특유의 무감한 눈동자에 시은은 놀란 게 민망하다는 얼굴로 고개를 저었다.

"아뇨. 안 먹어요."

그러자 이안이 진료실 안쪽 공간을 가리켜 보였다.

"초진이라 기본적인 정보가 없으니 우선 혈압부터 체크하죠. 저쪽 진찰실로 들어가서 옷 벗어요."

그의 손가락이 가리키는 곳으로 고개를 돌리던 시은이 놀라 다시 이안을 봤다.

"어…… 블라우스 벗으라고요?"

시은은 입고 있는 민소매 블라우스를 손가락으로 가리켜 보였다. 이안은 모니터에서 눈을 떼지 않은 채 무심히 대답했다.

"바지도."

"……."

블라우스 자락을 들춰 트러블이 난 곳만 보여 주면 되는 줄 알았는데.

일어서는 기척이 나지 않자 이안이 시은을 쳐다보며 한쪽 눈썹을 밀어 올렸다. 문제가 있냐는 듯한 시선이었다.

아직 벗지도 않았는데 얼굴이 달아올랐다. 당황했다는 걸 알아차리면 더 민망해질 것 같아 아무렇지 않은 척하며 일어났다. 그래 봤자 볼이 빨개진 건 감출 수 없겠지만.

안쪽 공간은 그냥 책이 좀 많은 서재 분위기의 바깥 공간보다 병원에 왔다는 기분이 드는 곳이었다. 진찰대와 그 옆 테이블에 놓인 청진기 같은 의료 기구들 때문이었다.

아담한 공간은 프렌치 스타일의 기다란 창으로 쏟아지는 햇살로 환했다. 투명한 창 너머의 작은 정원에는 예쁜 벤치가 놓여 있었다. 열린 창으로 벤치 옆에 심어 놓은 라벤더 향이 들어왔다.

지금 같은 상황이 아니었다면 동화 속에 나올 법한 은밀하고 예쁜 정원에 눈을 빼앗겼을 테지만 당장 옷을 벗어야 한다는 사실에 시은은 정신이 없었다.

속옷 뭐 입었더라. 이럴 줄 알았으면 신경 써서 고를걸. 아니, 남자친구도 아니고 진찰받으려고 옷 벗으면서 무슨 속옷 걱정이야. 미쳤나 봐. 당황해서 별생각을 다 하고 있었다.

머리를 흔들어 잡생각을 털어 내고는 주섬주섬 블라우스를 벗어 옷걸이에 걸었다. 청바지도 벗었다. 속옷만 입은 채 시은은 입술을 잘근거렸다. 이제 다 벗었다고 말을 해야 하나. 그냥 기다리면 되는 건가.

시은이 처음 경험하는 검진 스타일에 당황하며 허둥거리는 동안 이안은 그녀의 차트를 들여다보고 있었다.

[Kang Sieun]

오늘 아침, 당뇨를 관리 중인 환자가 취소한 예약 타임에 새로운 환자 이름이 떴다. 진료 기록이 없는 환자였다. 이안은 두 명의 동료와 함께 진료하고 있었고, 그중 한 명이 2주간 바캉스를 떠난 상태였다. 바캉스로 자리를 비운 동료의 환자를 그와 또 다른 동료인 셀린과 둘이 나눠 맡고 있었다.

동료의 환자일 거라고 짐작했다. 아니면 이사로 인해 새로운 주치의가 필요한 환자거나.

강시은. 한국인 이름이었다. 하지만 유학생이거나 이민자일 높은 확률의 가능성을 제쳐 두고 옆집 여자가 나타날 줄은 예상하지 못했다.

강시은. 자기만큼이나 예쁜 디저트를 만들 줄 알고, 잘 모르는 이웃이 다쳤을까 봐 걱정 담긴 메시지를 남기고, 겁 많은 눈을 하고서 겁 없이 스파이를 미행하는 엉뚱하고 사랑스러운 이웃의 이름이었다.

이안은 '복용하는 약 없음'과 '알레르기 없음' 아래로 마우스를 옮기며 질문을 던졌다.

"키가 몇이죠?"

안쪽에서 목소리가 흘러나왔다.

"162요."

"거기 체중계 올라가 봐요. 몇이죠?"

잠깐의 침묵 후 대답이 들려왔다.

"……요."

키를 알려 줬을 때와는 달리 아주 작은 목소리였다. 귀를 기울이지 않았다면 알아듣지 못했을 만큼 작아진 목소리로 숫자를 읊더니 뒤이어 주절주절 변명 같은 설명이 날아들었다.

"여기 온 지 2주밖에 안 됐는데 벌써 2킬로가 늘었어요. 매일 아침마다 빵 먹고, 후식으로 디저트 먹었더니……."

시무룩한 어투에 이안이 피식 웃음을 흘렸다. 말끝에 한숨이 들린 것 같기도 했다. 눈동자만 감정이 풍부한 줄 알았는데 목소리도 기분을 쉽게 드러냈다.

이안이 일어나 안쪽 공간으로 들어섰다. 시은이 진료실 한가운데 서서 양손을 맞잡고는 손가락을 꼼지락거리고 있었다.

이안이 진찰대를 가리켰다.

"저기 앉아요. 혈압부터 체크하죠."

"네."

시은은 진찰대로 걸어가며 속옷만 입고 있는 상태를 의식하지 않으려 애썼다. 하지만 그러기에는 저녁 7시가 가까운 시각에도 햇살은 지나치게 환했고, 그녀에게로 다가오는 이안은 온전히 옷을 입고 있었다. 그리고 무엇보다 심장이 떨릴 만큼 섹시했고. 헐벗고 있다는 걸 애써 무시하려는 시도는 실패했다.

진찰대에 조심스레 걸터앉자 이안이 의자를 끌어와 시은과 가까이 앉았다. 무릎이 닿을 것 같은 거리였다.

이안이 청진기를 집었다. 총이 잘 어울리는 섹시한 손이라고 생각 했는데 청진기도 근사하게 어울렸다. 청진기를 목에 건 이안의 커다란 손이 시은의 팔을 잡았다. 맨살을 쥐는 따뜻한 감촉에 시은은 눈을 질끈 감았다 떴다.

이안에게서 눈을 돌려 사랑스러운 정원을 보며 딴생각을 하려 애썼다. 정신없이 뛰는 심장 박동과 아마도 고혈압에 가까울 수치를 낮추려는 나름의 안간힘이었다.

이안은 시은의 가는 팔에 커프를 감았다. 눈으로 보는 것보다 더 매끈하고 부드러운 피부를 의식하지 않으려 혈압계의 숫자에 집중했다. 숫자가 빠르게 치솟았다.

미간을 접은 이안이 잠깐 시은에게 눈길을 던졌다가 다시 혈압을 체크했다. 수축기 혈압, 이완기 혈압, 심박수 모두 처음보다 높았다.

"147에 84. 혈압이 좀 높은데요. 심장도 지나치게 빠르게 뛰고. 최근에 혈압 재 본 적 있어요?"

"한 달 전쯤에 감기로 병원 갔다가 재 봤는데 정상이었어요. 지금까지 혈압이 높았던 적은 한 번도 없어요."

평소보다 좀 발그스름한 볼을 보며 이안이 물었다.

"긴장했어요?"

"조금요."

시은은 허벅지에 올려놓은 양손을 주먹 쥐며 뜨끈하게 달아오른 볼을 만지고 싶은 마음을 눌렀다.

"진료실에 오는 것만으로 혈압이 불규칙하게 오르는 환자들이 간혹 있죠. 의사를 봐야 하는 건 기분 좋은 일이 전혀 아니니까. 외국에서 진료를 받는 거면 더 그럴 테고."

시은의 긴장을 풀어 주려는 듯 이안이 눈을 마주치며 미소를 지어 보였다. 하지만 시은의 심장을 더 빨리 뛰게 하는 역효과만 냈다.

"일어나서 이쪽으로 와 봐요."

시은은 그의 요구대로 창가로 가서 섰다. 한낮처럼 환한 햇살이 시은의 피부를 적나라하게 비추었다.

이안은 햇살을 맞고 선 시은을 세심하게 훑었다. 아랫배에만 트러블이 생겼다고 했지만 시은이 미처 발견하지 못한 부분이 있는지 꼼꼼하게 확인해 나갔다.

이안이 등 뒤로 돌아가자 조심스레 숨을 토해 낸 시은이 손가락을 움찔움찔했다. 한껏 예민해진 탓에 이안의 눈동자가 어디를 보고 있는지 알 수 있을 것만 같았다.

시은은 다시 눈앞의 정원을 보며 이안의 눈길을 잊으려 애썼다. 담쟁이넝쿨이 뒤덮은 저 담은 2미터는 훌쩍 넘겠다. 나무 벤치에 앉아서 음악 듣거나 노을 바라보면 근사하겠다. 잔디밭에 블랭킷 깔고서 피크닉하기도 딱 좋고. 저기서 점심 먹기도 하는 걸까. 벽이 높아서 다른 사람들 시선 신경 쓰지 않고 즐길 수 있는 비밀스럽고 사랑스러운 공간이구나.

'미치겠다.'

주근깨 하나도 감출 수 없을 만큼 밝은 햇살에 노출된 피부를 훑고 가는 시선을 의식하지 않으려는 시도는 실패했다. 예민해진 피부는 눈동자가 아니라 손끝으로 쓸고 있는 것처럼 솜털이 일어났다.

혼자서는 놓칠 수 있는 부위까지 체크한 이안이 시은의 앞에 섰다.

"다행히 다른 곳은 깨끗하군요."

이안은 상체를 조금 숙여 트러블 가까이 얼굴을 가져갔다. 배꼽 근처 작은 점 하나를 제하고는 잡티 하나 없이 깨끗한 피부라 더 도드라져 보이는 트러블을 손끝으로 살짝 건드렸다.

"흡!"

손이 닿은 아랫배가 쏙 들어갔다. 호흡마저 멈췄다.

이안이 눈을 들어 물었다.

"아파요?"

"아뇨, 긴장해서……."

다시 트러블 쪽으로 눈길을 내리며 이안이 엷은 미소를 지었다. 겁도 없이 스파이를 미행할 만큼 용맹하면서 겨우 진찰받는 걸로 긴장하다니. 뭔가 모순적인데 그게 귀엽기도 했다.

조금 더 피부 상태를 살펴본 이안이 상체를 세웠다.

"옷 입어요."

"네."

반가운 소리에 시은은 서둘러 블라우스를 입고 단추를 채웠다. 저도 모르게 허둥댄 탓인지 청바지에 다리를 꿰다가 휘청했다.

"아!"

이안이 날렵하게 낚아채듯 팔을 잡았다.

"괜찮아요?"

"어, 네."

시은이 균형을 잡자 이안이 잡았던 팔을 놓아주었다.

시은은 침착하려 애쓰며 청바지의 지퍼를 올렸다. 옷을 벗은 게 민망했는데, 옷을 입는 장면을 보이는 것도 못지않게 부끄러운 일이었다.

겨우 옷을 다 입자 이안이 창틀에 등을 기대며 팔짱을 꼈다.

"최근에 먹은 것들 쭉 얘기해 봐요."

시은은 홧홧하게 달아오른 뺨에 손부채질을 하고 싶은 마음을 꾹 누르며 하나씩 기억을 더듬었다.

"어제 아침은 호텔 조식 먹었어요. 커피랑, 크루아상 그리고 요거트랑 멜론. 점심은 스위스 전통 요리라는 뢰스티 먹었고, 후식은 크렘 브륄레 그리고 제네바 기차역 카페에서 에멘탈 치즈 들어간 샌드위치를 저녁으로 먹었어요. 숙소에 와서는 출출해서 그릭 요거트랑 바나나랑 피그 드 바르바리 하나 먹고……."

"껍질, 손으로 만졌어요?"

시은이 어리둥절해서는 되물었다.

"피그 드 바르바리요? 껍질 벗겨서 먹는 거 아니었어요? 바나나 껍질처럼 도톰하던데."

"벗겨서 먹어야죠. 하지만 껍질을 손으로 직접 만지면 지금처럼 알레르기가 생길 수 있어요."

"아, 그럼 그 과일 때문이었어요?"

"껍질 만졌을 때 따끔하거나 간지럽지 않았어요?"

시은이 눈을 크게 떴다.

146

"그랬어요! 간질간질한 뭔가가 손가락을 찌른 것 같긴 했는데, 껍질에 가시도 안 보이고 손가락도 금방 괜찮아져서 방금까지 그 일은 까맣게 잊고 있었어요."

"매끈해 보여도 선인장류 과일이니까."

"그럼 껍질 어떻게 벗겨 먹어요?"

"포크와 나이프로."

이안이 창틀에서 등을 떼며 대답했다.

"연고 바르면 금방 좋아질 겁니다. 나와요. 처방전 써 줄 테니까."

"네."

옷걸이에 걸어 놓은 크로스 백을 챙기며 시은이 긴 숨을 내뱉었다. 진찰 한번 받았을 뿐인데 혼이 쏙 빠져 버린 기분이었다.

"저 남자는 그냥 환자로만 대하는데 괜히 혼자 벗은 거 의식해서는……."

중얼거리던 시은이 놀라 손바닥으로 입을 막았다. 이안이 한국어를 한다는 걸 순간적으로 잊었다.

들었을까.

동그란 눈을 하고서 옆 공간의 기척에 귀를 기울이던 시은이 막았던 입에서 손을 뗐다. 손을 파닥이며 볼의 열기를 좀 식히고는 이안이 있는 공간으로 나갔다.

다시 의자에 앉아 처방전을 타이핑하는 이안을 바라보던 시은이 갑자기 떠오른 의문에 질문했다.

"근데 시장에서 사람들 그 과일 살 때 그냥 손으로 집어서 봉투에 담던데요?"

"그 사람들은 알레르기가 없겠죠."

"억울하다. 맛도 없었는데."

진짜 억울해 보이는 표정에 이안의 눈동자에 웃음기가 스쳤다. 이안은 출력한 처방전에 사인을 하며 연고 사용법을 설명했다.

"오전 오후, 두 번씩 엷게 펴 발라요. 가려운 증상은 금방 사라질 거고, 붉은 기가 사라지는 건 며칠 걸릴 겁니다."

"알겠어요."

처방전을 건네려던 이안이 뭔가를 빠르게 덧붙여 썼다.

얌전히 기다렸다가 처방전을 받아 든 시은이 궁금했던 걸 물었다.

"근데 뭐 하나 물어봐도 돼요? 예약할 때 보니까 초진 환자는 안 받는다는 안내문이 뜨는 곳들이 꽤 있던데, 왜 그런 거예요?"

"의사가 하루에 돌볼 수 있는 환자는 한계가 있으니까요. 찾아오는 환자를 모두 받다 보면 환자 한 명에게 할애하는 시간이 짧아질 수밖에 없는데, 그러면 정상적인 진료가 힘들지 않겠어요?"

"그럼 그런 문구가 없는 병원은요?"

"개원한 지 얼마 되지 않았거나 돌보던 환자가 다른 지역으로 이사를 갔다거나 하는 이유로 새로운 환자를 받을 여력이 있는 곳들이겠죠. 나 같은 경우는 바캉스를 떠난 동료 의사의 환자도 진료해 주고 있는 상황이라서 잠시 문구를 삭제한 거고요."

"예약하기 힘들다고 툴툴댔는데 내가 정말 운이 좋았던 거네요. 응급실 가야 하나 했거든요. 여기저기 마구잡이로 클릭하다가 우연히 여기 온 건데. 출국할 때까지 병원 올 일이 생길 줄은 몰랐어요."

출국이라는 말에 이안이 시은을 빤히 보더니 물었다.

"리옹에는 언제까지 있어요?"

"이번 달 말에 출국해요. 출국 일주일 전쯤에 파리로 가서 파리 여행하다가 거기서 비행기 탈 예정이고요."

"지내는 동안 혹시 또 진료가 필요한 일이 있으면 예약 사이트 거치지 말고 나한테 직접 얘기해요. 오늘은 예약 환자가 취소하는 바람에 예약이 가능했던 거니까."

"그래도 돼요?"

생각지도 못한 제안에 시은이 반가워하며 되물었다.

이안이 고개를 까딱이자 시은이 창밖 햇살만큼 화사한 미소를 지었다.

"고마워요. 얼마나 안심되는지 아마 짐작도 못 할 거예요."

눈부신 미소에서 눈을 떼지 못하던 이안이 복도에서 들려오는 미미한 목소리에 시간을 확인하고는 일어섰다.

"다음 환자가 있어서."

덩달아 일어선 시은이 물었다.

"어, 저기 진료비는?"

"받은 걸로 하죠."

"네? 왜요?"

"디저트 먹은 값이라고 하죠."

"아."

시은이 또 한 번 화사하게 웃었다. 이안은 시은의 눈을 바라보며 손을 내밀었다. 시은은 대기실에서와는 달리 냉큼 그의 손을 잡았다.

잡았던 손을 놓은 이안이 진료실 문을 열어 주었다.

시은은 손을 흔들어 보이고서 복도를 걸어 나왔다. 등 뒤에서 이안이 마지막 환자의 이름을 부르는 소리가 들렸다.

병원 문이 닫히는 사이로 시은의 뒷모습을 바라보던 이안이 환자와 악수를 나누었다.

병원 밖으로 나온 시은은 걸음을 멈추고서 건물 벽면에 붙은 명패를 바라봤다.

Dr. EUGENE Iane. 심장내과 전문의.

닥터 으젠 이안. 아까 이안은 닥터 으젠이라고 소개했다. 게다가 대문자로 쓰여 있는 걸 보면 으젠이 성이라는 뜻이었다.

"부모님이 한국분이시니까 한국식으로는 유진이라고 발음하는 게 맞겠지? 근데 유진이라는 성도 있었나? 아님 부모님 성을 둘 다 쓰는 건가? 어쨌든 잘 어울린다. 이름도 그렇고."

출국할 때까지 스파이라는 걸 제하고는 아무것도 모르고 갈 줄 알았는데, 그의 이름을 알게 되었다. 진짜 직업도. 그리고 부모님이 한국분이라는 것도. 정보가 늘어난 만큼 알고 싶은 것도 늘어 갔다.

"부모님이 한국인이라는 건 자기는 프랑스인이라는 거겠지? 그런데 한국어 쓰는 거 오랜만인가?"

한국어 실력이 유창했음에도 왠지 그런 느낌을 받았다. 모국어인 프랑스어가 더 편한 데다 한국어를 사용할 기회가 별로 없으면 그럴 수 있지.

"그럼 가족이랑도 프랑스어를 쓰나? 가족들은 다른 도시에 사나?"

리옹에 온 지 며칠밖에 되지 않았지만 한 번도 그의 집에 누군가 찾아온 걸 본 적이 없었다.

동판에 반사된 햇빛에 그의 이름이 반짝였다. 실눈을 뜨고서 바라보던 시은이 약국으로 발길을 돌렸다.

쉽게 눈에 띄지 않는 개인 병원과는 달리 초록 십자가가 반짝이는 약국은 멀리서도 잘 보였다.

약국 안으로 들어간 시은은 차례를 기다리는 동안 처방전을 무심코 펼쳐 봤다. 사인 밑에 이안이 휘갈겨 쓴 문장 하나. 글자보다는 그림에 가까운 필체를 보며 암호를 해독하듯이 알파벳을 맞춰 보다 포기한 시은은 그녀의 차례가 오자 처방전을 내밀었다.

「안녕하세요.」

「네, 안녕하세요. 의료 보험증도…….」

처방전에 눈길을 주며 의료 보험 전자 카드를 요구하던 약사가 처방전에서 눈을 들어 시은을 쳐다봤다. 다시 말을 걸어온 그녀는 영어를 썼다.

『관광객이시군요. 여행 왔는데 알레르기가 생겨서 어떡해요. 그래도 큰 트러블은 아니라 연고만 바르면 금방 나을 거예요.』

그러더니 뒤돌아 선반에서 처방전의 연고를 찾아 건네며 사용법을 알려 주었다.

『하루에 두 번 아침, 저녁으로 얇게 펴 바르세요.』

시은은 의아한 얼굴을 했다. 고작 인사 한 마디 했는데 여행객이라는 걸 어떻게 알았지.

『제가 여행객이라는 거 어떻게 아셨어요?』

『여기, 닥터 으젠이 영어가 가능한, 프랑스어를 사용하지 않는 관광객이니까 배려 부탁한다고 써 주셨는데요.』

『아, 그 뜻이었어요? 뭐라고 썼을지 해석해 보려고 해도 불가능하더라고요. 의사들 글씨 난해한 건 세계 공통인가 봐요.』

『그렇죠?』

공감한다는 듯 약사가 시은을 마주 보며 웃었다.

『그런데 닥터 으젠과 잘 아는 사이신가 봐요?』

『아뇨. 여행 와서 우연히 이웃이 됐어요.』

『그래요? 운이 좋으시네요.』

『네, 정말 운이 좋았어요.』

『리옹은 어때요?』

『생각보다 더 마음에 들어요.』

『다행이네요. 여행자 보험 드셨죠? 보험료 청구할 수 있도록 처리

해 드릴게요.』

약사가 처방전과 신분증을 스캔하고는 돌려주었다.

『리옹에서 즐거운 시간 보내세요.』

『감사합니다.』

약국을 나온 시은은 근처 버스 정류장 벤치에 앉아 처방전을 펼쳤다. 무슨 뜻인지 알고 나자 해독 불가능한 암호처럼 보였던 단어들이 모양을 드러냈다.

"생각보다 엄청 다정하네."

차가운 얼굴로 따뜻한 배려의 말을 휘갈기듯 써 놓은 이안. 알아보기 힘든 글씨만큼이나 짐작하기 어려운 성격의 남자였다. 진짜 성격을 알 수 있는 기회도 없겠지만.

"아쉽다."

처방전을 잘 접어 크로스 백에 집어넣던 시은이 자전거를 타고 골목 안쪽에서 나오는 이안을 발견했다.

"진료 끝났나 보다."

이안이 점점 가까워졌다. 속도를 줄이며 하지만 완전히 멈추지는 않은 채 이안이 그녀 앞을 스쳐 지나갔다. 눈짓으로 인사를 하는 그에게 시은도 웃으며 손을 흔들었다. 이안을 마주친 첫날부터 그랬듯 시은의 고개가 자동인형처럼 멀어지는 그의 움직임을 따라갔다.

Jour 14

미친 듯한 속도로 중앙선을 넘어온 승용차에 이안이 탄 차가 뒹굴었다. 구르는 차 안에서 정신없이 흔들렸다. 구토를 유발하는 흔들림이 멈췄을 때 눈앞으로 시뻘건 피가 쏟아졌다. 슬로 모션처럼 다가온 핏방울이 얼굴에 들러붙었다. 점성 높은 피는 뜨거웠다.

부러진 갈비뼈 탓에 호흡이 힘들었다. 하지만 엄마를 부르는 걸 멈출 수 없었다. 생명이 빠져나가는 엄마의 눈동자가 크게 확대되었다.

'아들은 살아 있어!'

환청 같은 누군가의 외침이 들렸다. 쑥 가라앉는 몸이 아득했다. 뭐라도 잡고 싶어 허둥거리는 손이 피로 끈적끈적했다.

손을 적신 피가 지나치게 생생했다. 꿈과 현실이 얽혀 이안을 괴롭혔다. 짙은 눈썹을 찌푸린 채 가위에 눌린 것처럼 굳어 있던 이안이 번뜩 눈을 떴다. 악몽의 여파를 드러내듯 검은 눈동자는 무겁게 침잠되어 있었다.

익숙한 악몽이었다. 하지만 꽤 오랫동안 찾아들지 않았던 악몽이기도 했다.

덧창 사이로 스며든 달빛을 의지해 핸드폰으로 손을 뻗었다. 새벽 4시였다. 이안은 팔을 들어 눈을 덮었다. 한동안 그러고 있었지만 다시 잠이 들기 어렵다는 건 누적된 경험으로 알고 있었다.

몸을 일으킨 이안은 침대 끝에 걸터앉아 떨리는 손으로 이마에 들러붙은 머리카락을 쓸어 넘겼다. 덧창의 미세한 틈으로 파고든 빛이 그의 맨등에 내려앉았다. 악몽 속에서의 가빴던 숨이 여진처럼 남아 등줄기가 잘게 떨렸다.

한숨과 닮은 숨을 내쉰 이안이 느릿느릿 몸을 일으켰다.

커피를 내려 발코니로 나갔다. 유리 막 너머로 은밀하게 건너온 빛에 불을 켜지 않아도 사물이 분간되었다.

「너였구나.」

덧창으로 스며든 게 달빛인 줄 알았는데 아직까지도 빛을 내고 있는 무드 등이었다.

시은의 공간은 무드 등을 제하고는 어두웠다. 대부분의 사람들은 잠들어 있을 시간에 홀로 깬 이안은 드문드문 가로등이 켜진 공원을 보며 커피를 마셨다.

악몽의 여파를 씻어 내듯 조용히 커피를 비워 나갔다. 격하게 뛰었던 심장이 조금씩 차분해지고 있었다.

[명문대 의대생이 만취 상태에서 몰던 차량이 중앙선을 침범해 맞은편에서 오던 승용차를 들이받았다. 이 사고로 피해 차량 운전석에 있던 남편이 갈비뼈에 폐를 찔려 그 자리에서 사망하고, 조수석의 아내는 머리에 유리 파편이 깊게 박혀 과다 출혈로 숨을 거두었다. 세 가족 중 유일한 생존자는 뒷좌석에 있던 올해 대학에 합격한 아들이다. 한국에서 노후를 보내기 위해 귀국한 재불 동포 가족의 사연이 많은 사람들을 안타깝게 했다.]

기사가 뜨고 몇 달 지난 후 판결이 내려졌다.

'부주의한 음주 운전으로 타인의 고귀한 생명을 앗아 간 행위는 다시는 발생하지 않아야 할 심각한 과실이지만, 사고 당시 만취로 심신 미약 상태였으며, 동종 범죄로 처벌받은 적이 없으며, 진심 어린 반성을 하고 있고, 가해자 역시 부상을 당해 고통을 겪었음을 인정하는 바이다. 무엇보다 앞날이 창창한 젊은 의대생의 미래를 뺏기보다는 자신의 과오를 사회에 갚을 수 있는

기회를 주는 것이 옳다고 판단되어 본 법정은 2년 징역형에 3년 집행 유예를 선고한다.'

이안은 이해되지 않는 판결문을 흰자위에 핏줄이 서도록 읽고 또 읽었다. 그래도 이해가 되지 않았다. 심신 미약. 가해자의 부상. 가해자의 미래.

정상적인 사고로는 이해할 수 없는 기형적인 판결이 이안의 심장을 산산이 조각내 버렸다. 갓 성인이 된 이안이 부모의 유골을 안고서 프랑스로 돌아오며 다시는 한국을 가는 일도, 한국어를 쓰는 일도 없을 거라고 다짐하게 된 계기였다.

그리고 오늘 그 다짐이 깨어졌다. 그리고 기다렸다는 듯 악몽이 찾아들었다.

이안이 고개를 돌려 시은이 자고 있는 공간을 응시했다.

도착한 순간부터 시선을 끌었던 시은은 미세한 틈도 놓치지 않고 파고드는 빛줄기처럼 그의 공간을 비집고 들어왔다. 점점 영역을 넓혀 가는 시은의 존재가 이안의 마음에 파동을 만들어 내고 있었다.

오류를 최소한으로 줄이기 위해 결정을 내리기 전까지 신중히 고민하는 성격인 이안은 시은을 두고서 고심 중이었다.

생각에 잠겨 시은의 공간을 바라보던 이안이 빈 잔을 들고 안으로 들어갔다. 커피를 한 잔 더 마시려다 문득 냉동실 문을 열었다.

시은이 사다 준 초콜릿을 꺼내 한 조각 잘라 입 안에 넣고는 서재로 들어가 데스크에 앉았다.

노트북을 켜는 이안의 눈에 데스크 위 탁상 달력이 들어왔다. 도움이 필요하면 언제든 노크하라는 시은의 메모가 붙어 있었다. 메모를 보자 시은의 목소리가 떠올랐다.

'……당신이 피곤하고 또 피곤할 때 단것들은 먹으면 기분이 나아지는 데 도움이 됩니다. 힘내요!'

달콤한 입술로 단걸 먹으면 기분이 나아진다며 힘내라던 시은.

악몽으로 무겁게 가라앉았았던 이안의 눈동자가 평온을 찾아 가고 있었다.

샤워 부스에서 나온 시은은 손끝에 연고를 묻혀 트러블이 난 곳 위에 살살 펴 발랐다. 어제저녁, 연고를 바르고 얼마 지나지 않아 가려운 게 사라지더니 지금은 붉은 기도 좀 옅어진 것처럼 보였다.

손부채질로 연고를 말린 뒤 노트북을 들고 발코니로 나와 프랑스 지도를 띄웠다.

당일 여행을 할 만한 곳의 정보를 체크하며 어디를 갈지 고르던 시은이 평소보다 좀 더 활기찬 기운에 고개를 들었다. 아직 이른 시간인데, 벌써부터 공원을 메운 사람들이 보였다.

무슨 일인가 하던 시은이 뒤늦게 알아차린 얼굴을 했다.

"아, 토요일이지."

혼자 머물다 보니 날짜 감각이 무뎌졌다.

피크닉 바구니를 들고서 앉을 자리를 물색하는 가족, 자전거를 타고 호숫가를 도는 커플, 축구공을 뻥뻥 차는 꼬맹이들. 손등에 턱을 괴고서 다양한 방식으로 주말 오전을 즐기는 사람들을 구경하던 시은이 중얼거렸다.

"나도 피크닉할까?"

괜찮은 생각 같았다.

"혼자 여행하니까 스케줄 의논하고 조율할 필요가 없어서 편하구나."

시은은 노트북을 덮고 집 안으로 들어가 피크닉에 필요한 물건들이 있나 살폈다. 부엌 선반 한쪽에 정리되어 있는 피크닉 바구니와 보랭 백을 쉽게 찾을 수 있었다. 거주하는 동안 침실만 제하고 편하게 사용하라던 집주인은 모든 물건을 깔끔하게 잘 정리해 놓고 사는 타입이었다.

얼마 전 쇼핑센터에서 사 온 블랭킷을 꺼내 온 시은은 메뉴를 고민했다.

"김밥 쌀까, 아님 샌드위치?"

김밥으로 결정하고는 재료를 사러 밖으로 나갔다 들어왔다. 한국

식품점에서 김밥 재료와 함께 유부초밥, 냉동 만두 같은 것도 집어 온 시은은 식탁 위에 김밥 재료를 늘어놓았다.

김밥은 혼자 먹으려고 만들기에는 좀 번거로운 요리다. 하지만 만드는 방법도 어렵지 않고 대충 말아도 맛있어 실패할 확률이 적은 요리이기도 했다.

김밥용 단무지와, 우엉, 햄, 맛살은 사 가지고 왔으니 달걀과 당근, 어묵만 준비하면 마는 건 금방이다. 어묵은 길게 썰어 간장에 볶고, 당근은 채 썰어 볶고 그리고 달걀은 잘 풀어 도톰하게 만 뒤 썰었다.

전기밥솥이 없어 전자레인지에 즉석 밥을 돌려 소금과 참기름으로 간을 하고는 김 위에 얇게 폈다. 그리고 그 위에 재료들을 하나씩 올리고는 돌돌 말았다. 김밥 한 줄이 뚝딱 만들어졌다.

기껏 재료 준비해서는 두 줄만 만들기는 아쉬운데. 그렇다고 냉장고에 보관했다 먹으면 맛이 없고.

"김밥, 안 좋아하려나."

오이 향 싫어. 참치는 느끼해. 그렇게 재료에 대한 취향은 갈라져도 아직까지 김밥을 싫어하는 사람은 만난 적이 없었다.

"직접 물어봐야겠다."

시은은 김밥 만드는 걸 멈추고 밖으로 나와 이안의 집 현관문을 노크했다. 벨도 눌렀지만 대답이 없었다.

"나갔구나."

좀 아쉬운 표정으로 돌아서던 시은이 문득 떠오른 의문에 주춤 걸음을 멈췄다. 주말에는 진료가 없었다. 그리고 오늘은 토요일이고. 토요일 오전부터 누굴 만나러 간 걸까.

"설마, 여자 친구?"

스파이라고 믿었을 때에는 단 한 번도 떠올린 적이 없던 생각이었다. 목숨을 담보로 하는 직업인 데다 일상을 사는 생활감이 전혀 느껴지지 않았으니까.

여전히 생활감은 느껴지지 않지만 목숨을 걸어야 하는 직업은 아니었다.

여자 친구가 있는 게 맞지 않을까. 그래서 밤을 새우고 새벽에 들어왔던 건지도. 아주 지치고 쓸쓸해 보였던 건 스파이라는 선입견 때문에 그렇게 보였던 거였나.

"하긴 여자 친구가 없는 게 더 이상하지."

어쩐지 좀 시무룩해지는 기분이었다. 여자 친구가 없다고 해도 자신한테는 전혀 관심 없는 사람인데.

숙소로 다시 돌아온 시은은 조금 처졌던 기분을 털어 내고는 서둘러 도시락을 준비해 공원으로 나갔다.

피크닉 바구니와 블랭킷을 들고 두리번거리다 장미 넝쿨이 그늘을 드리운 잔디밭에 자리를 잡았다. 그늘 한 점 없는 잔디밭에 누워 일광욕을 즐기는 사람들이 꽤 많았지만 시은은 피부가 따끔거릴 만큼 날카로운 햇살에 오래 노출되는 건 피하고 싶었다.

"해가 인색한 곳도 아닌데 다들 참 햇빛 좋아해."

호수에서 오리 배를 운전하는 사람들과 호수 맞은편 나무숲에서 조랑말을 타는 아이들이 보였다. 근처에서는 꼬맹이들이 조그만 고무공으로 축구를 하고 있었다. 뭐 얻어먹을 게 있나 두리번거리는 오리와 거위 역시 빠지지 않았다.

도심 가운데에 있어 접근성이 좋은 데다 동물원과 이어졌고 게다가 주말이라 사람들로 가득한데도 방대하리만큼 넓은 공원이라 번잡하거나 시끌벅적하기보다는 생동감이 넘쳤다.

하늘을 올려다보자 머리 위로 드리워진 장미 넝쿨 사이로 햇살이 보석처럼 반짝였다.

"좋다."

초록 잎과 빨간 꽃잎 사이로 파고든 햇살에 실눈을 뜨던 시은의 발끝을 뭔가가 툭 건드렸다. 어디선가 굴러온 고무공이었다.

잔디밭 주변에서 공놀이를 하던 꼬맹이들이 폴짝이며 팔을 흔들어 보였다.

「공 좀 차 주세요!」

알았다는 표시로 마주 손을 흔들어 보인 시은이 자리에서 일어나 발치에 공을 놓고는 눈으로 거리를 쟀다. 신중하게 방향을 가늠하고는 오른발을 들어 공을 찼다. 픽!

근사한 포물선을 그리며 날아가야 할 축구공이 뽈뽈 구르다 1미터 앞쯤에서 멈췄다. 멀리서도 어이없어하는 아이들의 표정이 보였다.

"푸흡!"

시은이 웃음을 터트렸다. 헛발질을 한 당사자가 민망할까 봐 못 본 척해 주던 주변 사람들이 시은이 웃자 같이 웃음을 쏟아 냈다.

시은은 좀 더 신중하게 슛을 날렸다. 하지만 이번에도 엉뚱한 방향으로 힘없이 굴러갔다.

"왜 안 되지? 고무공이라서 그런가?"

안 되겠다 싶어 직접 가져다주려 또르르 굴러가는 공을 잡으러 갔다. 누군가의 발이 공을 멈춰 세웠다. 이안이었다.

백팩을 한쪽 어깨에 걸친 이안이 발끝으로 공을 건드렸다. 장난치듯 가볍게 툭. 그러자 말 안 듣던 얄미운 공이 우아한 곡선을 그리며 아이들의 품으로 정확하게 안착했다.

「메르시, 무슈!」

고맙다고 소리치는 아이들에게 손을 들어 보인 이안이 시은을 돌아봤다. 시은의 헛발질을 목격한 이안의 눈동자에 웃음기가 남아 있었다.

여자 친구와 데이트를 하러 간 줄 알았던 이안의 등장이 반가워 시은은 환하게 미소 지었다.

"트러블은 좀 어때요?"

게다가 진료실이 아닌데도 한국어로 말을 걸어 준다. 혹시나 또다시 프랑스어를 쓰며 거리를 두는 건 아닐까 했는데. 시은의 미소가 좀 더 깊어졌다.

"연고 바르자마자 금방 좋아졌어요. 가려운 증상은 아예 없고 붉은 자국도 많이 가라앉았고요."

"다행이군요."

둘 사이로 침묵이 휙 지나갔다. 의사가 아닐 때의 이안은 말이 많지 않았다. 시은은 이안이 가 버리기 전에 얼른 대화를 이어 나갔다.

"좀 전에 노크했는데 없더라고요."

"왕진 다녀오느라."

이안이 어깨에 멘 백팩을 눈짓으로 가리켰다. 시은은 새벽에 돌아오던 이안이 메고 있던 그 백팩이라는 걸 알아봤다. 총이랑 칼, 고문 도구 같은 것들이 들어 있을 줄 알았는데.

청진기가 들어 있을 백팩에서 이안의 얼굴로 시선을 옮긴 시은이 신기하다는 듯 물었다.

"환자가 재벌이나 뭐 유명한 사람인가 봐요?"

"교사로 정년퇴직하신 80대 할아버지."

대답한 이안이 고개를 갸웃했다. 이안은 부모에게서 한국어를 배웠고 그의 한국어는 부모님이 돌아가신 그때에 멈춰 있었다.

"재벌이나 유명인이냐는 건 유행하는 농담 같은 거예요?"

시은이 손을 내저었다.

"아뇨. 그런 게 아니라 보통 왕진이라고 하면 재벌이나 정치인, 그런 사람들이 받는 혜택이라는 생각이 먼저 드니까요. 나 같은 일반인은 주치의가 집으로 왕진을 와 주는 건 상상도 못 할 일이거든요."

"거동이 불편한 환자가 진료실을 찾는 것보다 의사가 움직이는 게 더 자연스러운 일 같은데."

"지금 그 말 진짜 비현실적으로 들리는 거 알아요? 진료할 때 의사 가운도 안 입더니 의료 시스템이 정말 다른가 봐요. 근데 병원 예약할 때 보니까 주말은 휴진이었던 것 같은데, 왕진은 가나 봐요?"

"왕진은 수요일 오후에 잡혀 있고, 주말에는 진료를 안 봐요. 주말 과 야간에 진료하는 의사들이 있으니까. 하지만 오늘 왕진 다녀온 환 자분은 주치의가 아니면 진료를 거부하시는 분이라서요. 응급실을 가 야 할 만큼 위험한 상황은 아니고, 그렇다고 월요일까지 기다리시게 하기엔 연세가 있으셔서."

"그렇구나. 근데 아파서 침대에 누워 있을 때 주치의가 왕진까지 와 준다는 거 뭔가 좀 근사한 거 같아요. 아픈 건 싫지만요."

의외의 말을 들은 듯한 표정을 하던 이안이 물었다.

"용건이 뭐죠?"

"네?"

"집에 들렀다면서요."

"아, 그거요."

시은이 얼른 블랭킷 위에 무릎을 꿇고 앉아 도시락 뚜껑을 열었다.

"집에 있으면 나눠 줄까 했거든요."

정갈하게 썬 김밥과 꽃다발 같은 꽁다리 두 개 그리고 삼각 모자를 닮은 귀여운 유부초밥이 이안의 눈길을 사로잡았다. 식당뿐만 아니라 마트에서도 쉽게 볼 수 있는, 식초와 설탕으로 간을 해 새콤달콤한 맛이 나는 차가운 초밥이 아니었다. 소금과 참기름을 넣어 짭짤하고 고소한 김밥이었다. 주말 오후에 가끔 어머니가 만들어 주던 김밥처럼. 침샘을 자극하는 김밥에서 눈을 떼기가 어려웠다.

"같이 먹을래요?"

"나눠 먹기에는 미안할 만큼 적은 양인데요. 그리고 친구들이랑 약속이 있어서요."

"아, 그래요?"

「본 아페티.」

맛있게 먹으라는 말을 남기고 이안이 멀어졌다. 그가 공원 후문 쪽으로 사라지는 모습을 아쉬운 눈으로 바라보던 시은이 중얼거렸다.

"친구를 만나기도 하는구나."

하나도 놀랄 일이 아닌데 이안이 친구들을 만나는 건 어쩐지 상상이 잘 안 갔다.

셀린은 현대 미술관 정문 근처에 차를 세우고 이안에게 메시지를 보냈다.

[집 앞 도착.]

도착 메시지를 보냈다고 내다보는 성격이 아니라는 걸 알면서도 혹시나 싶어 고개를 빼고 이안의 아파트를 올려다봤다. 역시나 얼굴

한번 보기 힘들다.

「으젠 이안은 차가운 게 매력이지.」

곧 내려올 이안을 기다리며 무심히 전방을 보고 있을 때였다. 어딘가 안면이 있다 싶은 여자가 공원에서 아파트로 이어지는 건널목을 건너고 있었다.

「어디서 봤더라.」

초록불인데도 여자는 차가 오는지 주변을 살피며 건넜다. 여자의 앞모습을 보는 순간 셀린은 병원 대기실에 앉아 있던 환자라는 걸 기억해 냈다.

동료의 휴가로 현재는 이안과 둘이서 진료를 보고 있었다. 그렇다는 건 이안이 진료를 했다는 말이다. 동료의 환자를 받은 건지 원래 이안의 환자인지는 모르겠지만.

피크닉을 하고 오는 건지 라탄 바구니와 블랭킷을 들고서 아파트 쪽으로 걸어가고 있었다.

「한 건물에 사는구나.」

공동 현관에서 나오는 이안이 보였다. 승용차로 곧장 다가올 줄 알았는데 이안은 여자에게로 다가가 말을 걸었다. 그러자 여자가 이안을 보며 화사하게 웃었다.

「예쁘게 웃네.」

비율이 좋아서인지 키가 작아 보이지 않았는데, 이안과 가까이 서자 키 차이가 꽤 있었다.

셀린은 운전석 등받이에 등을 푹 기대고서 두 사람을 지켜봤다. 특히나 평소보다 표정에 인색하지 않은 이안을.

의대 시절부터 알아 온 이안은 사교적인 것과는 거리가 멀었다. 말수도 별로 없고 과 동기들에게 마음도 잘 주지 않고. 냉하게 생긴 것처럼 냉기를 풍기는 인간이었다. 환자를 대할 때만 예외의 모습을 보였다. 그건 직업이니까 당연한 거고.

이안이 셀린의 차를 가리켜 보였다. 그러자 여자가 이안을 따라 고개를 돌렸다. 셀린은 입꼬리를 올리며 손을 들어 보였다. 여자도 한 손을 들더니 손가락을 팔랑였다.

여자와 헤어진 이안이 승용차로 다가왔다. 조수석에 올라타 안전벨트를 착용하는 이안을 지켜보던 셀린이 차를 출발하며 물었다.

「진료실에 왔던 환자 맞지?」

「맞아.」

승용차가 인도에 서 있는 여자의 곁을 스쳐 가자 이안이 눈인사를 해 보였다. 그러자 여자가 방금 전보다 더 밝은 미소를 지으며 손을 흔들었다.

「여기 사나 봐.」

사이드 미러 속 작게 보이는 시은에게 눈길을 둔 채 이안이 대답했다.

「여행객.」

「여름휴가 왔나 봐?」

「응.」

대답에 성의가 없다 싶어 이안을 쳐다본 셀린은 이안의 시선이 사이드 미러에 고정되어 있는 걸 발견했다. 뭘 보는 건가 싶어 백미러를 보자 피크닉 바구니를 든 여자가 아직도 서 있었다.

「예쁘던데.」

「예뻐.」

무심한 말투로 던지는 솔직한 대답에 셀린이 휙 이안을 쳐다봤다가 다시 전방을 주시했다.

여행객과의 불장난 같은 로맨스를 할 가벼운 성격은 전혀 아닌데. 아니, 연애 자체에 관심이 없다고 했었는데. 뭐지?

오래된 친구의 생경한 모습에 당황한 셀린이 여러 번 이안을 곁눈질했다. 이안은 콩알만큼 작아진 시은이 더 이상 보이지 않을 때까지 사이드 미러에서 눈을 떼지 않고 있었다.

Jour 15

새벽 기운을 막 걷어 낸 공원은 비 온 뒤처럼 선명하고 깨끗한 색
채를 띠고 있었다. 아무렇게나 솟은 들꽃을 감상하며 걷던 시은이 달
려오는 발소리에 고개를 돌렸다.

아닌 줄 알면서도 발소리의 주인을 확인하고는 아쉬운 얼굴로 다
시 걸음을 떼던 시은이 어? 하는 표정으로 고개를 갸웃했다.

무성한 잡풀들 중 삐죽 솟은 잡초가 한 줌 크기로 뭉쳐 있었다.

"달래처럼 보이는데? 설마 진짜 달랜가?"

가까이 다가가 허리를 굽히고 살피다가 아예 쪼그리고 앉았다. 달래
는 모양만 보고 이름을 맞힐 수 있는 몇 안 되는 봄나물 중 하나였다.
하지만 마트가 아닌 자연에 난 모습은 처음이라 확신이 가지 않았다.

"뿌리를 보면 확실한데."

긴 뿌리 위에 달린 동글동글한 진주알이 달래의 특징이었다. 시은은 상처가 나지 않게 줄기를 살살 비빈 후 손가락을 코끝에 가져갔다. 알싸한 향이 맡아졌다.

"달래 맞구나."

냉이와 함께 시은이 가장 좋아하는 봄나물이었다. 그리고 여기서는 볼 수 없는 식재료였다. 철이 지나서 그렇다고 하기에는 봄나물만이 아니라 제철인 여름 나물도 보지 못했다.

"프랑스 사람들은 달래 안 먹나? 그럼 이 사람들한테는 잡초라는 거겠지?"

시은은 쪼그려 앉은 채 턱을 괴고서 고민했다. 두부 있는데. 된장찌개에 달래 넣으면 엄청 향긋한데. 달래 간장 양념장에 밥 비벼 먹어도 맛있는데.

"공원에서 풀 뽑는 것도 불법이었나?"

잘 모르겠다. 폰으로 검색어를 입력해 봤지만 명쾌한 답이 없었다.

겨우 달래 때문에 시은은 심각한 고민에 빠졌다. 일부러 심은 것도 아니고 길가에 잡초처럼 솟은 걸 몇 줄기 뽑았다고 문제 될까. 많이도 아니고 네다섯 줄기 정도만.

흙과 닿은 부분의 줄기가 뽀얗다. 그 밑에 동그란 진주알이 있다는 걸 알려 주듯. 이곳에서는 구할 수 없다는 희소성이 시은을 유혹했다.

달래에 손을 뻗었다 말았다 하던 시은이 밑동을 잡았다. 그 순간 누군가 나쁜 짓이라는 걸 경고라도 하는 것처럼 심장이 두근두근 뛰었다. 막상 뽑아내려니 망설여졌다.

뽑을까 말까. 결정을 내리지 못하고 그저 쥐고만 있을 때였다.

머리 위로 목소리가 툭 내려앉았다. 조깅을 하다 멈춘 탓에 조금 거친 호흡이 섞인 목소리였다.

"왜 그러고 있어요?"

"으악!"

소스라치게 놀란 시은의 손에 힘이 들어갔다. 그 바람에 새벽이슬을 맞아 포슬포슬 부드러운 흙에서 달래 뿌리가 쑥 딸려 나왔다.

"아……."

땅속에 박힌 뿌리가 동글해 잘못하면 똑 끊어져 버리기 쉬운 게 달래인데. 하필 땅이 촉촉한 시간이라 힘 좀 줬다고 뿌리까지 깨끗하게 쑥 뽑혀 버렸다.

시은은 멋쩍어 손가락으로 볼을 긁적였다.

이안이 이건 뭔가 하는 얼굴로 팔짱을 끼고서 손에 들린 잡초와 시은을 번갈아 쳐다봤다. 숲길에 주저앉은 누군가의 뒷모습이 시야에 들어왔을 때 꽤 멀리 있는데도 시은이라는 걸 바로 알아보았다. 웅크리고 앉은 자세에 가장 먼저 머리를 스친 생각은 복통이었다.

여행 와서도 원데이 클래스를 수강하고, 처음 보는 음식도 거리낌 없이 도전할 만큼 음식에 관심이 많은 사람이었다. 멋모르고 선인장류 과일을 만졌다가 알레르기로 고생하더니 이번에는 뭘 먹었기에 탈이 난 걸까.

응급 콜을 해야 할지도 모를 상황을 대비하며 달려왔다. 그런데 복통이 아니라 쪼그리고 앉아 잡초를 뽑고 있었던 거다.

엉뚱한 면이 귀여운 사람이라고 생각했지만. 아픈 게 아니라 다행이라는 마음과 어이없음이 섞인 눈으로 시은을 응시하던 이안이 물었다.

"잡초를 뽑고 있었어요? 왜?"

시은이 손에 쥔 달래를 내밀어 보이며 민망한 얼굴로 주절주절 설명하기 시작했다.

"그게…… 이거 그냥 잡초가 아니라 달래예요. 달래 알죠? 봄나물."

달래에 흘깃 시선을 던졌던 이안이 다시금 시은을 봤다. 그래서, 라고 말하듯.

"된장찌개에 넣어 먹거나 양념장에 송송 썰어 넣으면 향도 좋고 맛있거든요. 마트에서도 안 보이던 게 여기 있어서 신기해서 보고 있었어요."

"보고만 있던 게 왜 손에 들려 있죠?"

쌍꺼풀 없이 길게 빠진 이안의 눈매는 서늘한 인상을 준다. 차가워 보이는 이유 중 하나였다. 게다가 묻는 어투가 지극히 건조했다. 꼭 취조당하는 기분이었다. 의사도 잘 어울리지만 스파이를 했어도 진짜 잘했을 거다.

"아니, 그게……."

변명거리를 찾아 분주히 눈동자를 굴리는 모습이 장난을 걸고 싶다는 마음이 들게 만들었다.

"공원에 있는 나무나 풀 훼손하는 행위, 불법인 거 몰랐어요?"

"불법, 이었어요? 검색했는데 아무것도 안 나와서 몰랐어요. 그리고 뽑으려고 한 게 아니라, 뽑을까 하고 마음만 먹고 있었다고요. 근데 갑자기 말 걸어와서 놀라는 바람에 나도 모르게 손에 힘이 들어가서……."

"그러니까 책임은 나한테도 있다?"

"아니, 뭐 꼭 그렇다는 건 아니고요."

슬그머니 말끝을 흐리고는 도로 구부정하게 앉았다.

"다시 묻어 줄 거예요."

시은은 작게 뽕 뚫려 있는 구멍에 도로 달래 뿌리를 넣으려 애썼다. 하지만 흐물흐물한 뿌리는 도무지 들어갈 생각이 없어 보였다.

그녀에게 꽂힌 이안의 시선을 의식하며 시은이 중얼거렸다.

"구멍이 더 커야 하나 보다."

마른 나뭇가지를 주워 구멍을 넓혀 조심조심 밀어 넣은 후 흙을 꾹꾹 눌렀다.

범행 흔적을 지워 버린 시은이 일어나 손바닥의 흙을 탈탈 털었다.

"상처 안 났으니까 안 죽고 잘 자랄 거예요."

도둑질을 하다 현행범으로 잡힌 사람처럼 당황하던 모습은 어느새 지우고 당당한 태도였다.

웃음기를 감춘 이안이 손끝으로 시은의 볼을 가리켰다.

"흙 묻었어요."

"아."

시은이 손등으로 볼을 문질렀다.

"고마워요."

"고마워야죠."

시은이 커다란 눈동자를 굴리며 볼에 바람을 넣었다.

"겨우 흙 묻은 거 알려 준 걸로 생색내는 거예요?"

"그럴 리가."

"그럼요?"

"다른 사람한테 걸렸으면 경찰을 상대해야 했을지도 모르는데 내 덕분에 벌금 무는 일을 면했으니까. 덤으로 죄의식에 밤잠 설칠 일도 피했고."

"잡초라면서요. 여기 사람들한테는 나물이 아니라 그냥 풀일 뿐이 잖아요. 공원에서 풀 몇 줄기 뽑았다고 설마 신고하겠어요? 그리고 뭐 신고하면 벌금 내면 되죠. 그리고 이 정도 일에 잠 못 자서 뒤척일 만큼 간이 작진 않아요."

이안의 눈동자에 실바람 같은 웃음이 스쳤다. 화들짝 놀라서 허겁

지겁 도로 땅에 묻어 놓고 허세는. 하지만 스파이라고 착각했으면서
도 미행을 감행한 걸 보면 간이 작지는 않다는 말이 틀린 것만도 아니
었다.

「간이 큰 건지 작은 건지.」

작게 혼잣말을 중얼거린 이안이 시은을 새삼스러운 눈으로 쳐다봤
다.

허접한 달래 몇 줄기를 주제로 핑퐁처럼 대화를 주고받던 두 사람
사이로 갑자기 고요가 찾아들었다. 뚝 끊겨 버린 대화와 조용한 눈길
에 당황한 시은이 조심스레 아랫입술을 말아 물었다. 이안의 시선이
입술을 담았다.

자신을 놀라게 했던 시은 때문에 중단해 버린 조깅을 다시 하기 위
해 이안이 한 발 뒤로 물러섰다.

"그럼."

그때 시은의 손가락이 눈에 들어왔다. 분주히 달래를 묻어 주느라
묻었던 흙이 뽀얗게 말라 흰색을 띠고 있었다.

"테타너스 백신 마지막으로 맞은 게 언제죠?"

"테타너스? 파상풍이요? 테타너스도 포함된 건지 모르겠지만 어
릴 때 의무적으로 맞아야 하는 백신은 다 맞았어요."

"최근 10년 동안은?"

"백신 맞은 거 아무것도 없어요. 근데 그건 왜 물어요?"

질문의 의도를 물으며 시은이 손을 볼로 가져갔다. 뭐가 볼을 스친

건지 간지러워서였다. 이안은 무의적으로 볼을 긁으려는 시은의 손목을 잡아 그녀의 행동을 저지했다.

"흙가루 묻은 손으로 얼굴 만지지 말아요."

"아, 맞다. 흙 만진 거 깜빡했어요."

"아무렇지 않게 손에 흙 묻히는 거 보니까 백신 맞는 게 낫지 않을까 싶은데. 디프테리아, 폴리오가 결합된 백신이고 지금 접종하면 10년 동안은 잊고 지내도 되니까 생각난 김에 맞는 것도 괜찮아요. 또 뭘 덥석 만지거나 뽑을지 모르니까."

진지하게 듣던 시은이 마지막에 덧붙인 말에 눈을 굴렸다.

"이번이 처음이라고요. 뭐, 현장을 들켰으니 그렇게 말해도 할 말이 없지만. 알겠어요. 주치의가 맞으라는데 맞아야죠. 이래 봬도 말잘 듣는 착한 환자거든요."

이안이 의심스럽다는 듯 한쪽 눈썹을 밀어 올렸다.

"진짠데."

"그렇다고 하죠. 오전에 일정 있어요? 8시에 첫 진료라 그 전에 같이 가서 맞으면 될 것 같은데."

"좋아요."

"자전거 타고 갈 건데 괜찮아요?"

"그럼요. 나 자전거 잘 타요."

이안이 또 의심스럽다는 얼굴을 했다.

"어, 왜 못 믿는다는 표정이지? 나 지난번에 넘어질 뻔한 거 때문에 그래요? 그때는 갑자기 오리가 튀어나와서 그런 거고, 걱정하지 않아도 될 만큼 잘 타요. 몇 시에 만나요, 우리?"

"7시 30분."

"알겠어요. 이따 봐요."

시은이 손을 흔들어 보이자 눈인사를 한 이안이 한순간에 멀어졌다. 이안이 사라지자 시은은 상기된 얼굴로 흙가루가 말라붙은 손가락을 비벼 털었다.

"달래 발견하길 잘했다."

달래 덕분에 생각지도 못한 대화를 나누었다. 그리고 좀 있다가 또 이안을 만난다. 주사 맞는 건 좀 무섭지만.

"잘 자라라."

달래에게 덕담을 던지고 멈췄던 산책길을 이어 가는 발걸음이 기분을 닮아 있었다.

약속 시간보다 앞서 외출 준비를 마친 시은은 현관문 안쪽에 서서 핸드폰 액정의 숫자가 바뀌는 걸 지켜봤다. 29에서 30으로 바뀌었다. 복도로 나오자 이안이 현관문을 닫는 게 보였다.

시은은 손을 살짝 들어 보였다.

"나갈 준비 다 됐어요."

"그럼 갈까요."

두 사람은 나란히 엘리베이터에 올랐다.

"자전거 가져올 테니까 기다리는 동안 자전거 대여해 놔요."

"알겠어요."

이안이 자전거 주차장 쪽으로 돌아가자 시은은 바로 앞에 줄지어 세워 놓은 대여 자전거 중 한 대를 꺼냈다.

느릿하게 페달을 밟으며 다가온 이안이 시은 앞에서 브레이크를 잡았다.

"타 봐요."

이안의 신중한 눈길을 받으며 시은이 안장에 올랐다. 생각보다 안정된 자세에 이안이 손을 들어 직선으로 곧게 뻗은 자전거 도로를 가리켰다.

"둘이서 달릴 수 있을 만큼 충분히 폭이 넓으니까 같이 가다가 저 끝에 건널목 보이는 곳부터 내 뒤에 붙어서 따라와요. 자전거 도로는 이어지지만 차량도 많아지고 교차로도 있어 복잡하니까."

"알겠어요."

시원시원하게 대답하는 시은의 자세를 다시 한번 확인한 이안이 페달에 발을 올렸다.

"그럼 출발하죠."

"네."

크기가 다른 두 쌍의 바퀴가 천천히 굴러가기 시작했다. 자전거 두 대가 나란히 현대 미술관 정류장 앞을 지났다. 몇 번 페달을 밟자 인터폴이라고 적인 정류장이 나타났다. 정류장 뒤쪽으로 출입 금지라는 빨간 팻말이 붙은 인터폴 후문이 보였다.

그 순간 이안은 겁도 없이 미행하던 모습이 떠올라서 시은에게 눈길을 던졌다. 그러자 이안을 스파이라고 오해했던 게 웃겨서 그를 보고 있던 시은과 눈이 마주쳤다.

"왜요?"

시은이 쳐다보는 이유를 묻자 이안이 손으로 전방을 가리켰다.

"잘 달리나 확인했어요. 앞에 봐요. 시은 씨는 왜 쳐다봤어요?"

"나도 잘 달리나 확인차 봤던 거예요."

자전거 실력이 확연히 차이 나는 사람의 당당한 대꾸에 이안은 입꼬리를 올렸다. 시은의 얼굴에도 상쾌한 바람을 닮은 미소가 번졌다.

교차로 앞의 건널목이 보이자 그때까지 속력을 맞춰 주던 이안이 시은에게 손짓을 해 보였다.

"여기서부터 내가 앞에서 갈 테니까 잘 따라와요. 멈춰야 할 때, 코너 돌 때 수신호 할 테니까 놓치지 말고."

그런 뒤 이안이 조금 속도를 냈다. 시은은 이안의 등을 보면서 그를 따라갔다. 길을 잘 알고, 자전거 실력도 월등한 사람이 가이드를 하며 앞에서 달리니 시은은 마음 편하게 페달을 밟았다.

이안은 자전거 핸들의 백미러로 시은이 잘 따라오는지 확인했다. 사고가 날 뻔한 건 오리 때문이지 자전거 잘 탄다고 장담하더니 시은은 퍽 안정된 자세로 따라오고 있었다. 그럼에도 이안의 눈길은 작은 백미러 속 시은에게로 자주 가닿았다.

건널목이 있거나 신호등에 걸릴 때면 이안은 미리 수신호를 주었다. 그런 뒤 돌아보면 시은은 알겠다는 듯 크게 고개를 끄덕여 보였다. 눈길을 사로잡는 미소를 지으면서.

또 뒤돌아보는 이안에게 시은은 안심하라는 듯 웃어 보였다.

"어지간히 못 미더운가 보다. 아님 시간에 강박 있는 것처럼 안전 강박증도 있는 건가."

뭐가 됐든 앞에서 모든 걸 체크해 주는 이안 덕분에 시은은 그의 등만 바라보며 페달을 밟기만 하면 됐다. 그래서인지 아플 게 분명한 주사를 맞으러 가는 길이 아닌 산책길처럼 즐거웠다.

지난번 연고를 받아 왔던 약국 앞에서 이안이 브레이크를 잡았다. 뒤따라오던 시은의 자전거가 그의 옆으로 와 멈췄다.

"백신 받으러 먼저 약국부터 들르죠."

이안은 자전거에 체인을 걸고는 시은과 함께 약국으로 들어갔다.

「안녕하세요.」

「어머, 안녕하세요. 닥터 으젠, 오랜만이에요. 지난번에 연고 받아 갔던 분과 함께 오셨네요.」

약사가 시은과도 인사를 나누고 나자 이안이 메고 있던 백팩에서 집에서 출력한 처방전을 꺼내 건넸다.

「테타노스 백신이네요.」

처방전에 적힌 백신을 확인한 약사의 의아한 시선이 잠깐 시은에게로 향했다. 분명 여행하다가 간다고 했는데, 백신을 왜. 더구나 우연히 이웃이 된 관계라면서.

「잠깐만요.」

사교적인 미소로 궁금증을 감춘 약사가 안쪽 공간으로 들어가 냉장고에서 백신이 든 종이 갑을 들고나왔다. 연고보다 조금 큰 사이즈였다.

「잘 아시니까 굳이 사용법 말씀 안 드릴게요.」

약사가 백신과 주사 바늘이 든 종이 갑과 처방전을 돌려주었다.

약국을 나오자 시은이 냉큼 이안에게 손을 내밀었다.

"처방전 나 가질게요."

시은의 요구를 들어주면서도 이안은 의아하다는 듯 물었다.

"백신 이미 받아서 더 이상 필요 없는데?"

"여행 다이어리 쓰고 있거든요. 외국에서 백신 맞는 거 흔한 일 아니잖아요. 기념으로 가져가게요."

그렇게 말하면서 처방전을 훑어보던 시은이 조금 실망스러운 얼굴을 했다. 지난번처럼 이번에도 이안이 직접 쓴 글귀가 있을까 했는데 백신 주사약 이름 하나와 사인이 전부였다.

하긴 뭐 더 쓸 말도 없을 텐데. 그래도 사인은 있으니까.

시은은 처방전을 잘 접어 크로스 백에 집어넣었다.

좀 이해가 가지 않는다는 눈으로 시은의 행동을 지켜보면서도 이안은 이상한 사람이라는 생각은 하지 않았다. 엉뚱한 상상력과 호기심을 가진 사람이라 할 수 있는 행동이다 싶었고, 그게 또 귀여우니까.

이안이 도난 방지 브레이크를 풀었다.

"그럼 갈까요."

얼마 되지 않는 거리를 달려 진료실 건물 앞에 도착했다. 대여 자전거는 적당한 곳에 세워 두고 이안의 자전거만 끌며 진료실로 향했다.

운전석에 앉아 두 사람이 건물 안으로 들어서는 모습을 지켜보던 셀린이 차에서 내렸다.

「진료실 같이 온 걸 보면 어디 아픈가. 겉보기에는 건강해 보이는데.」

그래서 신경을 쓰는 건가 하는 생각이 들자 그제야 평소의 이안과는 달랐던 행동이 이해되었다.

진료실 공동 출입문을 열자 이안의 진료실 문이 반쯤 열린 게 보였다. 셀린은 열린 문을 노크하고는 안으로 들어갔다. 정원에 자전거를 세워 두는 이안을 흘긋 보고는 진료실 한가운데 서서 이안을 보고 있던 그의 환자에게로 다가가 손을 내밀었다.

「안녕하세요, 닥터 루소 셀린이에요. 지난번에 대기실에 앉아 있는 거 봤어요. 반가워요.」

느닷없는 등장에 잠깐 놀란 시은이 악수를 했다.

「안녕하세요, 강시은이에요. 저도 반가워요. 근데 프랑스어 잘 못해요. 무슨 말인지 이해 못 했어요.」

시은이 꽤 유창한 발음으로 프랑스어를 못한다고 말해 오자 의외라는 표정을 짓던 셀린이 영어로 바꾸었다.

『그럼 영어는 괜찮아요?』

『영어는 조금 해요.』

『발음이 좋아서 프랑스어 하는 줄 알았어요.』

『그런 말 종종 들어요. 대학 때 잠깐 배웠는데 인사말 몇 개 말고는 다 까먹었어요.』

벽면에 자전거를 기대 세운 이안이 안으로 들어왔다. 볼을 가볍게 맞대는 프랑스식 인사를 나누는 이안과 셀린을 보며 시은은 여자 친구가 아니라는 확신을 가졌다. 그랬다면 볼이 아니라 입술에 입을 맞췄을 테니까. 시은의 입꼬리가 저도 모르게 올라갔다.

셀린이 시은을 손짓으로 가리켜 보였다.

『네 환자분이랑 방금 인사 나눴어.』

시은에게로 고개를 돌리며 부드러운 미소를 지으며 말했다.

『여행 와서 자꾸 진료받을 일 생겨서 어떡해요. 그래도 닥터 으젠 실력 좋으니까 마음 푹 놓고 맡겨요.』

시은이 웃으며 정정했다.

『아뇨, 오늘은 아파서 온 게 아니라 테타노스 백신 맞으러 온 거예요.』

『테타노스 백신?』

잠깐 여행 왔다면서 왜 백신을. 이안에게 힐긋 눈길을 던진 셀린이 다시금 시은을 봤다.

『식물 뽑는다고 손에 흙 묻혔거든요. 그랬더니 이안 씨가 혹시라도 파상풍 걸릴지 모르니까 맞으라고 하더라고요.』

『⋯⋯.』

잠시 말을 잃은 셀린이 이안을 쳐다봤다. 이안이 무감한 표정으로 시선을 받았다. 당황한 감정을 감춘 셀린이 시은에게 제안했다.

『이렇게 만나게 된 것도 인연인데 점심 같이 할래요? 현지인들한테 사랑받는 맛집 많이 알거든요. 내가 초대할게요. 어때요?』

『정말요? 전 너무 좋죠. 여행 와서 누군가랑 같이 식사하는 건 처음이거든요. 이안 씨도 가는 거죠?』

이안은 가늘게 눈매를 접었다. 시은이 이름으로 그를 부른 건 처음이었다.

『그러죠.』

셀린은 대답하는 이안과 화사하게 미소 짓는 시은을 유심한 눈으로 번갈아 보았다.

이안이 셀린에게 데스크 위에 올려놓은 백신을 가리켜 보였다.

『첫 환자 오기 전에 백신 주사해야 할 것 같은데.』

『오케이. 그럼 이따 봐요, 시은 씨.』

『네. 진료 잘하세요.』

셀린이 진료실 문을 닫자 이안이 시은에게 진찰대가 있는 곳을 가리켰다.

"가서 앉아요."

"네."

안으로 들어가 의자에 조심스레 앉았다. 곧 따라 들어온 이안이 보조 의자를 끌어와 시은과 마주하고 앉아 손 소독을 하며 말했다.

"지난번 검진으로 기본적인 건강 상태는 알고 있으니까 오늘은 혈압 재는 건 생략하죠."

"아, 네."

시은은 옷을 벗지 않아도 된다는 사실에 안도의 숨을 내쉬었다.

"그렇게 크게 숨 쉴 만큼 겁먹었어요? 혈압 수치 높았던 게 이해가 되네. 그런데도 백신 맞으러 따라온 거 보면 앞으로도 흙장난 계속할 건가 봐요?"

"글쎄요. 그건 뭘 발견하느냐에 따라 다르겠죠."

시은은 이안이 오해를 하도록 놔두었다.

"어느 쪽 손을 더 자주 써요?"

"오른손잡이예요."

"그럼 왼팔에 주사하죠."

이안이 주사를 놓을 부위를 알코올 솜으로 닦았다. 백신과 주사기를 꺼내는 걸 본 시은이 얼른 오른쪽으로 고개를 휙 돌렸다. 눈꼬리에 주름이 지도록 눈을 질끈 감은 채였다.

주사 바늘에 겁먹은 아이 같은 행동에 이안이 부드러운 말투로 물었다.

"주사 무서워요? 선단 공포증 같은 게 있다거나."

"아뇨, 괜찮아요."

말과 행동이 또 다르다. 이안이 입꼬리를 올렸다.

"안 울고 잘 맞으면 상으로 귀여운 밴드 붙여 줄 테니까 잠깐만 참아요."

겁먹은 아이를 달래는 듯한 말투에 시은이 입술을 삐죽 내밀었다.

"애도 아니고. 안 울어요."

피식 입바람을 흘린 이안이 엄지와 검지로 살을 살짝 집었다. 그러자 시은이 움찔 긴장하는 게 전해졌다. 이안은 시은의 긴장을 풀어 줄 요량으로 툭 던졌다.

"유진이에요."

"네?"

"내 성. 프랑스식으로는 으젠, 한국식으로는 유진이라고 읽죠. 부모님 성 한 자씩 따온 거예요."

"그래요? 안 그래도 한국 성치고는 좀 독특하다고 생각, 아얏!"

눈을 반짝이며 이안을 쳐다볼 때였다. 주사 바늘이 따끔하게 피부를 찔렀다.

"잘 참았어요. 그래도 신경이 딴 데로 쏠려 있던 덕분에 덜 아팠죠?"

"……."

틀린 말이 아니라서 반박할 수도 없었다.

이안이 밴드를 붙여 줬다. 장난인 줄 알았는데 정말 아이들이 좋아할 알록달록한 밴드였다. 밴드를 보고 시은이 웃음을 터트리자 이안의 입술 끝에도 슬쩍 미소가 머물렀다.

환자들이 인사를 나누는 소리가 진료실 문 너머로 희미하게 들려오자 이안이 일어섰다.

"레스토랑 주소 적어 줄게요. 12시 30분까지 와요."

이안이 메모지를 꺼내 레스토랑 이름을 적기 시작했다.

"저기, 의사 필체 말고 나도 읽을 수 있도록 써 줄래요? 지난번 처방전처럼 암호같이 쓰지 말고요."

"무슨 뜻인지 암호 풀어 줘요?"

"친절한 약사님이 이미 해독해 줬어요."

누가 봐도 미소라고 확신할 만큼 입술을 휜 이안이 알파벳을 처음 배우는 아이에게 하듯 또박또박 적어 주었다.

시은은 이것도 기념으로 챙겨야겠다고 생각하며 받아 들었다.

"그럼 이따 봐요. 진료 잘해요."

시은이 메모지를 든 손을 흔들어 보이고는 이안의 진료실을 나갔다.

밖으로 나와 조금 전 세워 두었던 자전거 핸들을 잡자 주사를 맞은 팔이 살짝 저릿했다. 시은은 이안이 붙여 준 밴드를 보며 웃었다.

"생각보다 더 재밌는 사람일지도 모르겠다."

시은은 페달을 밟았다. 이안의 진료실이 있는 골목을 나오면 곧장 강변이 보였다. 강변을 따라 달린 지 얼마 지나지 않아 기요티에르 다리가 나왔다. 오리 때문에 강에 빠질 뻔했던 바로 그 장소였다. 이안의 진료실과 아주 가까웠다.

"뭐야, 그런 거였어?"

영화 같은 우연이다 싶었는데 실상은 진료실과 가까워 마주쳤던 것뿐이었다.

"그래도 영화처럼 구해 준 건 맞으니까."

햇살을 받은 론강이 반짝였다. 말간 강물에 파란 하늘과 흰 구름이 비쳤다.

그림 같은 풍경 속을 달리면서 시은은 오늘 공원에서와 방금 진료실에서 있었던 이안과의 에피소드를 떠올렸다. 이안을 떠올리는 순간들이 늘어나고 있다는 사실을 자각하고 있었다. 이안과의 점심 약속에 설레고 있다는 것 역시도. 단둘이 먹는 것도 아니고, 이안이 먼저 제안한 것도 아니었다. 그럼에도 마치 데이트를 앞둔 것처럼 설레었다.

"꼭 짝사랑하는 것 같네."

상대는 아무런 관심을 안 보이는데 혼자 떠올리고, 혼자 설레어 하고 혼자 약속이 기다려지는 걸 보면 짝사랑과 닮긴 했다.

지금과 비슷한 상황이 딱 한 번 있었다. 친구의 동생으로만 대하는 오빠 친구에게 가슴이 두근댔었다. 6개월간 지속되었던 심장의 울렁거림은 고2가 되어 입시의 압박이 본격적으로 시작되자 자연스레 잦아들었었다.

이안이 신경 쓰이고, 생각나고, 보면 두근거리는 이 증상도 리옹을 떠나면 자연스레 사라지려나. 그렇겠지. 시간이 얼마나 걸리려나.

성인이 되어서 누군가에게 시선을 뺏긴 적이 없어 짐작이 가지 않았다.

기요티에르 다리가 가까워지자 차량이 부쩍 늘어났다. 걷기 좋을 적당한 길이에 인도 폭이 넓어 도보로 건너는 이도 꽤 많았다. 그렇다는 건 신호를 무시하고 건널목을 휙휙 지나는 사람들도 그만큼 많다는 의미였다.

시은은 눈앞의 자전거 도로에 집중했다.

기요티에르 다리와 이어진 벨쿠르 광장을 지나 좁은 골목길로 들어가자 목적지인 직물 & 장식 박물관이 보였다.

방직 사업이 발달한 도시답게 프랑스에서 가장 풍부한 컬렉션을 보유하고 있는 박물관에서는 크리스티앙 디오르의 특별전이 열리고 있었다. 1947년부터 현재까지, 총 300종의 드레스를 볼 수 있는 드문 기회라 전시회를 찾은 관람객의 줄이 길었다.

한참을 기다려 전시회장으로 들어간 시은은 궁전처럼 화려한 실내를 채운 드레스에 입을 벌렸다. 마치 무도회장에 초대받은 기분이었다. 시은은 홀린 듯한 얼굴로 우아한 디오르의 드레스 사이를 누볐다.

지금까지 봤던 그 어떤 전시회보다 로맨틱했다. 미술 작품 같은 드레스들을 감상하던 시은이 무릎까지 내려오는 길이의 칵테일 드레스 앞에 멈춰 섰다.

"이건 입을 수 있겠다."

감상용에 가까운 드레스들과는 달리 실제로 착용하기에 부담 없는 디자인이었다. 데이트할 때 입으면 근사한 기분이겠다 싶은 원피스를 찍고 있을 때였다. 옆에서 같이 사진을 찍고 있던 관람객이 쳐다보는 것 같아 돌아보자 웃으며 팔에 붙인 밴드를 가리켰다.

「귀엽네요.」

「그죠?」

마주 웃어 보였을 때쯤, 손에 쥐고 있던 폰이 진동했다. 점심 약속에 늦지 않으려 맞춰 놓은 알람이었다.

박물관을 나온 시은은 지하철을 타기 위해 역으로 내려갔다. 이안이 알려 준 레스토랑은 지하철역에서 가까웠다. 풍경을 즐기기에 좋은 교통수단이 아니라 지하철을 이용하는 건 이번이 두 번째였다.

기관사가 없이 무인으로 운행되는 소형 차량이 멈춰 섰다. 안으로 들어간 시은은 더운 공기에 손부채질을 했다. 에어컨이 작동되긴 하는 것 같은데 온도를 높게 설정한 건지 좀 답답했다.

승하차 문에 붙어 있는 소매치기를 조심하라는 스티커에 시은은 한 손으로 크로스 백의 어깨끈을 잡았다.

"아!"

잘 달리던 지하철이 갑작스레 멈춰 섰다. 급정거에 시은이 앞으로 휘청했다. 그 바람에 잡고 있던 손잡이 기둥에 어깨가 부딪혔다.

「아, 뭐야.」

누군가에게서 불만 어린 소리가 튀어나왔다. 하지만 투덜거림도 잠시 승객들은 동행과 이야기를 나누거나 핸드폰을 보며 지하철이 다시 출발하기를 기다렸다. 시은은 핸드폰을 꺼내 시간을 확인했다. 약속 시간까지는 여유가 있었다.

하지만 금세 출발할 줄 알았던 열차는 움직이지 않았다. 기다림이 길어지자 다시 불평의 소리가 웅성웅성 들렸다. 소란 사이로 안내 방송이 흘러나왔다.

— 앞 차량에 기술적인 문제가 발생해 잠시 멈췄습니다. 곧 출발할 테니 조금만 기다려 주십시오.

시간이 흘렀다. 하지만 차량은 움직이지 않았고 몇 분 뒤 앞서와 같은 안내 방송이 또다시 들려왔다. 하염없는 기다림과 동일한 안내 방송이 반복되자 사람들이 짜증 어린 소리를 내기 시작했다.

「뭐야, 더워 죽겠는데.」

「뭐 얼마나 더 기다리라는 거야.」

「아, 숨 막혀서 기절할 것 같아.」

웅성웅성 목소리가 커졌다. 에어컨이 꺼진 건지 사람들이 뿜어내는 체취에 실내 공기도 무거워졌다. 덥고 땀이 나기 시작하는 상황에 누군가 짜증을 내며 비상벨을 누르고 대화를 시도했다. 하지만 잡음이 섞인 탓에 대화가 원활하지 않았다. 그러자 또 다른 승객이 핸드폰을 꺼내 고객 센터에 전화를 걸었다.

통화를 마친 승객이 목소리를 높여 사람들에게 통화 내용을 전달했다.

「기술적인 문제가 있었고 거의 다 해결됐답니다. 5분 안에 출발한다네요.」

누군가는 안도의 숨을 내쉬었고, 시은 같은 외국인들은 프랑스인들의 반응을 보며 걱정할 일은 아니구나 했다.

또다시 시간이 흘렀다. 하지만 여전히 열차는 움직일 기미가 없었다. 쉽게 연결되지 않는 고객 센터와 앵무새처럼 반복되는 안내 방송에 승객들의 짜증이 폭발했다.

"이러다 지각하겠다."

점점 더워지는 열기에 손부채질을 하던 시은이 이안에게 사정을 설명하는 메시지를 보내려던 그때였다.

「내가 이쪽 당길 테니까 나랑 동시에 힘줘요.」

인내심이 바닥나 버린 건장한 승객 둘이 양쪽에서 출입문을 잡아당겼다.

힘으로 열어지려나. 꿈쩍도 하지 않는 문을 보며 시은이 걱정스레 생각할 즈음, 꽉 다물려 있던 양 문 사이로 틈이 조금 생겼다. 일단 틈이 생기자 다음은 훨씬 수월했다.

「열렸다!」

「터널 안이라 깜깜하니까 다들 발 조심하면서 내려요.」

문을 연 승객이 핸드폰의 플래시를 켜고는 앞장섰다. 그러자 승객들이 하나둘 그를 뒤따랐다. 시은도 플래시로 발치를 비추며 조심스레 열차 밖으로 발을 내디뎠다.

깜깜한 터널 속, 플래시 불빛이 흔들리며 한 줄로 이동했다.

조금은 겁먹은 듯한 침묵이 지배하던 행렬 속에서 누군가가 웃음 섞인 목소리로 말했다.

「우리 지금 꼭 동굴 탐험 나온 것 같지 않아요?」

「그러네. 살다 보니 이런 일도 겪네요.」

동조하는 듯한 웃음소리가 번져 나갔다.

무슨 말인지 알아들을 수는 없었지만 사람들 사이로 번져 가는 웃음에 시은도 입꼬리를 올렸다.

"꼭 동굴 속 걷는 것 같네."

발밑을 비추며 한 발 한 발 걷다 보니 터널 끝에 빛이 보였다. 계단을 밟아 승강장을 오르는 승객들을 살피며 부상자가 있는지 확인하던 역무원이 시간이 지체된 이유를 설명하기 시작했다.

맨 마지막으로 승강장에 발을 디딘 시은은 에스컬레이터를 향해 달렸다. 자칫하면 지각이다.

레스토랑의 위치를 미리 검색해 둔 덕분에 찾는 건 수월했다. 레스토랑으로 들어가는 골목 입구에 그녀를 기다리는 이안과 셀린이 보였다.

"안 늦었다."

달려와 숨을 할딱이는 시은을 보며 이안이 신기하다는 얼굴을 했다.

"뛸 줄도 알았어요?"

"네?"

"늘 어슬렁어슬렁 걷는 것만 봐서."

이제는 이안의 화법에 조금 익숙해진 시은이 장난 어린 표정으로 되받았다.

"일부러 안 뛰는 거였어요. 어슬렁거리면 휙휙 뛰어가 버리는 사람은 못 보는 걸 볼 수 있거든요. 예를 들면 달래 같은 거."

"그러다 붙잡혀서 벌금 내고."

"……."

"이번에는 또 뭘 발견하고 오는 길이에요?"

"디오르 특별전 보고 왔어요."

"그것만 한 게 아닌 것 같은데."

시은이 고개를 갸웃했다.

"맞는데. 전시회 보고서 바로 온 거예요."

이안이 손가락으로 시은의 볼을 가리켰다.

"그런데 왜 검정을 묻히고 있어요. 지하 굴속에서 있다 온 것처럼."

"뭐 묻었어요? 몰랐어요."

이안이 얼굴로 손을 가져가려는 시은을 보고는 손목을 잡아 제지했다.

"손에도 묻었어요."

시은은 그제야 자신의 검지와 중지에 검정이 묻어 있는 걸 발견했다.

"늦을까 봐서 정신없이 뛰어오느라 못 봤어요. 근데 언제 묻었지? 벽에 손 안 대고 걸었는데."

"어디를 걸어온 건데 이래요?"

"지하철이 갑자기 멈추는 바람에 터널 걸어서 빠져나왔거든요."

"다친 곳은?"

이안이 재빨리 시은을 훑었다. 잘 뛰어오는 걸 봤으면서도 걱정 어린 눈빛이었다.

"멀쩡해요."

하얀 뺨과 손가락에 묻은 까만 재를 훑은 이안이 셀린에게로 고개를 틀었다.

「좀 닦아야 될 것 같은데. 잠깐만.」

이안은 시은의 손목을 잡고서 몇 걸음 떨어진 곳의 식수대로 데려갔다. 식수대에서 졸졸 흘러내리는 물로 할짝할짝 목을 축이던 고양이가 느릿한 걸음으로 자리를 비켜 주었다.

이안이 물로 손을 닦는 시은에게 물었다.

"놀라지는 않았어요?"

"터널에 갇혔을 때는 좀 놀랐는데, 터널 빠져나올 때는 재밌었어요. 동굴 탐험하는 기분도 잠깐 들었고. 여행 와서 별별 경험을 다 해보는 것 같아요."

"하긴 그 정도에 놀랄 사람이 아닌데 괜한 질문이었네. 볼도 닦아야죠."

"여기요?"

"여기."

시은의 턱을 조심스럽게 잡은 이안이 손가락 끝에 물을 묻혀 검정 얼룩을 닦아 냈다.

시은은 턱이 잡힌 채 호흡을 멈췄다. 이안의 얼굴이 바로 눈앞에 있었다. 이만큼 가까이 다가온 적은 처음이었다. 완벽한 모양의 눈썹을 살짝 찡그린 채 얼룩을 닦아 내는 이안은 마치 상처를 치료하는 것처럼 진지해 보였다.

길고 짙은 속눈썹에 반쯤 가려진 눈을 보고 있을 때였다. 시선을 느낀 건지 이안이 눈길을 들어 올렸다.

맞닿은 눈동자가 서로를 응시했다. 긴장한 시은의 눈동자가 흔들릴 즈음 이안이 잡았던 턱을 느릿하게 놓아주었다.

"갈까요."

시은은 목소리가 떨릴 것 같아 입술을 꾹 물고는 고개만 끄덕였다.

가늘게 실눈을 뜨고서 둘의 행동을 지켜보던 셀린은 다가오는 두 사람에게 미소를 지어 보였다.

『배고프다. 얼른 들어가죠.』

서버의 안내로 예약 테이블에 자리를 잡았다. 시은은 나란히 앉은 셀린과 이안을 마주하고 앉았다.

셀린이 크고 작은 황동색 프라이팬과 냄비를 조르륵 걸어 놓은 벽면과 체크무늬 테이블보를 차례로 가리켜 보였다.

『부숑이라고 불리는 레스토랑들에서는 이런 식의 인테리어를 많이 하는 편이에요. 부숑이라는 단어에는 메뉴만이 아니라 인테리어 그리고 여기처럼 좀 친근하고 가족 같은 분위기가 포함된 거라고 할 수 있거든요.』

『역시 현지인분에게 듣는 정보는 가이드북하고는 비교가 안 되네요.』

『그렇죠? 크넬 먹어 봤어요?』

『아직요.』

『그럼 한번 먹어 봐요. 여긴 다 맛있게 잘하지만 특히 크넬을 잘하거든요.』

『그래요?』

테이블로 다가온 서버에게 세 사람은 각자 선택한 앙트레와 메인 디시를 주문했다. 주문이 끝나자 셀린이 검지로 자신의 볼을 가리키며 시은에게 물었다.

『좀 전에 왜 뭐가 묻었던 거예요?』

시은은 한국어로 대화를 하는 바람에 조금 전의 해프닝에 대해 알지 못하는 셀린에게 설명했다.

『갑자기 지하철이 터널 안에서 멈춰 섰거든요. 기관사가 없는 무인 차량이라서 승객들이 비상벨도 누르고 전화도 했는데, 뭔가 소통에 문제가 있었나 봐요. 한 20분쯤 갇혀 있다가 문 열고 터널에서 승강장까지 걸었는데 그때 묻은 것 같아요.』

『간혹 사고나 기술적인 문제로 잠깐 멈춰 선 경험은 나도 있지만 이런 경우는 처음 들어요. 많이 놀랐겠어요.』

『처음엔 그랬는데, 사람들이 막 투덜거리기만 하고 두려워하는 분위기는 아니라서 심각한 상황은 아니구나, 했어요.』

『원래 우리가 투덜거리는 걸로는 1등 먹죠.』

시은이 웃음을 터트렸다.

『그런 얘기 나도 들었어요. 그런데 프랑스 사람들 미술관 줄 서서 기다릴 때나 마트 계산대에서 보면 여유 있다 못해 좀 느리다 싶었는데 탈출할 때는 엄청 빠르더라고요. 내가 젤 마지막으로 나왔어요.』

『그랬어요? 프랑스인들이 달팽이처럼 느리다가도 테제베처럼 빠르기도 해요.』

맞장구치는 셀린과 함께 웃던 시은이 조심스레 이안에게로 눈동자를 옮겼다.

그는 입가에 엷은 미소를 지은 채 둘의 대화를 듣고만 있었다. 의대 동창이자 동료라면서 셀린과 오가는 말이 많지 않았다. 시은은 오늘 아침 달래를 주제로 농담을 주고받았던 게 예외적이라고 할 만큼 정말 말수가 없는 사람이라는 걸 새삼스레 느꼈다.

「주문하신 요리 나왔습니다.」

서버가 세 사람 앞에 각자의 접시를 놓아 주었다. 식사를 하는 동안 대화는 또 두 여자 사이에서만 이뤄졌다.

메인 디시 접시를 가져간 서버가 디저트 메뉴판을 건넸다. 그러자 시은은 메뉴판을 펼치고 신중한 표정으로 디저트를 골랐다.

심각해 보이기까지 하는 표정에 슬쩍 웃음을 머금은 이안이 물었다.

『뭐 먹을지 골랐어요?』

미간을 모은 채 입술을 잘근거리며 고민하던 시은이 메뉴판을 짚어 보였다.

『몽블랑이랑 프랄린 타르트 사이에서 고민 중이에요. 사진을 잘 찍어서 둘 다 너무 맛있어 보여요.』

이안이 슬쩍 미간을 접었다. 골라도 제일 단 것만 고르고 있다.

『내가 몽블랑 주문할 테니까, 프랄린 먹어요. 내 거 나눠 줄 테니까.』

시은이 선물을 받은 아이 같은 표정으로 눈을 반짝였다.

『정말요? 신난다.』

이안은 몽블랑과 함께 진한 에스프레소 한 잔도 추가했다.

셀린은 턱을 괴고서 페이스트리류는 손도 안 대는 이안이 달달한 몽블랑을 주문하는 걸 신기하다는 눈을 하고서 쳐다봤다. 이안의 이상 행동의 원인이 시은이라는 건 알겠다. 원인을 안 건 안 거고 신기한 건 신기한 거였다.

보고 있다는 걸 알면서도 이안은 모른 척했다. 아니, 모른 척이 아니라 신경 안 쓰는 거겠지.

셀린은 약간 씁쓸한, 하지만 자존심이 상해 보이지는 않는 표정으로 이안에게서 눈길을 거두고 아이스크림 컵에 스푼을 가져갔다.

이안이 포크로 몽블랑을 큼직하게 잘라 시은의 접시에 놓아 주었다.

『왜 이렇게 많이 줘요. 그럼 내 것도 나눠 먹어요.』

『아뇨. 나는 이미 충분히 먹어서.』

『그래요? 그럼 양심에 콕콕 찔리긴 하지만, 잘 먹을게요.』

시은은 이안의 행동에 의미를 부여하지 않으려 애쓰며 그가 나눠 준 디저트를 먼저 공략했다.

식수대로 데려가 먼지를 직접 닦아 주던 것도 그렇고, 지금처럼 먹고 싶어 하는 디저트를 주문해 나눠 주는 것도 안 지 얼마 되지 않은 이웃의 행동이라기보다는 관심 있는 여자에게 하는 남자의 행동에 더 가까웠다. 오랜 친구를 대할 때조차 사교적인 성격과는 멀어 보이는 이안의 행동은 꼭 플러팅처럼 보였다.

진짜 그런 거라면 좋을 텐데. 설마 진짜 그런 걸까.

시은은 얼른 망상을 털어 냈다.

뭐가 묻었으니 닦아 준 것뿐이고, 잠깐 여행 온 사람이 이것저것 다 먹어 보고 싶어 하니까 배려해 준 것뿐이다. 디저트값이라고 진료비 안 받은 것처럼. 끝.

알고 있는데, 잘 아는데도 아무런 의도 없는 이안의 행동에 자꾸만 의미를 두려고 하고 있었다. 짝사랑에 따라붙게 되는 부작용이었다.

식사를 마치고 나온 시은은 오후 진료 스케줄이 있는 두 사람과 인사를 하고는 헤어졌다.

버스 정류장으로 걸어가는 시은에게서 눈길을 거둔 이안이 셀린의 차에 올랐다. 조수석에 앉아 안전벨트를 매며 이안이 말했다.

「하고 싶은 얘기 해.」

셀린이 빤히 쳐다보자 이안이 덧붙였다.

「할 말 있던 거 아니었어? 그래서 쳐다보는 건 줄 알았는데.」

「신기해서. 신선하기도 했고. 그리고 할 말도 있지.」

셀린은 시동을 걸었다.

「긴 얘기도 아니고, 답도 이미 알고 있는 거긴 한데 그래도 진료실 가서 얘기할게.」

운전하면서 딴 데 신경 쓰는 거 안 좋아하잖아, 라는 뜻이 내포된 말이었다. 교통사고를 겪은 후 이안은 정말 필요한 때가 아니면 핸들을 잡지 않았다. 그리고 운전에 방해될 만한 주제로 대화를 나누는 것도 꺼려 했다. 아니, 말수 자체가 없었다.

불편하지 않은 침묵 속에서 달려온 승용차가 진료실 맞은편 주차장에 멈춰 섰다.

셸린은 이안과 함께 그의 진료실로 들어가며 물었다.

「나는 커피 한잔 더 하고 싶은데, 어때?」

「커피는 됐어.」

「안 마시던 에스프레소 마셨으니 오늘 치 카페인은 충분한 거야?」

별다른 반응을 보이지 않은 이안이 데스크에 걸터앉았다. 그리고 팔짱을 끼며 셸린을 응시했다. 들을 준비가 됐다는 의미였다.

「나 남자 친구랑 헤어졌다고 했던 거 기억해?」

이안이 기억을 더듬듯 눈매를 접었다.

「작년 크리스마스 때 아니었나?」

「오— 감동인데. 당연히 기억 못 할 줄 알았는데.」

「남자 친구랑 리스본 간다면서 크리스마스이브부터 1월 첫째 주까지 네 환자들 부탁했었잖아.」

셸린이 코웃음을 흘렸다.

「내가 뭘 기대했나 싶다.」

「할 말은?」

「나랑 연애해 볼 마음은 여전히, 전혀, 안 생겨?」

이안이 눈을 키웠다.

「왜 그런 반응이야, 예상 못 했던 것처럼. 내가 무슨 말 할 거라고 짐작했던 거야?」

「시은 씨한테 관심 있냐는 질문.」

「그것도 물으려고 했던 건 맞는데. 그래서 답은?」

「첫 번째 질문은 여전히 없고 두 번째는, 관심 있어.」

「좋아해?」

「아마도.」

예상했던 대답인데도 셀린은 좀 놀랐다.

「시은 씨는 모르는 거지? 그런 눈치던데. 고백할 생각이 없는 거야, 아님 다른 생각이 있는 거야.」

말없이 쳐다보는 눈길에 셀린이 양손을 들어 보였다.

「미안. 선 넘었어.」

「묻고 싶은 거 더 있어?」

「아니. 답 줬잖아. 나 얼마 전에 고백받았어. 프레드릭한테.」

인턴 시절 몇 번 마주쳐 이안도 안면이 있는 사람이었다.

「평판 좋은 것 같던데.」

「응, 매력도 있고. 그래서 데이트해 볼까 말까 고민 중이거든. 근데 프레드릭보다는 네가 더 매력 있고, 네가 더 좋거든, 아직은. 근데 넌 나를 여자로 안 보잖아. 그렇다고 이 좋은 나이를 날 봐 주지도 않는 남자만 쳐다보면서 흘려보내기는 아깝고. 데이트 신청을 받아들일까 말까 고민한다는 건 그 사람한테 끌린다는 건데. 데이트 신청 받아들이기 전에 너한테 남아 있는 미련 완전히 없애려면 제대로 거절당해야겠다 싶어서. 일말의 가능성도 없는 거지?」

「없어.」

셀린이 웃음을 터트렸다.

「나 면역력 생겼나 봐. 첫 번째 때보다는 타격이 없는 걸 보니. 아
님 나이를 먹어서인가. 그래도 나름 네가 첫사랑인데 말이지. 걱정
마. 이제는 진짜로 친구, 동료 딱 그렇게만 널 볼 테니까. 뭐 걱정도
안 하겠지만. 근데 나 되게 신기한 거 알아? 네가 누군가를 좋아하는
모습도 잘 상상이 안 갔지만, 만약 누군가를 좋아해도 달라지는 게 없
을 것 같았거든. 너, 내가 보고 있던 거 몰랐지?」

「뭘?」

「필립 생일날 너 태우러 집 앞에 갔을 때. 너 백미러로 계속 시은
씨 보고 있었잖아.」

「…….」

「기계에도 가끔 버그가 생기는데, 기계보다 더 규칙적이고 예외가
없던 네가 그 다디단 몽블랑을 에스프레소까지 마셔 가면서 먹어 치
우는 거 보면서 기분이 묘하더라. 드디어 사랑하는 내 친구도 사람을
바보로 만들어 버리는 연애 감정에 빠지겠구나 하는 반가움. 그리고
널 그렇게 만든 게 내가 아니라는 아쉬움 아주 조금.」

아주 조금이라며 셀린이 엄지와 검지를 살짝 띄어 보였다.

「이따 진료 다 끝나면 프레드릭한테 전화해서 데이트하자고 말하
려고.」

「잘해 봐.」

「너도.」

복도에서 발소리가 희미하게 들려왔다. 진료 시간이었다.

점심 식사 후 진료실로 돌아가는 두 사람과 헤어진 시은이 버스를 타고 도착한 곳은 크루아 루스였다. 리옹은 사실적인 기법의 대형 벽화로 유명했다. 나지막한 언덕에 조성된 조용하고 깨끗한 주거 구역인 크루아 루스에는 리옹에서 가장 유명한 벽화 '카뉘의 벽(Mur des Canuts)'이 있었다. 트롱프뢰유 기법으로 그려져 아무런 생각 없이 지나쳤다면 순간적으로 실제라고 착각했을 만큼 사실적이었다.

관광객들 틈에서 벽화를 구경하고 사진도 찍은 시은은 느긋한 걸음으로 주변을 돌아다니기 시작했다. 건물들이 예쁜 데다 수공예품 매장도 많아 구경하는 재미가 있었다.

골목골목을 탐방하는 시은의 손에 쇼핑백이 하나씩 늘었다.

실크 매장의 쇼윈도에 디스플레이된 폭이 좁고 긴 스카프, 트윌리가 시은의 눈길을 사로잡았다. 시은은 문을 열고 들어갔다.

「어서 오세요.」

이민자들이 많아서인지 어디를 들어가든 프랑스어로 인사를 해 왔다. 시은은 영어로 여행객임을 먼저 밝혔다.

『안녕하세요. 저 트윌리 마음에 드는데, 해 봐도 돼요?』

『그럼요.』

주인이 꺼내 준 스카프를 받아 들고서 거울 앞에 서서 목에 둘러 봤다. 스카프는 그냥 눈으로 봤을 때와 직접 착용했을 때의 갭이 큰 상품이었다. 다행히 보는 것보다 더 예뻤다.

『색상이 정말 잘 받네요.』

『엄마 선물이에요. 엄마랑 스타일이 비슷해서 엄마한테도 잘 어울 릴 것 같아요. 저 카멜리아 스카프도 좀 볼게요.』

주인은 스카프를 예쁘게 매는 법 몇 가지를 시연해 보였다.

『이거 둘 다 할게요. 두 사람에게 선물할 거라 따로 포장해 주세 요.』

주인이 포장을 하는 동안 넥타이도 구경했다. 하지만 아빠 취향이 라기에는 패턴이 좀 지나치게 화려했다. 포장을 마친 주인이 쇼핑백 을 건넸다.

『감사합니다. 여행 잘하세요.』

매장 주인의 인사를 뒤로하고 밖으로 나온 시은은 시간을 봤다.

"벌써 6시네."

조금 더 쇼핑을 할까, 아님 다리도 좀 아픈데 숙소로 갈까. 잠깐 고 민하다 근처 버스 정류장으로 걸었다. 정류장 안내판을 올려다보며 버스 도착 시간을 확인하고 있을 때였다.

차 한 대가 미끄러지듯 시은의 옆으로 굴러왔다. 조용하게 접근한 승용차의 조수석에서 쓰윽 뱀처럼 팔이 빠져나와 순식간에 시은의 크로스 백을 잡아챘다.

"······!"

잡아당기는 힘에 크게 휘청거린 시은이 본능적으로 크로스 백의 끈을 잡았다. 그러자 남자가 손아귀에 힘을 주며 낚아챘다. 동시에 핸들을 잡은 공범이 액셀을 밟아 속력을 높였다.

팽팽하게 늘어났던 끈이 툭 끊어지며 시은이 바닥에 엎어졌다.

쌩하니 내빼는 승용차를 망연자실한 얼굴로 바라보던 시은이 바닥에서 일어섰다.

"아야."

앞으로 넘어지면서 돌바닥에 세게 부딪힌 무릎이 시큰했다. 바닥을 짚었던 손바닥에는 몽글몽글 피가 맺혔다.

정류장 옆 우체국에서 현금을 찾아 나오던 노부인이 놀란 얼굴로 다가왔다.

「어휴 어떡해. 괜찮아요? 안 다쳤어요? 이 조용한 동네에서 이게 무슨 일이야······.」

흙과 핏방울이 맺힌 손바닥을 보고는 얼른 손가방을 뒤져 휴대용 티슈를 건넸다.

「우선은 흙부터 털어 내요.」

「감사합니다.」

「많이 다치진 않은 것 같아서 그나마 다행이네. 가방에 중요한 거 들었어요? 경찰에 신고부터 해야 하나, 아님 근처 약국에 들어가서 상처부터 좀 봐 달라고 할래요?」

「죄송한데, 프랑스어 못해요. 여행객이에요.」

「아, 이런.」

속사포처럼 쏟아 내던 노부인이 말이 안 통하는 여행객이라는 사실에 더욱 안타까운 얼굴을 하더니 약국을 가리켜 보였다. 그리고 여러 번 폴리스라는 말을 하고 떠났다.

휴지로 손바닥을 닦은 시은은 몇 걸음 떨어진 곳까지 날아간 핸드폰을 집어 들었다. 액정에 시원하게 금이 가 버린 폰은 켜지지가 않았다.

한숨을 내쉬고는 바닥에 널브러진 쇼핑백을 챙겨 들었다.

"그래도 선물 산 건 안 뺏겨서 그나마 다행이다."

애써 긍정적으로 생각하려고 했다. 안 그럼 속상해서 눈물이 찔끔 나올 것 같았다.

"이게 무슨 일이야."

너무 황당해서 실감이 나지 않았다.

시은은 할머니가 가리켰던 약국 대신 조금 전 나왔던 실크 매장으로 걸어갔다. 그 편이 부탁을 하는 데 나을 것 같았다.

방금 스카프를 사 갔던 고객이 문을 밀고 들어오자 매장 주인이 의아해하면서도 반가운 미소를 지어 보였다.

『다시 오셨네요.』

시은이 손바닥을 보이며 사정을 설명했다.

214

『버스 정류장에 서 있는데 승용차가 다가와서 크로스 백 뺏어 갔어
요. 여권이랑 지갑도 들어 있는데.』

『세상에. 다치지는 않았어요?』

『손바닥 긁힌 것 말고는 괜찮아요.』

『우선 손부터 씻어요. 그동안 나는 소독약 사 올 테니까.』

주인이 매장 안쪽으로 연결된 문을 열어 주자 세면대가 보였다. 시
은이 손을 닦는 사이 약국을 다녀온 매장 주인이 소독약을 뿌리고 거
즈를 덧대어 주었다.

『경찰에 신고는 했어요?』

『아직이요. 폰도 깨진 데다가 아무래도 저보다는 현지인분이 해 주
시는 게 소통에 문제가 없을 것 같아서요.』

『알겠어요.』

주인이 경찰에 전화를 걸어 사건 경위를 설명하고 주소를 알려 주
는 동안 시은은 뭐부터 해야 하는지 머릿속으로 하나씩 떠올려 보았
다.

제일 급한 건 신용 카드와 여권 분실 신고. 숙소에 현금이 얼마나
남았더라. 부족한 건 오빠한테 부탁하고. 참, 현관 열쇠도 다시 만들
어야 하는구나. 어차피 벌어진 일이니까 속상해하지 말자 싶었지만
어쩔 수 없이 한숨이 나왔다.

매장 주인의 전화기로 신용 카드 분실 신고를 하고 얼마 지나지 않
아 경찰차가 매장 앞에 도착했다.

「날치기 신고 하셨습니까?」

「제가 했고, 이분이 피해자예요.」

두 경찰관 중 젊은 쪽이 영어로 시은에게 말을 건넸다.

『다치신 곳은 없습니까?』

시은이 거즈를 붙인 손바닥을 보여 주었다.

『병원 갈 정도는 아니에요.』

『다행이군요. 혹시 차량 번호판 보셨습니까?』

『아뇨. 너무 당황해서 미처 못 봤어요.』

『많이 놀라셨을 테니 그럴 수 있죠. 그럼 차종은 기억하십니까?』

『차 이름을 잘 몰라서. 다크 그레이였고, 그리고 정확하지는 않은데 '피카소' 사인이 붙어 있는 차량 비슷해 보였어요.』

차에 관심은 없었지만 피카소의 사인이 부착된 게 신기해 기억하고 있던 디자인이었다.

『피카소 사인이라면, 시트로엥이겠네요.』

시은이 구술하는 당시의 상황을 상세히 기록한 경찰관이 도난당한 물품을 체크하라며 서류를 건네주었다.

『범인을 잡아도 현금을 되찾기는 어려울 겁니다.』

『그렇겠죠.』

『버스 정류장 주변으로는 CCTV가 없지만, 차가 빠져나갈 수 있는 도로를 중심으로 확인 가능한 곳들 체크해 보겠습니다. 진척 사항 있으면 알려 드릴 수 있게 연락처 주시겠습니까.』

시은은 핸드폰 번호와 숙소의 유선 전화번호 둘 다 알려 주었다.

『핸드폰이 망가져 버렸어요. 수리 가능한지 모르겠는데, 그때까지는 유선 전화번호로 전화 주세요.』

『알겠습니다. 여행 와서 이런 일을 겪게 되어 유감입니다. 나머지 일정에 피해가 없었으면 좋겠군요. 교통 카드와 미술관 패스는 카드로 결제하셨나요?』

『네.』

『그럼 사고 경위 작성해 드릴 테니까 보여 주세요. 아마 재발급해 줄 겁니다.』

『아, 그래요. 그나마 다행이다.』

『숙소로 가실 겁니까?』

『네.』

『그럼 저희가 거기까지 모셔다드리죠.』

『그래 주시겠어요? 감사합니다.』

매장 주인에게 버스비를 빌려야겠다고 생각하던 시은은 경찰의 호의가 반가웠다. 매장 주인에게 고맙다는 인사를 전하고 경찰차에 올라탔다.

경찰차가 숙소 앞에서 시은을 내려 주었다.

『태워다 주셔서 감사합니다.』

『곧 연락드리겠습니다. 도움이 필요하시면 언제든 전화 주세요.』

『그럴게요. 감사합니다.』

경찰이 떠나자 시은은 건물 앞 벤치에 쇼핑백을 내려놓고는 그 옆에 앉았다.

"하―"

긴장이 풀리니 피곤이 몰려들었다.

"뭐 이런 일이 다 있지."

정신없던 상황이 지나고 나자 새삼 황당함이 밀려들었다. 트램과 지하철을 탈 때면 소매치기에 대한 안내 방송이 흘러나왔다. 그래서 대중교통을 이용할 때는 핸드폰과 지갑을 소매치기당하지 않으려고 조심했는데 길 한복판에서 가방을 통째로 뺏겨 버렸다.

그래도 조금 있으면 퇴근할 이안에게 도움을 요청할 수 있어 다행이었다. 낯선 타국에서 언어도 잘 안 통하는데 이안이 없었다면 진짜 막막했을 거다.

눈앞으로 버스와 승용차가 오갔다. 퇴근한 사람들이 하나둘 아파트로 돌아오기 시작했다.

"몇 시지?"

부서져 버린 핸드폰은 아예 켜지질 않아 시간조차 확인할 수 없었다. 몇 걸음 앞의 버스 정류장으로 걸어가자 전자 안내판이 오후 7시를 가리키고 있었다.

"늦어도 40분 정도만 기다리면 되는구나."

시은은 곧 집으로 돌아올 이안을 기다렸다.

마지막 환자를 배웅한 뒤 진료실을 정리한 이안은 정원으로 나와 벽면에 세워 둔 자전거를 꺼냈다. 벤치를 지나는 그의 시야에 바람에 흔들리는 잡초가 들어왔다. 삐죽 솟은 모양이 시은이 쥐고 있던 달래와 닮아 있었다.

　보는 것만으로는 구분하지 못해 무릎을 굽혀 잡초 하나를 뽑았다. 뿌리가 시작되는 곳에 진주알 같은 알갱이가 달려 있던 것과는 확연히 달랐다.

　일어나 다시 핸들을 잡으려던 이안이 문득 폰을 꺼내 고등학교 동창이자 식물학자인 친구 테오에게 전화를 걸었다.

　─ 진료 끝났나 봐.

　「방금.」

　대답한 이안은 곧장 용건을 꺼냈다.

　「혹시 달래 구할 수 있어?」

　─ 달래? 당장이라도 뽑아 줄 수 있지.

　「어디서?」

　─ 이럴 줄 알았다. 며칠 전에도 여기 와서 같이 점심 먹어 놓고는 발코니에 떡하니 자라고 있는 것도 못 알아봤을 만큼 관심 없었으면서 갑자기 왜 필요한데?

　「줄 사람이 있어서.」

　─ 누구?

　「나 때문에 맛있는 거 해 먹을 기회 놓친 사람.」

— 그건 또 무슨 수수께끼 같은 소리야. 일단 와서 가져가. 그 김에 저녁 같이 먹을까? 파스타에 장봉밖에 없지만.

「지금 출발할게.」

진료실을 나온 이안은 테오가 거주하는 비우 리옹 구역을 향해 페달을 밟았다.

묵직한 나무문을 밀고 들어간 이안은 중정 한쪽에 자전거를 세우고는 나선형의 계단을 올랐다. 며칠 전 시은이 가쁜 숨을 내뱉으며 자신을 뒤쫓아 올라오던 그 계단이었다. 그때는 어설픈 아마추어 미행자에게 스릴을 주기 위해 느긋하게 계단을 밟았고 지금은 미행자가 좋아한다는 달래를 얻어 가기 위해 빠르게 올라가고 있었다.

'기계는 버그 나면 심란한데 네가 버그 난 모습은 보기 좋아.'

그를 오래 안 친구들이 봤다면 셀린처럼 버그 났다고 표현할 만한 행동이었다.

이안이 오지 않는다.

"이상하다."

마지막 진료 타임이 6시 40분이었다. 20분 간격으로 환자를 보니까 7시에는 진료를 마친다.

환자의 상태에 따라 그보다 조금 더 걸릴 수는 있겠지만, 그래도 집에 돌아오는 시간이 7시 40분을 넘지는 않았다. 저녁을 준비하거나 발코니에서 빨래를 걷다가 보게 된 이안의 퇴근 시간이 대부분 그쯤이었다. 오차가 없는 새벽 시간과는 달리 조금 느슨한 귀가였지만 그래도 거의 비슷한 시간에 돌아왔다.

그런데 벌써 8시가 가까워 오고 있었다. 아는 사람이라고는 이안뿐인 데다 퇴근 시간이 일정한 사람이라 이안을 기다리기로 했던 건데.

늦을 수도 있다는 건 예상치 못한 시은은 조금 불안해지기 시작했다. 시은은 다른 생각을 하며 불안감에 빠져들지 않으려 했다.

"이안 씨 오면 열쇠 수리업자부터 불러 달라고 부탁해야겠지?"

현관문을 열어 주면 숙소에 있는 현금으로 비용 지불하고, 집주인한테 메일 보내서 사정 설명한 다음에 현관문 손잡이를 교체하길 원하는지 물어봐야지. 주소가 노출된 서류는 없어 이 집을 알아내는 건 불가능하지만 그래도 찜찜할 수 있으니까.

오빠한테 현금 보내 달라고 부탁하고, 긴급 여권도 발급받고. 폰 수리 가능한지도 알아보고.

시은이 한숨을 내쉬었다.

"가방 하나 잃어버렸는데 해야 할 것투성이구나. 그러고 보니 처방전도 들어 있었지. 아깝다."

눈앞을 지나는 버스와 승용차가 조금씩 뜸해졌다. 귀가하던 사람들도 점점 드물어졌다. 그만큼 시은의 초조함도 커져 갔다.

정류장으로 가 시간을 확인하고 다시 벤치에 돌아오던 시은이 눈앞의 건물을 올려다봤다. 모던한 디자인으로 건축된 아파트였다.

"디지털 도어 록 쓰면 이렇게 밖에 앉아 있어야 하는 일도 없을 텐데. 열쇠 깜빡하고 나오거나 잃어버리면 그때마다 수리공 불러야 하잖아. 불편한데 왜 열쇠를 쓰는 거지? 게다가 공동 현관문은 디지털 도어 록으로 만들어 놨으면서."

아파트 공동 현관문은 전자 키나 비밀번호 입력으로 출입이 가능했다. 집주인은 전자 키를 복사하면 시간과 경비가 든다며 시은에게 비밀번호를 알려 주었었다.

"몇백 년 전에 지어진 역사적인 건축물도 아니고, 로맨틱한 디자인이라 열쇠가 더 어울리는 것도 아닌데 왜 이런 건물에도 열쇠를 쓰는 거냐고."

불안함과 초조함이 커지자 불만이 터져 나왔다.

시은은 느릿느릿 기어가는 시간을 의식하지 않으려 주변 화단을 구경했다. 미술관 앞에 설치된 조형물들도 감상했다. 그러다가 인기척이 날 때면 얼른 고개를 돌렸다가 시무룩한 얼굴을 하는 일이 반복되었다.

그러다 갑자기 걱정이 되었다.

"설마 무슨 일 있는 건 아니겠지?"

교통사고가 떠올랐다. 혹시라도 그런 일이 벌어질까 싶어 시은은 얼른 불길한 생각을 털어 냈다.

"자전거 엄청 잘 타던데 뭘. 운동 신경도 좋고. 게다가 자전거 도로도 잘돼 있고."

그럼에도 이안이 달려올 자전거 도로를 바라보는 눈에 걱정이 일었다.

버스에서 내려 공동 현관으로 걸어가는 사람을 부러운 눈으로 바라보던 시은이 얼핏 떠오른 생각에 얼른 따라가 붙잡았다.

『실례해요. 혹시 영어 하세요? 여행객이라 프랑스어 몰라서요.』

『영국 사람이에요.』

『아, 다행이다.』

숙소 근처에는 국제기구인 인터폴과 외국인을 많이 상대하는 카지노가 있었다. 그 외에도 여러 기관들이 있어 영어를 사용하는 사람들을 상대적으로 쉽게 만날 수 있었다. 이 숙소의 장점 중 하나였다.

『핸드폰이 부서져서 그러는데 전화 한 통만 해도 될까요? 』

시은은 거짓말이 아니라는 증거로 액정이 깨진 핸드폰을 보여 주었다.

『국제 통화 아니고 바로 근처 개인 병원에요.』

『그래요.』

여자는 잠금장치를 해제하고 시은에게 폰을 건넸다.

『감사합니다.』

시은은 기억하는 번호가 맞기를 바라면서 이안의 진료실로 통화를 시도했다. 조마조마한 마음으로 신호음에 집중했다. 이안의 목소리가 들렸다.

「지금은 진료 시간이 아닙니다. 응급 상황이면 응급 센터 15번으로 전화하시길 바랍니다.」

단조롭지만 듣기 좋은 목소리가 뚝 끊겼다. 구조대라도 만난 듯 반가운 미소를 짓던 시은은 자동 메시지라는 걸 뒤늦게 깨닫고는 실망스러운 얼굴을 했다.

『잘 썼어요.』

핸드폰을 돌려준 시은은 터벅터벅 벤치로 돌아왔다.

"진작 걸어 볼걸."

정확한 시간에 돌아오는 사람이라 아무런 생각 없이 기다렸는데.

시은은 심란해 한숨을 내쉬었다.

"오늘따라 왜 늦는 걸까."

걱정과 불안과 초조함이 가득한 눈으로 고개를 빼고서 자전거 도로를 바라보다 불현듯 떠오른 기억에 눈을 동그랗게 뜨고는 손바닥으로 입을 막았다. 설마, 지난번처럼 새벽에 돌아오는 건 아니겠지.

"안 돼."

울상이 된 시은이 양 손바닥에 얼굴을 묻었다. 아, 왜 그 일을 진작 떠올리지 못했을까. 뒤늦은 후회가 밀려들었다.

"어떡하지."

파랗던 하늘에 노을이 번지기 시작했다. 밤 9시가 넘었다는 신호였다. 몽글몽글 사랑스러운 파스텔 톤의 하늘은 평소라면 마리 로랑생의 몽환적인 그림처럼 사랑스럽게 보였겠지만, 지금은 곧 들이닥칠 어둠의 전조로만 보였다.

가로등이 켜졌다. 어둠이 시작되었다는 신호에 시은은 더럭 무서워졌다.

낯선 이국땅에서의 밤거리는 겁이 날 수밖에 없었다. 그게 상대적으로 안전한 구역이라고 할지라도.

"경찰서로 가야겠다."

지금은 그 방법밖에 없었다. 돈이 한 푼도 없으니 버스 기사에게 무임승차를 할 수밖에 없는 사정을 설명해야 했다. 시은이 쇼핑백을 뒤적여 경찰이 작성해 준 도난 증명 서류를 꺼내던 때였다.

인터폴 방향에서 얇은 빛줄기가 다가오고 있었다. 자전거 불빛이었다. 이번에도 아닐 걸 알면서 시은은 기대를 버리지 못하고 자전거를 바라봤다.

이안이었다.

이안이라는 걸 안 순간 시은은 울컥했다.

"왜 이제 오는 거야."

안도와 반가움에 괜한 투정이 나왔다. 콧잔등도 좀 시큰해졌다. 이러다 민망하게 울어 버리는 건 아닐까 싶어서 시은은 열심히 눈을 깜빡여 물기를 지웠다. 그리고 인도 끝으로 가 서며 이안에게 손을 흔들어 보였다.

이안은 시은의 앞에서 브레이크를 잡았다. 이 시간에 외출하나 하는 얼굴을 하고서 물었다.

"버스 기다려요?"

시은이 고개를 저었다.

"아뇨, 이안 씨 기다렸어요."

"여기서?"

"네."

"언제부터?"

"6시 40분부터요."

숙소를 놔두고 굳이 여기서 이 시간까지?

이상하다는 생각이 들 수밖에 없는 대답에 이안은 자전거에서 내렸다. 자전거를 세우고는 시은의 앞에 다가섰다.

"언제 올 줄 알고. 진료실로 전화하거나 찾아오지 그랬어요. 무슨 일 있었어요?"

묻는 것과 동시에 재빨리 시은을 훑었다. 멀쩡한 숙소를 놔두고 밖에서 하염없이 기다린 이유의 답을 찾기 위해 날카로운 눈으로 시은을 살피던 이안이 얼굴을 굳혔다. 점심을 먹고 헤어질 때만 해도 없던 하얀 거즈를 손바닥에 붙이고 있었다. 청바지의 무릎께도 긁혀 있었다. 마치 거친 뭔가에 쓸리기라도 한 것처럼.

순간 이안의 머릿속으로 최악의 상황이 떠올랐다. 이안은 시은을 겁먹거나 놀라게 하지 않기 위해 어금니를 지그시 물어 동요하는 마음을 눌렀다. 어떤 상황에서도 침착함을 유지해야 하는 일에 익숙해 다행이었다.

이안은 느리게 눈을 감았다 뜨고는 가능한 한 객관적인 의사의 눈으로 다시금 시은을 살폈다.

속눈썹이 조금 젖어 있었다. 하지만 깨끗한 흰자위에는 실핏줄이나 붉은 기운이 없었다. 눈물이 났지만 많이 울지는 않았다는 거다. 평소보다 기운이 없어 보이지만 미소는 잃지 않았다. 지쳐 보이는 것 외에 불안함이나 공포 같은 감정은 전혀 보이지 않았다.

부드럽고 여린 피부라 강하게 잡았으면 자국이 남았을 텐데 목덜미와 팔도 깨끗했다. 오전에 붙여 준 밴드도 그 자리에 잘 붙어 있었다.

다행이 염려하던 상황은 아니라는 확신이 들자 이안의 몸에서 긴장이 풀렸다.

이안은 시은의 오른쪽 손목을 잡아 가까이 가져왔다. 손바닥에 붙여 놓은 거즈는 나름 꼼꼼했지만 전문가의 솜씨는 아니었다.

"손바닥 상처는 누가 처치해 줬어요?"

"선물 샀던 매장 주인분이요. 매장 앞에서 크로스 백 날치기당해서 넘어지면서 살짝 까졌거든요."

"날치기?"

시은이 어른한테 억울한 일을 이르는 아이 같은 표정으로 고개를 끄덕였다.

"네. 버스 정류장에 서 있는데 승용차가 다가와서는 조수석에 앉아 있던 남자가 채 갔어요. 그 바람에 넘어지면서 무릎도 바닥에 부딪혔고요. 그래도 청바지 입은 덕분에 무릎은 좀 욱신거리기만 하고 피는 안 났어요."

"그래서 밖에 나와 있던 거예요? 열쇠도 잃어버려서?"

"네."

"여권이나 지갑도 잃어버렸겠고. 핸드폰도 가방 안에 들어 있었어요?"

"아뇨. 손에 쥐고 있다가 넘어지면서 액정이 나가 버렸어요. 내일 수리 가능한지 알아보려고요."

"일단 들어가죠. 자전거 두고 올 테니까 기다려요."

"네."

시은은 공동 현관 앞에서 이안을 기다렸다. 금방 되돌아온 이안이 시은의 손에서 쇼핑백을 가져갔다.

"왼쪽 손은 괜찮은데……. 고마워요."

함께 엘리베이터에 오르자 이안이 물었다.

"여기까지는 어떻게 왔어요?"

"경찰들이 집 앞까지 태워다 줬어요."

"그럼 경찰한테 폰 빌려서 전화하지 그랬어요. 내가 언제 올 줄 알고 마냥 기다렸어요?"

"평소에는 7시 30분쯤에 집에 오니까. 늦어도 7시 40분을 안 넘었고요. 그래서 조금만 기다리면 올 줄 알았죠."

말을 하고 보니 오해를 살 수도 있겠다 싶어 시은이 양손을 내저으
며 서둘러 해명했다.

"어쩌다 우연히 보다 보니까 알게 된 거지 일부러 지켜보고 있던
건 아니었어요. 아야."

까진 걸 깜빡하고 손을 흔들었더니 아팠다.

콧잔등을 찡그리는 시은을 안쓰러워하는 눈으로 보던 이안이 열쇠
를 꺼내 현관문을 열었다.

"들어가요."

"실례할게요."

시은은 조심스레 이안의 공간으로 발을 내디뎠다. 궁금하던 공간
으로 들어서는 흥분에 찌릿한 무릎의 통증마저 까먹었다.

신발을 벗고서 이안을 뒤따라 복도를 걸어가던 시은이 눈을 동그
랗게 떴다.

"어? 여긴 방문도 더 많고 거실도 훨씬 넓네요?"

같은 층, 그것도 바로 옆집인데 구조와 크기가 완전 달랐다.

"내가 묵는 숙소는 침실 두 개, 거실, 욕실, 화장실. 이런 구조예요.
그리고 여기랑 달리 부엌도 오픈돼 있고요."

"그렇다고 알고 있어요."

"부엌이 분리되어 있으니까 요리할 때 냄새 신경 안 쓰이고 좋겠
다. 그렇죠?"

"냄새를 신경 쓸 만큼 요리를 하지 않아서."

"아."

"앉아요."

거실 소파를 가리켜 보인 이안이 서재로 들어가 백팩을 내려놓고 구급함을 들고나왔다. 스툴을 끌어오며 소파 끝에 얌전히 앉아 있는 시은과 마주했다.

"손 줘 봐요."

시은이 손을 내밀자 이안이 손목을 잡고는 조심스레 거즈를 떼 상처를 확인했다.

"다행히 깊지는 않네요. 내일이면 거즈 없어도 될 것 같고, 약은 2, 3일 정도 발라요."

깨끗하게 소독을 하고서 다시 약을 바른 뒤 거즈를 갈아 준 이안이 무릎을 가리켰다.

"걸을 때 찡그리는 것 같던데, 무릎도 보죠."

이안의 말에 시은은 폭이 넓은 부츠 컷 청바지라 다행이다 싶었다. 안 그랬으면 팬티 차림이 될 뻔했다. 그럼 아무런 생각 없는 이안 앞에서 또 혼자 얼굴 붉히는 민망한 일이 벌어졌을 거다.

청바지의 밑단에 손을 가져가던 시은이 눈을 찡그렸다. 몸을 수그리자 무릎이 시큰했다.

"아파요? 내가 하죠."

이안이 바지를 걷어 올렸다. 종아리에 따뜻한 손이 살짝 닿았다. 시은은 의식하고 있다는 걸 드러내지 않으려 아랫입술을 말아 물었다.

무릎에 든 파란 멍에 이안이 속상하다는 듯 미간을 접었다. 멍을 보자 갑자기 더 욱신거리는 것 같은 기분에 시은도 덩달아 눈을 찡그렸다.

"멍이 더 퍼지지 않고 빨리 가라앉도록 연고 바르고 붕대 감아 줄 테니까 내일까지는 붕대 하고 있어요. 걸을 때도 통증이 덜할 거예요."

손바닥을 처치해 준 것처럼 이안이 능숙한 솜씨로 붕대를 감아 주었다. 그러고는 걷어 올렸던 청바지를 도로 내려 주며 물었다.

"배고프지 않아요?"

"고파요."

긴장이 풀려서인지 갑자기 허기가 찾아왔다.

"우선 저녁부터 먹죠."

시은은 이안을 따라 부엌으로 들어갔다. 이안은 몇 시간 동안 밖에 있느라 목이 말랐을 시은을 위해 물컵을 꺼내며 냉장고를 가리켜 보였다.

"냉동실 열고 먹을 만한 거 골라 봐요. 딱히 마음에 드는 게 없으면 적당한 걸로 배달시키죠."

"이안 씨는요? 저녁 먹었어요?"

"먹었어요."

시은은 이안의 냉동실을 조심스레 열었다. 아침마다 날아오는 커피 향과 딱 한 번 봤던 피자 박스 외에는 전혀 생활감이 느껴지지 않았는데 과연 냉장고 속은 어떨까. 호기심 가득한 눈을 하고서 안을 보는 시은의 눈에 익숙한 박스가 들어왔다.

"어?"

"여기, 물."

시은에게 물이 담긴 컵을 건네려던 이안이 뒤늦게 아차 했다.

시은은 휙 고개를 돌려 이안을 봤다.

"이거 박스째 그대로 넣어 뒀네요? 엄청 맛없어 보였나 봐요. 어, 제네바에서 사 온 초콜릿도 그대로 있네."

오늘 점심때 엄청 단 몽블랑을 3분의 1쯤 먹었던 이안이라 설마 단 걸 안 좋아할 거라는 의심은 전혀 하지 않는 눈치였다.

"먹고서 기운 났다고 하지 않았어요? 나한테 거짓말한 거였어요?"

시은은 가늘게 눈을 접었다.

"왜요? 내가 먼저 먹었냐고 물은 것도 아닌데 왜 잘 먹었다면서 거짓말을 했어요?"

은근한 추궁에 이안은 시은에게 물잔을 내밀었다.

"목마를 테니까 우선 이것부터 마셔요."

엉겁결에 받아 들자 이안은 핑크색 박스를 꺼내 내용물을 보여 주었다.

시은이 물잔을 든 채 이안의 곁으로 와 안을 빼꼼 봤다.

에클레어는 사라졌고 퐁당 오 쇼콜라만 있었다.

"아."

먹은 게 맞았다. 이안이 고개를 살짝 기울이고는 빤히 쳐다보자 시은이 민망한 표정으로 사과를 했다.

"거짓말쟁이 취급 해서 미안해요."

"증거도 없이 속단할 만큼 성격이 급한 거예요, 아니면 내가 거짓말 잘할 것처럼 보여서 그런 거예요?"

"음, 거짓말 잘할 것처럼 보이지는 않으니까 아마도 성격이 급한 쪽인 것 같죠?"

"잘 봐요, 초콜릿도 한 조각 먹었으니까."

"……."

시은의 머쓱한 표정에 이안이 피식 입바람을 흘렸다.

물도 마셨고 적당히 긴장도 풀어진 것 같으니 이제 비어 있을 위를 채워 주자 싶어 이안은 화제를 돌렸다.

냉동실 안의 내용물을 가리키며 말했다.

"선택의 폭이 넓지는 않죠?"

확실히 그렇기는 했다. 시은은 피자와 키슈, 파에야 중에서 파에야를 선택했다.

"파에야 좋아해요."

이안은 시은이 선택한 저녁 메뉴를 전자레인지에 돌렸다. 따뜻한 파에야를 접시에 옮기고는 포크와 나이프를 챙겨 주었다. 빈 잔에 물도 다시 따라 주었다.

"잘 먹을게요."

"서재에 있을 테니까 필요한 게 있으면 불러요."

"그럴게요."

편하게 먹으라는 듯 이안이 자리를 뜨자 시은은 포크와 나이프를 집었다. 김이 모락모락 올라오는 파에야에는 닭고기, 대하, 홍합, 오징어, 살라미가 들어 있었다. 냉동식품치고는 내용물이 실했다.

공복을 자극하는 냄새에 시은은 포크 가득 밥을 떠 입 안으로 가져갔다.

"맛있다."

배가 고프기도 했지만 냉동식품치고는 먹을 만했다. 프라이팬에 데웠으면 더 맛있었겠지만. 프라이팬은 있으려나.

노란색 밥 한 톨 남기지 않고 싹싹 먹고는 사용한 식기를 개수대로 가져가 수도꼭지를 틀었다. 거즈 때문에 설거지는 하지 못하지만 물기라도 있어야 설거지하기에 편하니까.

"근데 설거지하는 모습은 상상이 잘 안된다."

물소리를 들었는지 이안이 서재 밖으로 나왔다.

"손 다쳐 놓고 왜 물을 만져요."

"식기에 물만 적셔 놓는 거예요."

이안이 다가와 거즈에 물이 튀었는지 확인하고는 식기를 미니 식기세척기에 집어넣었다.

"더 늦기 전에 열쇠 수리업자한테 연락하죠."

이안이 폰으로 열쇠 수리업자의 번호를 검색하며 물었다.

"임대 계약서 메일로 받았죠? 메일 나한테 보내 줘요. 서재에서 프린트할 테니까."

"임대 계약서 없는데요?"

"집주인 홍콩에 있는 걸로 알고 있는데. 우편으로 계약서 주고받았어요? 그럼 현관문 열어 주면 계약서 확인시켜 주겠다고 해야겠네요."

시은이 당황해서 물었다.

"계약서 필요해요? 계약서 작성 안 했는데……."

이안이 폰에서 눈을 들었다.

"원래는 파리 가려고 했는데 예약한 숙소에 문제가 생긴 바람에 갑자기 여기로 온 거거든요. 급하게 결정된 건 데다 친척 언니 소개라 계약서는 아예 생각도 못 했어요. 집주인 쪽에서도 얘기 없었고요. 집 열쇠도 리옹 인근에 사는 집주인 친구분이 공항까지 와서 건네줬어요."

한 달만 있다 가는 거라 집주인도 이런 상황을 예상하지 못했을 거다. 손끝으로 이마를 문지르며 잠깐 생각하던 이안이 제안했다.

"그럼 계약서도 없고, 시간도 늦었으니까 이렇게 하죠."

"어떻게요?"

"집주인한테 임대 계약서 작성해서 보내 달라고 메일 보내요. 사정 설명하고, 현관 손잡이는 어떻게 하고 싶은지 물어봐요. 열쇠를 분실

한 게 신경 쓰여서 손잡이 교체하는 걸 원할 수도 있으니까."

"그럴게요."

"답장이 와야 열쇠 수리업자와 약속 잡을 수 있으니까, 오늘은 게 스트 룸에서 자요."

생각지 못한 제안에 시은이 놀라 물었다.

"여기서요?"

"불편해요? 호텔이 편하겠어요? 그럼 호텔 예약해……."

"아뇨. 안 불편해요."

시은이 냉큼 대답했다. 이안과 한 공간에 있다는 게 신경 쓰이겠지 만 그건 불편한 것과는 달랐다. 호텔보다는 여기 있고 싶었다.

대답이 마음에 든다는 듯 이안이 살짝 입꼬리를 올렸다.

"따라와요."

이안은 시은을 데리고 가 서재와 마주한 게스트 룸을 열어 보였다. 침대와 작은 책상과 의자 그리고 붙박이장이 있는 공간이었다.

"간혹 친구들이 오면 자고 가는 곳이라 최소한의 것들은 있지만, 그래도 필요한 게 있으면 말해요."

"아뇨. 이 정도면 충분히 좋아요. 고맙습니다."

인사를 해 오는 시은에게 웃어 보인 이안이 물었다.

"허브티 한잔 타 줄까요? 긴장 푸는 데 조금 도움 되는데."

"좋아요."

시은은 다시 이안을 따라 부엌으로 갔다. 이안은 끓은 물을 한 김

식혜 티백을 담은 잔에 부었다. 그러자 부엌 가득 허브 향이 번졌다.

"숲에 온 것 같아요. 진짜 나무 보면서 마셔도 돼요?"

"마음대로."

두 사람은 머그잔을 들고서 발코니로 나갔다.

야외 테이블에 자리를 잡던 시은이 유리 막 너머로 비치는 무드 등 불빛을 가리켰다.

"어, 불 들어왔다. 아까는 이것도 안 보였던 거 보면 이안 씨 언제 돌아오나 그거에만 정신이 팔려 있었나 봐요."

달빛 같은 불빛을 보며 따끈한 머그잔을 양손으로 쥐고는 한 모금 마신 시은이 문득 든 생각에 이안에게로 고개를 돌렸다. 계속 보고 있던 것처럼 이안과 눈이 마주쳤다.

"발코니 말이에요. 이안 씨 집이랑 내 숙소랑 발코니 바닥이 쭉 이어져 있잖아요. 이 유리 막만 없으면 한집처럼 오갈 수 있게요. 처음 여기 온 날부터 참 희한한 구조다 싶었거든요. 근데 보니까 이 아파트만이 아니라 이런 구조로 된 집들이 꽤 많이 보이더라고요. 프랑스인들은 사생활도 중요시하고 개인주의 성향도 강하다고 들었는데, 왜 발코니는 이웃집하고 연결해서 만들어요? 뭔가 희한하다 싶어서 검색도 해 봤는데 딱히 답이 없더라고요."

시은의 물음에 이안은 흥미롭다는 눈빛을 했다. 턱을 괴고서 질문에 대한 답을 생각해 보던 이안이 어깨를 으쓱였다.

"늘 봐 왔던 구조라서 의문을 던지지 않았는데 듣고 보니 그렇군요. 나도 이유가 궁금해지는데요."

"그렇죠? 어쨌든 바닥처럼 난간도 쭉 이어져 있어서 이쪽에 의자 놓으면 건너편으로 건너가는 거 충분히 가능할 거 같아요."

"시도해 보고 싶어요?"

그럴까, 하던 시은이 고개를 저었다.

"외출하면서 거실 창 닫았어요. 여긴 발코니가 있어서 비가 와도 괜찮은데도 습관적으로 닫게 되더라고요. 어차피 거실로 못 들어가는 거면 발코니 넘어가 봤자죠."

"더 안전하고 쉬운 방법이 있긴 한데."

"그래요? 뭔데요?"

"현관문 따서 들어가기."

"영화에서처럼 가는 철사 같은 걸로요? 할 수 있어요?"

시은이 초롱초롱 눈을 빛내며 물어 오자 이안이 아쉽다는 듯 어깨를 으쓱여 보였다.

"내가 스파이였다면, 손쉽게 땄겠죠."

"에이, 뭐예요. 난 또……."

핀잔을 주던 시은이 말끝을 흐리며 입술을 안으로 말아 물었다. 왜 뜬금없이 스파이라는 말을 꺼내는 거지. 대화의 주제가 그렇다 보니 자연스레 나온 것뿐이겠지.

스파이라고 의심했던 전적이 있는 터라 당황한 시은의 눈동자가 마구 흔들렸다. 지레 찔린 탓일까. 길게 빠진 날카로운 눈꼬리가 살짝 접힌 모습이 어쩐지 웃음을 참고 있는 것처럼 보였다.

"스파이가 아니라 미안한데요."

"……."

굳이 강조하듯 반복하는 걸 보면 스파이라고 의심했던 걸 알아챈 건가. 아니, 어떻게?

한쪽 입술 끝을 슬쩍 올린 이안이 긴 손가락으로 빛이 넘어오고 있는 유리 칸막이를 가리켜 보였다.

"빛도 넘어오지만 소리도 넘어오죠. 이쪽 창문을 열어 둔다는 전제 조건 하에. 확실히 사생활을 중요시하는 사람들답지 않은 구조이기는 하군요."

"……!"

오빠랑 한 대화를 들었구나.

시은은 심장이 덜컹 내려앉았다. 눈앞으로 오빠에게 했던 말들이 휙휙 날아갔다.

'아무래도 스파이인 것 같아. 인터폴 직원이랑 은밀하게 밀담 나누는 거 목격했어. 게다가 어제는 새벽에 들어오더라니까. 부상당한 건 아닌가 걱정했는데 체력이 원체 좋아선지 금방 회복한 것 같아. 다행이지. 근데 옆집에 스파이가 산다니 스릴 넘치지 않아? 그 남자, 엄청 섹시해. 조깅하느라 머리카락 살짝 헝클어진 모습이 나른하고 아주 야해 보여. 섹시한 모델인 줄 알았

는데 섹시한 스파이였어. 진짜 잘생겼다니까. 공원에서 처음 마주쳤을 때 심
장이 쿵 했을 정도로.'

내뱉었던 문장들이 총천연색으로 눈앞에 튀어 오르자 시은은 눈을
질끈 감았다.

'어디서 어디까지 들은 걸까. 설마 몽땅 다 들은 건 아니겠지.'

귓불이 뜨끈해졌다. 볼이 터질 것처럼 달아올랐다.

'아, 어떡해.'

시은은 민망해서 미칠 것 같았다. 고개를 숙인 채 현실 도피를 하
듯 눈꼬리에 주름이 지도록 눈을 꼭 감았던 시은이 피식 입바람 소리
에 조심스레 눈을 떴다.

턱을 괸 채 빤히 쳐다보는 이안과 눈이 마주치자 허둥지둥 눈길을
떨궜다. 그러다 미행했던 일도 떠올랐다.

'설마 미행했던 것도 들킨 건 아니겠지.'

물어볼까 말까 망설이다 입술을 꾹 물었다. 얼굴이 너무 뜨끈해져
결국에는 손으로 부채질을 했다.

어쩔 줄 몰라 하는 시은의 모습이 이안의 장난기를 부추겼다.

미행하던 것도 알고 있었다고 말할까. 아니다. 그건 다음에 놀려야
지.

열심히 손부채질을 하는 시은을 감상하던 이안이 뒤늦게 떠오른
생각에 의자에서 일어났다.

"기다려요, 줄 거 있으니까."

"뭔데요?"

"알룸 모나튬(Allium monanthum)."

이안은 장난스럽게 학명을 던지고는 안으로 들어갔다.

알룸 뭐? 그게 뭔데? 시은은 어리둥절한 표정을 하고서 이안의 뒷모습을 쳐다봤다.

수수께끼 같은 말을 남기고 집 안으로 들어갔다 나온 이안의 손에는 둘둘 만 듯한 크라프트지가 들려 있었다.

"뭐예요?"

"오늘 늦게 돌아온 이유."

시은이 종이를 받아 들었다. 안에 아무것도 안 들어 있는 것처럼 무게감이 없었다.

"엄청 가벼운데요? 뭐가 들어 있긴 한 거예요?"

포장지를 펼친 시은이 놀란 눈으로 이안을 쳐다봤다.

"이거, 달래잖아요. 불법이라면서요?"

한국어를 알아들을 사람은 아무도 없는데도 한껏 목소리를 죽인 채였다.

"신고할 거예요?"

이안이 태연하게 물어 오자 시은은 실눈을 떴다. 어째 좀 이상하다. 오늘 아침에만 해도 불법이라고 겁주더니 왜 이렇게 뻔뻔하게 나오지. 마치 떠보는 것처럼. 아니, 꼭 장난을 거는 것처럼.

시은은 오만한 표정으로 턱을 치켜들었다. 그리고 마치 선처를 베푸는 듯 말했다.

"준법정신에 따라 신고해야겠지만, 내 주치의라는 걸 참작해서 이번만 눈감아 줄게요. 그리고 신고하고 싶어도 말도 안 통하는걸요."

"번역 앱 잘 사용하면서."

"하지만 핸드폰이 꺼져 버렸죠."

"고칠 동안 내 폰 빌려줘요?"

"아니, 뭐 그렇게까지는……."

"찜찜하면 줘요, 다시 심어 주게."

시은이 뺏기지 않으려 달래를 꼭 쥐었다.

"이거 뽑은 지 좀 됐나 봐요? 약간 시들해졌잖아요. 도로 심어 줘 봤자 살 것 같지도 않은데…… 좀만 더 생각해 보고 결정할게요."

웃음기를 감추고서 빤히 바라보던 이안이 고개를 까딱였다.

"마음대로."

이안의 대답에 시은이 입술을 깨물었다.

평소와 달리 늦게 돌아와서 사람 속 태우더니 알고 보니 이 달래를 가져온다고 그랬던 거란다. 밋밋한 종이에 둘둘 만 잡초 같은 달래가 꽃다발보다 더 화사해 보였다.

'이러니까 내가 자꾸 엉뚱한 생각을 하게 되는 거잖아.'

시은은 자꾸만 헷갈리게 만드는 이안이 밉다는 듯 눈을 흘겼다.

그러자 이안이 왜 그런 눈으로 보냐고 묻듯 한쪽 눈썹을 밀어 올렸다. 사람 속도 모르고.

"고마워서요."

자기 행동이 어떻게 비칠지 모르는 저 무심함이 더 얄미웠다.

시은과 시은이 꼭 쥐고 있는 달래를 번갈아 보던 이안이 아쉬운 얼굴로 일어섰다. 많이 늦은 시각이었다. 희한하게도 시은과 얘기를 하다 보면 시간 가는 줄 모르고 빠져든다. 별것 아닌 주제인데도.

"피곤할 텐데 씻고 쉬어요. 잠옷으로 입을 만한 거 찾아 줄 테니까 잠깐 기다려요."

"네. 아, 달래 냉장고에 넣어야 돼요."

시은이 다시 종이에 잘 만 달래를 건네받은 이안이 냉장실에 넣고는 침실로 들어갔다.

필요하다 싶은 것들을 챙겨 나온 이안이 시은에게 건네고는 욕실문을 열어 보였다.

"나는 침실 쪽 욕실 쓰니까 편하게 사용해요. 그리고 오른손 내밀어 봐요."

시은이 그가 건네준 물건을 왼손으로 안고는 오른손을 내 주었다. 이안이 의료용 장갑을 끼워 주었다. 손바닥에 거즈를 붙였지만 불편하지 않을 만큼 여유 있는 사이즈였다. 이안은 물이 들어가지 않도록 손목에 밴드를 둘러 주었다.

"이건 무릎용. 벗는 건 혼자 할 수 있겠죠."

"그럼요."

"그럼 씻고 쉬어요."

"네. 이안 씨도 잘 자요. 오늘 고마웠어요."

시은이 욕실로 사라지자 이안도 그의 침실 쪽 샤워실로 들어가 물을 틀었다. 미지근하게 쏟아지는 물줄기 밑에서 머리와 몸을 적셨다. 관성적으로 씻고 있었지만 신경은 맞은편 욕실에 있는 시은에게로 향한 채였다.

실내복으로 갈아입은 이안은 쉽게 잠이 오지 않을 것 같아 침실 밖으로 나왔다. 복도를 걸어 서재로 향하던 이안의 맨발이 주춤 멈추었다.

아직 씻고 있는지 욕실 문 너머로 희미하게 물소리가 들렸다.

물에 젖어 속눈썹이 짙어졌을 거다. 물줄기가 닿은 도톰한 입술도 반짝일 거고. 투명한 물줄기가 부드럽고 흰 목덜미를 타고 내려가는 모습이 눈앞에 그려졌다. 귀여운 배꼽과 그 옆에 난 작은 점까지 떠오르자 이안은 난처한 사람처럼 눈썹을 짙게 모으고는 서재로 들어갔다. 혹시 필요한 게 있으면 찾아오라는 듯 문을 조금 열어 두고서 책한 권을 꺼내 소파 베드에 기댔다.

들고 있는 책에 집중하지 못하는 시간이 얼마간 흐르고 욕실 문이 열렸다 닫히는 소리가 났다.

그리고 서재 앞을 종종걸음으로 지나는 시은이 보였다.

시은이 걸을 때마다 허벅지를 반쯤 덮은 그의 티셔츠 자락이 팔락팔락 흔들렸다. 티셔츠가 아니라 미니 원피스를 입은 것처럼 보였다.

이안이 그의 입술을 쓸었다. 웃고 있었다. 시은과 함께 있을 때면 말이 많아지는 것처럼 웃음도 늘었다. 새삼스러운 자각이었다.

시은이 게스트 룸으로 사라지자 이안도 딱히 집중되지 않는 책을 덮고 침실로 들어갔다.

침대에 누워 조명을 껐다. 예상처럼 쉽게 잠이 오지 않았다.

잠이 들기까지는 한참이 걸렸다. 오랜만의 불면이었다. 지난 불면들과는 달리 가슴이 간질거리는.

Jour 16

이안은 새벽의 공원을 달렸다. 오래된 루틴 중 하나였다. 소소한 규칙으로 일상을 채우고 그 규칙을 지켜 내는 일은 무너진 삶을 다시 일으킨다. 무거운 삶의 무게를 버티게 한다. 일상의 힘이었다. 눈앞에서 사랑하는 이들을 상실한 후 삶을 놓아 버리고 싶었던 이안을 지금의 그로 살 수 있게 만든 것이 루틴이었다.

호수를 끼고 달리다 공원 정문이 보이는 지점에서 코너를 돌던 이안이 문득 달리기를 멈췄다. 갑작스레 멈춘 바람에 거친 호흡을 하며 철제 장식이 화려한 정문 너머를 보던 이안이 그쪽으로 걸음을 틀었다.

공원 정문 앞에 설치된 줄무늬 지붕의 메리고라운드를 지나자 베이커리점이 보였다. 유리창에 시은이 안고 있던 빵 봉투의 로고가 그려져 있었다. 아파트 상가의 빵집을 두고 자전거를 타고서 여기 빵을 사 가는 모습이 짧은 여행을 와서도 디저트 수업을 들을 만큼 미식가인 시은답다 싶었다. 이안은 사람들 뒤로 가 줄을 섰다.

「어서 오세요. 뭐 드릴까요?」

그의 차례가 오자 이안이 물었다.

「요 며칠 이 시간대쯤 와서 빵 사 가는 20대 여자분 혹시 기억하세요? 아시아인인데 키는 이쯤 오고, 흰자위가 유독 깨끗하고 웃는 모습이 예쁘고, 프랑스어 쓸 때는 핸드폰 사용하고 매일 새로운 빵 시도하는.」

「아, 그분. 알아요. 여행 오셨다는 분 맞죠?」

「맞아요.」

「우리 집은 이 주변에 거주하는 단골들이 대부분이고 단골분들은 사 가는 빵들이 거의 일정한데, 그 아가씨는 매일 새로운 걸 사 가서 기억하고 있어요.」

「그럼 아직 사 가지 않은 빵과 비에누아즈리 하나씩 주세요. 비에누아즈리는 가능한 한 단걸로.」

「아직 사 가지 않은 것 중에서 단거라…….」

신중하게 고른 주인이 종이봉투에 담아 건네주었다.

「맛있게 드시라고 전해 주세요.」

「그러겠습니다.」

빵 봉투를 들고 돌아온 이안이 조심스레 열쇠를 돌려 현관 안으로 들어와 귀를 기울였다. 아직 자고 있는 건지 조용했다.

어지간히 피곤했나 보네.

기약도 없이 누군가를 몇 시간이나 초조하게 기다리는 건 진 빠지는 일이었다. 시은을 깨우지 않으려 신경 쓰며 복도를 지나던 이안이 걸음을 멈췄다. 게스트 룸이 열리고 시은이 빼꼼 고개를 내밀었다.

눈이 마주치자 시은이 작게 손을 흔들어 보였다.

"좋은 아침이에요."

"잘 잤어요?"

"네. 꿈도 안 꾸고 푹 잤어요. 이안 씨가 준 허브티 덕분인가 봐요."

말처럼 푹 자고 일어난 건지 아이처럼 뺨이 발그스레했다. 머리카락도 약간 헝클어져 있었다.

잠을 설치게 만든 시은의 갓 깨어난 모습을 바라보던 이안이 쥐고 있던 빵 봉투를 들어 보였다.

"아침 먹죠."

"어, 나도 이 빵집에서 사는데. 뭐 사 왔어요?"

"설탕 브리오슈랑 호두 빵."

"둘 다 아직 안 먹어 본 건데, 맛있겠다."

"커피 마실 거죠?"

"네."

"금방 씻고 나올 테니까 잠깐 기다려요."

"네."

대답하고는 시은도 욕실로 들어갔다. 간단하게 씻고 어제 이안이 준 약을 상처 난 손바닥에 발랐다. 멍이 든 무릎도 살펴본 뒤 보습용 크림을 얼굴에 발랐다. 의사답게 그의 구급약품함 속에는 없는 게 없었다.

욕실을 나온 시은은 어제 이안이 빌려준 태블릿으로 메일을 확인했다. 다행히 집주인의 회신 메일이 도착해 있었다. 메일을 읽고서 거실로 나가자 젖은 머리를 한 이안이 야외 테이블에 커피와 빵 봉투를 내려놓고 있었다.

시은이 그의 곁으로 다가가 깊이 숨을 들이켰다.

"아침마다 발코니로 넘어오는 이 커피 향이 너무 좋아서 어느 브랜드인가 궁금했어요."

"물어보지 그랬어요?"

"음, 솔직히 말하면, 말수도 없고 냉정해 보이는 인상이라 이웃이라고 막 말 걸고 그러는 거 귀찮아할 것 같았거든요. 처음에는요."

"귀찮음을 감출 정도의 예의는 있어요."

말 거는 게 귀찮다는 건가 싶어 멈칫하던 시은이 슬쩍 입술 끝을 올리는 이안을 믿지 않게 째려봤다.

"……아, 뭐예요. 진짜 귀찮다는 건 줄 알았잖아요."

"집주인한테서는 연락 왔어요?"

"네. 임대 계약서 보내 주셨고, 현관문 손잡이 교체하는 게 안심이 되겠다고 하시더라고요."

"나한테 메일 보내 놔요. 열쇠 수리업자와 약속 잡고서 연락 줄게요."

"알겠어요."

대답한 시은이 커피를 한 모금 마시고는 이안이 사다 준 설탕 조각이 붙어 있는 브리오슈를 뜯어 입으로 가져가다 물었다.

"이안 씨는 안 먹어요?"

이안이 커피 잔을 조금 들어 보였다.

"아침은 이것만 마셔서."

"그럼 나 때문에 사 온 거예요? 미안하게."

"신경 쓰지 말고 먹어요."

"잘 먹을게요."

아직 따끈한 빵을 씹으며 시은은 이안을 곁눈질했다.

샤워를 하고 나와 평소보다 흐트러진 머리카락을 바람이 슬쩍 흔들고 지나갔다. 흔들리는 머리카락 밑으로 볼 때마다 심장을 떨리게 하는 눈동자가 보였다.

시선을 느낀 눈동자가 스륵 자신을 향하자 조금 웃어 보인 시은이 눈길을 내리고는 빵을 먹었다.

적당히 섹시하지. 적당히 좀 세심하지. 사람 또 헷갈리게 자기는 먹지도 않을 빵은 왜 사 오는데.

시은은 빵 조각으로 튀어나오려는 한숨을 도로 밀어 넣었다.

이러는 게 플러팅이었으면. 아니 플러팅까지는 아니더라도 조금이라도 호감을 가져서 그러는 거라면 좋을 텐데. 그럼 용기를 내 볼 텐데.

옆에 앉아서 무심히 커피만 마시는 남자를 의식하느라 빵 맛을 제대로 느낄 수도 없었다.

이안이 시간을 확인하고는 빈 커피 잔을 들고 일어섰다.

"가 봐야겠네요."

이안을 따라 시은도 덩달아 일어났다.

간단히 출근 준비를 하고서 현관으로 향하는 이안을 배웅하러 현관까지 나갔다.

"그럼 이따 보죠."

"네. 잘 다녀와요."

시은이 웃으며 가볍게 손을 흔들었다. 그러자 현관문을 나서던 이안이 멈춰 섰다. 누군가의 배웅을 받으며 집을 나서는 건 아주 오랜만이었다. 뭉클한 것 같기도 간질거리는 것 같기도 한 복잡한 기분에 물끄러미 바라보자 시은이 의아한 듯 고개를 갸우뚱했다.

"왜요?"

"아뇨."

가볍게 미소를 지어 보인 이안이 엘리베이터에 올라탔다. 그를 지켜보던 시은이 미소를 지으며 또 손을 흔들었다.

이안은 엘리베이터의 문이 닫힐 때까지 그런 시은의 얼굴에서 눈을 떼지 않았다.

이안을 배웅하고 돌아온 시은은 거실의 집 전화로 오빠에게 전화를 걸었다. 신호음이 한참을 울렸다. 이러다 응답기로 넘어가겠다 하던 때에 오빠가 받았다.

— 여보세요.

"바쁜 것 같아서 좀 있다가 다시 걸려고 했는데. 통화 괜찮아?"

— 순간적으로 보이스 피싱인 줄 알고 안 받을 뻔했잖아. 이 번호는 뭐야.

"내가 말했던 이웃집 남자 집 전화."

— 뭐? 왜 잘 알지도 못하는 남자 집에서 전화를 해. 너 설마 여행지에서의 로맨스 어쩌고 하면서 잘 알지도 못하는 놈이랑 이상한 짓하는 거 아니지?

시은이 비죽 아랫입술을 내밀고는 혼잣말처럼 중얼거렸다.

"그런 거라도 했으면 좋겠다."

— 안 들려. 뭐라고 한 거야? 그리고 핸드폰은 어쨌어?

"그거 설명하려고 전화한 거야. 그리고 이미 해결된 일이니까 놀라지 말고 들어."

— 무슨 말을 하려고 시작이 그래, 무섭게.

"나 어제 크로스 백 날치기당했어. 안에 여권이랑 지갑, 집 열쇠 다

들어 있었고, 핸드폰은 바닥에 떨어지면서 액정 나가 버렸어. 수리 가능한지 물어보고 맡기려고."

— 다친 곳은?

"멀쩡해. 가방만 뺏긴 거야."

— 안 다쳤으니까 됐어. 이미 벌어진 일로 너무 속상해하지 마. 경찰에 신고는 했을 거고. 여권은 어떻게 하기로 했어?

다치지 않았다는 말에 걱정이 한풀 꺾인 목소리였다.

"파리 한국 대사관 가서 긴급 여권 받아 오면 돼. 다른 건 다 내가 해결할 수 있는데, 여행 경비가 좀 부족해. 카드 사용할 생각으로 현금 많이 안 가져왔거든."

— 긴급 송금으로 보낼 수 있는 맥시멈까지 송금해 줄 테니까 경비 걱정하지 말고 써.

"오— 역시 우리 오빠."

— 이제 왜 스파이네 집 전화로 걸고 있는지 설명해 봐. 설마 스파이가 날치기라도 잡아 준 거야?

"날치기는 경찰이 잡아야지 왜 스파이가 잡아. 그리고 스파이가 아니라 의사."

— 의사?

"심장내과 전문의. 그리고 부모님은 한국분이신 프랑스인. 이름은 유진 이안. 프랑스식으로는 으젠 이안."

잠시 침묵하던 오빠가 어이없다는 어투로 물었다.

─ 어지간히 궁금했나 보다. 스파이냐고 대놓고 물어봤어? 그랬더니 또 그 남자는 신상 줄줄 불어 주고?

시은이 눈을 굴렸다.

"설마 그랬겠어? 피그 드 바르바리라고 백년초과 과일 먹었다가 트러블 나서 여기저기 막 검색하다가 겨우 예약 가능한 병원 찾아갔는데, 거기 대기실에서 딱 마주쳤어. 여기 개인 병원 의사들은 가운 안 입나 봐. 평소처럼 청바지에 티셔츠 차림이라서 처음엔 부상당한 상처 치료받으러 왔나 했다니까."

─ 어떻게 그런 식으로 만나냐.

"그러게. 신기하지?"

─ 솔직히 불어. 너 의사로 신분 위장했다고 의심했지?

"처음에 잠깐 그런 생각이 들긴 했지."

시은의 실토에 그럴 줄 알았다며 오빠가 실소를 흘렸다.

─ 언제 날지 모를 발령 기다리느라 스트레스받아 죽겠다며 조용히 힐링하러 간다더니. 자전거 타다 강에 빠질 뻔해, 날치기당해, 백년초 먹고 트러블 생겨. 멀쩡한 의사를 스파이로 만들어. 아주 스펙터클해.

"그래서 매일매일이 재밌어."

─ 두 번만 재미있었으면 영화 한 편 찍겠다.

"그것도 좋지. 언제 내 인생에 영화를 찍어 보겠어. 살면서 요즘처럼 매일 매 순간을 기록하고 싶을 만큼 흥미로운 적은 없었거든."

— 즐기면서 지내는 건 좋은데, 조심은 해. 송금하고 바로 메일 보낼게.

"고마워, 오빠. 아, 그리고 엄마 아빠한테는 날치기당했다는 거 말하지 마."

— 당연하지, 인마.

퉁명스러운 대꾸와 함께 바쁘다며 툭 전화를 끊어 버린다. 수화기를 놓자마자 다시 전화가 울렸다. 혹시나 하는 기대로 발신 번호를 확인한 시은은 익숙한 번호에 얼른 수화기를 집었다.

"이안 씨?"

— 혼자 잘 지내고 있어요?

"그럼요, 애도 아닌데."

— 약속 시간 1시로 잡았어요.

"1시, 알겠어요. 이안 씨는 몇 시쯤 와요?"

— 12시 30분 전후로 집에 도착할 것 같아요. 밖에서 점심 먹기에는 시간이 애매해서 테이크아웃해 갈까 하는데, 뭐 먹고 싶어요?

빈약한 냉동실과 피자 박스를 들고 있던 걸 떠올리며 시은이 제안했다.

"점심 내가 준비하는 건 어때요?"

— 좋죠.

"먹고 싶은 거 있어요?"

— 딱히 떠오르는 게 없는데.

"그럼 안 좋아하는 건요?"

— 냉장고 상태 봤잖아요. 음식은 까다롭지 않은 편이라서.

"그럼 메뉴는 내 맘대로 정할게요. 이따 봐요."

시은이 수화기를 내려놓으며 중얼거렸다.

"음식은 까다롭지 않다는 건 다른 건 까다롭다는 건데, 그게 뭘까? 옷은 확실히 아니고."

트레이닝복은 비슷한 디자인에 어두운 무채색이었고, 일상복은 청바지와 티셔츠만 입었다. 외모가 받쳐 주니 그래도 멋있어 보이는 거지. 남자 친구였다면 만날 때마다 근사한 옷으로 코디해 주고 싶을 만큼 옷에 관심이 없는 사람이었다.

"인테리어에도 별로 안 까다로운 것 같고."

거실과 욕실, 게스트 룸. 모든 공간에 딱 필요한 것만 가져다 놓은 듯한 인테리어였다.

"사람한테는 엄청 까다로울 것 같았는데, 나한테 하는 행동 보면 아닌 것 같기도 하고."

안 지 얼마 되지 않은 사람을 파악하는 건 어려운 일이었다. 시은은 며칠 전까지만 해도 존재조차 모르던 사람의 집에서 지내고 있다는 사실이 새삼 신기했다. 그리고 그 사람과 연애를 하고 싶다는 마음 역시도.

이안이 집에 온다고 한 시간이 가까워 오자 시은은 발코니로 나갔다. 난간에 팔꿈치를 세워 턱을 괴고서 자전거 도로를 바라보던 시은이 미소를 지었다. 멀리 이안이 보였다. 기분 탓인가, 어쩐지 자전거가 달려오는 속도가 평소보다 빠르게 느껴졌다.

"하긴 좀 있다 열쇠 수리업자 오니까 마음이 좀 급하긴 하겠다."

아파트 쪽을 쳐다보는 이안과 시선이 마주치자 시은이 손을 크게 흔들었다.

현관문을 활짝 열어 놓고 이안을 기다리던 시은이 환하게 웃어 보였다.

"왔어요?"

시은의 마중에 이안은 아침에 배웅을 받을 때 그랬던 것처럼 심장이 간질거렸다.

시은과 함께 현관 안으로 들어서자 복도에서는 맡아지지 않던 맛있는 냄새가 났다.

"냄새, 좋은데요."

"그래요? 맛도 그래야 할 텐데 말이죠."

이안이 식탁 위에 차려진 요리를 발견하고는 눈을 키웠다.

이안의 반응을 지켜보던 시은이 만족스러운 미소를 삼켰다. 진료실 대기실에서 보고 두 번째로 보는 이안이 놀라는 모습이었다.

시은이 연극적인 동작으로 예쁘게 담은 김밥과 유부초밥을 가리켜 보였다.

"어때요?"

"피크닉 온 것 같은데요."

"그렇죠? 이안 씨 진료실 앞 정원이라면 더 근사했겠지만 그래도 느낌 나죠? 앉아요."

이안은 푸른 잔디 위에 앉는 기분으로 식탁에 자리를 잡았다. 그리고 지난번 시은이 혼자서 피크닉을 즐기던 때와 똑같은 모양의 김밥으로 손을 뻗었다.

시은은 조마조마한 마음으로 이안의 반응을 기다렸다. 김밥을 말면서 맛을 봤던 터라 맛있다는 건 알고 있었지만 그래도 좀 긴장되었다.

"어때요?"

김밥 한 개를 삼킨 이안이 조용히 답했다.

"후회되는데요."

"뭐가요?"

"지난번에 김밥 거절했던 거요."

"뭐야, 놀랐잖아요."

시은이 타박하듯 말하자 이안이 눈꼬리를 휘었다. 매혹적인 눈웃음에 한눈을 팔던 시은이 뒤늦게 김밥 접시 옆에 놓인 국을 가리켰다. 말간 국물에 작은 초록색 조각이 동동 뜬 콩나물냉국이었다.

"이거도 먹어 봐요. 시원해서 김밥이랑 잘 어울려요."

"그래요?"

요리 문외한이 셰프의 말을 따르듯 이안이 순순히 국그릇에 숟가락을 가져갔다. 시은은 눈을 반짝이며 이안이 국물을 삼킬 때까지 인내심 있게 기다렸다.

"그거 알아요?"

시은이 마치 은밀한 비밀을 얘기하듯 속닥였다. 시은을 따라 이안도 덩달아 상체를 가까이 해 다가갔다.

"이안 씨 방금 먹은 그 초록색, 이안 씨가 어제 몰래 가져온 그 달래예요."

이안이 깔끔한 콩나물국에 동동 떠다니는 초록색 조각을 힐긋 보고는 다시금 시은과 눈을 맞췄다.

"우리 이제 공범이에요. 그러니까 내가 이안 씨 신고할 일은 절대 없겠죠? 안심해요."

장난을 걸어오는 시은을 보며 이안은 조용히 잔을 집어 물 한 모금을 마셨다. 시은의 착각에 어떻게 응대할까 즐거운 고민을 하면서.

"안심할 이유가 없죠. 애초에 불안해하지도 않았으니까."

"왜요, 날 신뢰해서?"

"훔친 게 아니니까."

시은이 어리둥절한 표정을 지었다.

"훔친 게 아니라고요? 공원에서 뽑아 온 거 아니었어요?"

"식물학자인 친구 화분에서 뽑아 왔어요."

"근데 왜 착각하게 놔뒀어요?"

"대뜸 날 도둑 취급 하는 게 재밌어서. 진실을 알고 나니까 실망스러워요?"

"아니, 그건 아니고요."

시은은 대답을 얼버무렸다.

이안의 실토는 꾹꾹 누르고 있는 기대감을 또 자극한다. 집 앞 공원에서 뽑아 왔다고 믿었을 때도 꽃다발을 받은 것처럼 두근거렸는데, 친구 집에까지 가서 가져왔단다.

남자들은 관심 없는 여자한테는 지극히 냉정하고 한없이 게으르게 군다고 오빠가 그랬는데.

그런데 누구보다 쓸데없는 일에 시간 낭비를 하지 않을 것 같은 남자가 친구한테서 달래를 얻어 왔다고 한다.

나한테 관심 있냐고 물어볼까. 아니라고 하면 엄청 민망할 테지만 그래도 나중에 후회하는 것보다 낫지 않을까.

접시와 국그릇을 깨끗하게 비운 이안을 보며 망설이던 때였다.

공동 현관 벨이 울렸다.

"왔나 보네요."

이안이 일어나자 한숨을 삼킨 시은이 임대 계약서를 들고 나가는 이안의 뒤를 쫓아갔다.

공구함을 든 열쇠 수리업자가 엘리베이터에서 내렸다.

「안녕하세요, 닥터 으젠이시죠? 통화했던 토마 베트랑입니다.」

「시간 맞춰 와 주셔서 감사합니다.」

이안과 악수를 나눈 베트랑이 시은에게도 손을 내밀었다.

「안녕하세요.」

「시간 맞춰 와 주셔서 감사합니다.」

앵무새처럼 자신을 따라 하는 시은을 사랑스럽다는 눈으로 바라보던 이안이 남자에게 그녀의 숙소를 가리켜 보였다.

「얼마나 걸릴 것 같습니까?」

공구함을 바닥에 내려놓은 그가 현관 손잡이를 쓱 보더니 자신 있는 투로 답했다.

「통째로 가는 거라 몇 분 안 걸립니다. 그 전에 서류 좀 보여 주시겠어요?」

이안이 건넨 임대 계약서를 꼼꼼하게 살펴본 그가 전동 드라이버로 손잡이를 해체했다. 익숙하고 신속한 손놀림에 손잡이가 빠져나왔다. 구멍이 뻥 뚫린 곳에 새 손잡이가 끼워졌다.

모든 과정이 채 몇 분이 걸리지 않았다. 어제저녁부터 오늘까지 집 밖에 있어야 했던 상황이 어이없게 느껴질 만큼의 시간이었다.

수리업자가 시은에게 열쇠를 건넸다.

「보조 키까지 세 갭니다.」

「정말 감사해요.」

「뭘요. 제 일인데요. 이왕 여행 오신 거 안 좋은 일은 털어 버리고 남은 시간 동안 좋은 추억 많이 만드세요. 맛있는 것도 많이 맛보시고요. 아시겠지만, 리옹이 음식으로도 유명하거든요.」

"어……."

시은은 얼른 이안을 쳐다봤다. 이안이 통역을 해 주자 시은이 화사하게 웃으며 또 한 번 감사 인사를 했다. 그런 뒤 얼른 열린 현관문 안으로 들어가 출장비를 챙겨 나왔다.

「감사합니다. 그럼 가 보겠습니다. 좋은 오후 되세요.」

시은도 덩달아 인사를 하고는 이안을 돌아보며 고마움을 전했다.

"덕분에 숙소에 들어갈 수 있게 됐어요. 참, 나 오늘 오후에 파리 갈 건데, 여행 선물로 뭐 사다 줄까요?"

"얼마나 있다가 와요?"

"3박 4일요. 여권이랑 오빠가 보내 준 여행 경비 찾는 김에 여행도 하고 오려고요."

파리에서 일주일간 지내다 출국할 계획을 리옹에 더 있다 가는 걸로 변경했다. 그래서 이번에 올라가는 김에 잠깐 파리를 관광하고 올 생각이었다.

"노트북도 잘 썼다는 말 깜빡했다. 도와준 게 많아서 빠트렸어요."

"돌아오는 건 몇 시 기차예요?"

"7시. 여기 오면 9시 30분 좀 넘겠죠."

"파리는 리옹보다 더 북적이고 그만큼 소매치기도 많으니까 조심해요."

"그럴게요."

시은을 눈에 담듯 응시하던 이안이 살짝 입꼬리를 올렸다.

"필요하면 연락해요. 진료실 가야 할 시간이라."

"그래요. 어제, 오늘 정말 고마웠어요."

별일 아니라는 듯 고개를 까딱여 보인 이안이 오후 진료를 위해 엘리베이터에 올랐다. 생각 많은 눈을 하고서 바라보던 시은도 손을 흔들고는 그녀의 숙소로 들어갔다.

딱 하루 만에 숙소로 돌아왔다. 그 하루 동안 백신을 맞고, 이안과 점심을 먹고, 날치기를 당하고, 이안을 하염없이 기다리고, 달래를 선물받고 그리고 그의 집에서 잠을 잤다. 오늘 아침에는 이안이 사다 준 빵을 먹고 점심으로는 친구의 집에서 얻어 왔다는 달래도 같이 먹었다. 하루가 아니라 일주일은 지난 것 같은 기분이었다.

현관문에 등을 기대고 서서 지난 하루를 되짚어 보던 시은이 침실로 들어가 캐리어를 꺼냈다. 기내용 캐리어에 필요한 짐을 넣은 후 며칠간 비울 집을 정리하던 시은이 갑작스레 떠오른 생각에 부엌으로 가 냉장고를 열었다.

냉장실을 채운 재료를 쓱 스캔한 시은은 기차 시간을 확인하고는 서둘러 칼질을 하기 시작했다. 순식간에 샌드위치가 뚝딱 만들어졌다.

보랭 백에 샌드위치 도시락을 넣고는 후다닥 메모를 써 그 위에 붙였다. 이안의 집 현관문 고리에 걸어 놓으려던 시은은 생각을 바꿨다. 막대기 대용으로 쓸 만한 걸 찾다 장우산을 들고는 발코니로 나갔다.

유리 막 너머로 고개를 내밀어 야외 테이블까지의 거리를 눈으로 쟀다.

"가능할 것 같다."

우산에 보랭 백 고리를 걸어 조심조심 반대편 발코니 쪽으로 넘겼다. 우산에 매단 백이 달랑달랑 흔들렸다. 목표 지점에서 우산을 기울이자 스르륵 미끄러져 테이블 아래에 안착했다.

"됐다."

뿌듯한 얼굴을 하고서 결과물을 바라보던 시은이 시간을 확인하고는 얼른 캐리어를 챙겨 밖으로 나왔다. 엘리베이터가 올라오는 동안 현관문에 메모지를 붙였다.

마지막 환자를 배웅하고 진료실로 돌아온 이안은 핸드폰을 집어 시간을 확인했다. 7시를 막 지나고 있었다.

오후 3시 기차라고 했으니 파리에는 5시쯤 도착했을 테고. 지금쯤 저녁 먹을 맛있는 곳을 찾고 있으려나.

시은을 떠올리며 저도 모르게 미소를 짓던 이안이 자전거를 챙겨 진료실을 나왔다. 진료실 문을 잠그던 셸린이 돌아봤다.

「수고했어.」

「너도. 내일 봐.」

「데이트 잘하라는 말 안 해 줘?」

그러자 이안은 셸린이 오늘 저녁 프레드릭과 첫 데이트를 하기로 했다는 말을 기억해 냈다. 굽 높은 구두와 평소보다 입술 색이 좀 짙은 것도 뒤늦게 눈에 들어왔다.

「데이트 잘해.」

「강제로 받아 낸 말이지만, 잘하고 올게.」

「진심이야.」

이안이 웃어 보이고는 밖으로 나왔다. 골목을 빠져나와 4차선 도로에 합류하자 이안은 집과 반대 방향으로 핸들을 틀었다.

15분쯤 달린 이안이 자전거를 세웠다. 담쟁이넝쿨이 햇살을 받아 초록빛을 반사하는 담장 앞이었다. 담장 위로 무성한 잎사귀를 품은 나무들이 보였다. 그 너머 십자 모양의 석조 조형물이 아니었다면 공원이라고 착각했을 공간이었다.

묘지공원은 문이 잠겨 있었다. 이안은 닫혀 있는 정문을 지나 긴 담벼락을 따라 걸었다. 한국에서부터 안고 온 부모님의 유골을 이곳에 안치한 뒤로 셀 수 없이 걸었던 길이었다. 지금보다 더 자주, 더 오래 이 길을 걷던 때가 있었다. 문이 닫혀 있는 때에 찾아온 건 아주 오랜만이었다.

긴 길을 걷던 이안이 벤치 앞에서 걸음을 멈췄다. 길게 난 길에 딱 하나 놓여 있는 벤치였다. 이 담장과 마주한 곳에 영면에 든 부모님이 있었다.

삶과 죽음은 한 뼘도 되지 않는 두께의 담벼락을 두고 공존한다. 그 사실을 누구보다 잘 알고 있는 이안이었다.

한동안 말없이 담장 너머로 푸른 가지를 내린 나무를 쳐다보던 이 안이 문득 입을 열었다.

　"잘 지내셨어요?"

　이안이 멋쩍게 웃었다.

　"놀라셨어요? 다시는 한국에 발 디딜 일도, 한국말을 하는 일도 없을 거라고 하더니. 독한 구석이 있는 녀석이라서 평생 그럴 줄 알았는데, 이 녀석이 왜 이러나 싶으세요?"

　대답을 듣기라도 하듯 이안은 잠시 말을 멈추었다.

　"삶이 참 아이러니하죠. 저한테서 두 분을 빼앗아 간 나라에서 날아온 사람이 제 마음을 앗아 갔어요. 사랑하는 사람을 눈앞에서 잃는 일을 두 번 다시 겪고 싶지 않았고, 그래서 사랑하는 사람을 만드는 일은 없을 거라고 다짐했었는데. 오만이었나 봐요. 삶은 내 마음대로 통제할 수 있는 대상이 아닌데. 보란 듯이 뒤통수 맞은 기분이에요."

　이안이 초록 잎사귀를 쓸고 지나는 청량한 바람을 닮은 미소를 지었다.

　"기분 나쁘지 않은 뒤통수예요. 이제 고민이 끝났으니 파리에서 돌아오면 고백하려고요."

　진초록 나뭇잎이 흔들리며 빛을 반사했다. 부모님이 답을 하는 것 같았다.

　노을이 질 때까지 머문 이안이 다시 자전거에 올랐다.

페달을 밟으며 이안은 수없이 오갔던 이 길이 지금처럼 무겁지 않은 건 처음이라는 사실을 새삼 자각했다. 깊은 고심 끝에 내린 결론이 옳다고 말해 주는 것 같았다.

왔던 길을 되돌아 달려 집 앞에 도착한 이안은 시은의 발코니를 올려다보았다. 어둠 속에서 무드 등이 빛을 밝히고 있었다. 망망대해에 난파된 배에게 희망을 던지는 등대처럼 보였다. 마치 길을 잃지 않고 잘 찾아왔다는 표식처럼 느껴졌다.

지금쯤 숙소에 있을까. 아니면 불이 켜져 보석처럼 반짝이는 에펠 탑을 구경한다고 나와 있을까.

무드 등을 올려다보며 그 주인을 떠올리던 이안이 건물 안으로 들어섰다.

엘리베이터에서 나와 시은의 숙소에 시선을 던지고는 고개를 돌리던 이안이 살짝 눈을 키웠다. 빠른 걸음으로 걸어가 그의 집 현관문에 붙은 메모를 읽었다.

[피곤하죠? 발코니에 샌드위치 있어요. 보랭 백에 넣어서 그늘에 놔뒀어요. 배탈 날 걱정은 전혀 없으니까 맛있게 먹고 푹 쉬어요. :) 파리 갔다 와서 봐요. :)]

시은은 몇 줄 안 되는 쪽지에서도 잘 웃었다.

집 안으로 들어온 이안은 넓은 보폭으로 발코니로 향했다. 화분도 없는데 무슨 그늘인가 했더니. 야외 테이블 밑에 선물이 놓여 있었다.

햇빛을 피해 여기다 숨기겠다고 난간에 바짝 붙어 끙끙대며 애를 썼을 시은의 모습이 상상되자 웃음이 터져 나왔다.

「스릴 있다면서 또 눈 반짝였겠네.」

사랑스러웠을 광경을 놓쳐서 아쉬웠다.

이안은 샤워부터 하는 루틴을 미루고 시은이 재료를 알차게 채워 두툼하게 만든 샌드위치를 집어 한입 가득 물었다.

Jour 19

조식을 먹은 시은은 호텔 주변을 구경하다 대사관 오픈 시간에 맞춰 지하철을 탔다. 긴급 여권을 발급받고 오빠가 보내 준 송금을 찾는 과정은 생각보다 쉽고 신속했다.

대사관을 나온 시은은 한결 밝아진 표정이었다. 해야 할 일을 마친 시은은 파리 지도 앱을 켰다.

대사관 근처에 로댕 미술관과 앵발리드가 있었다. 오르세 미술관과 루브르 미술관도 걷기 좋을 만큼의 거리에 위치했다.

"어디부터 갈까."

시은은 루브르 미술관으로 정했다.

느긋한 걸음으로 산책하듯 걷다가 익숙한 건축물이 나올 때마다 걸음을 멈추고서 감상했다. 다양한 매체로 자주 접한 도시인 데다 눈에 익은 건물들이 많아서인지 처음인데도 처음이 아닌 듯한 기분이 들었다. 그래서인지 리옹이 외국에 왔다는 인상을 주었다면 파리는 실제로 보는 파리는 이렇구나, 라는 감상이 더 컸다.

"확실히 예쁜 도시구나."

첫날 파리에 도착했을 때의 감상은 오늘도 이어졌다.

30분쯤 걷자 크림색 벽면에 잿빛 지붕을 얹은 오스만 양식의 건축물들 사이로 센강이 보였다. 강 건너 웅장한 루브르 미술관도 모습을 드러냈다.

센강을 지나 루브르 미술관 쪽으로 걸어가던 때였다. 어린 왕자와 빨간 장미가 그려진 포스터가 시은의 눈길을 사로잡았다. 프랑스에서 처음으로 일반에 공개된다는 생텍쥐페리의 친필 원고가 포함된 전시회였다.

어린 왕자를 쓴 생텍쥐페리의 고향, 리옹. 그리고 이안이 있는 곳.

"다른 생각을 못 하게 만드네."

자꾸 고민만 하면서 얼마 남지도 않은 시간을 흘려보내지 말라는 듯, 이제는 결단을 내리라는 듯 포스터마저도 이안을 떠올리게 만들었다.

시은은 전시회 포스터를 보며 입술을 잘근거렸다.

한 번쯤은 충동에 마음을 맡겨도 되지 않을까. 누군가에게 피해를 주는 일도 아닌데. 일탈이든 뭐든 내 인생이니 상관없잖아.

데이트 신청하면 놀라겠지. 거절하려나. 아마도 그렇겠지. 거절당하면 엄청 민망할 텐데. 그럼 짐 싸서 다시 파리로 오자.

시은은 지난 며칠간 고민하고 고민했던 일에 드디어 결론을 내렸다.

이안은 논문에서 눈을 뗐다. 의식한 탓에 시간이 더욱 가질 않는다. 시은이 돌아오려면 아직 시간이 남았다는 걸 아는데도 집중하기가 어려웠다.

잠깐 바람을 쐬려 노트북을 덮고 밖으로 나와 공원 잔디밭을 걸었다. 생각에 잠겨 걷다 보니 시은이 늘 걷는 산책길로 접어들고 있었다.

묵묵히 걷던 이안이 시은을 발견했다. 놀랐는지 덩달아 걸음을 멈춘 시은에게로 성큼 다가갔다.

"언제 도착했어요?"

"방금요."

"저녁 기차라더니."

"그냥 좀 일찍 왔어요."

"일은 잘 해결됐어요?"

"네."

딴 데 정신이 팔린 사람처럼 기계적으로 대답하던 시은이 깊이 숨을 들이켰다 내뱉었다.

"이안 씨 집에 갔었어요. 근데 없어서 산책하면서 기다릴까 했는데, 여기 있었네요. 저기, 있잖아요⋯⋯ 아야!"

머리 위로 뭔가 후두두 떨어졌다. 머리와 어깨를 아프게 때리고 바닥으로 나뒹구는 건 얼음덩어리였다. 하얀 알갱이들이 순식간에 소낙비처럼 쏟아졌다.

"일단 피하죠."

우박을 피해 이안이 재빨리 시은의 손을 잡고는 달렸다. 시은은 이게 무슨 일인가 하는 얼굴로 이안을 쫓아 뛰었다.

이안이 산책길 옆으로 좁게 난 곳으로 들어갔다. 나뭇가지들이 얼기설기 얽혀 통로를 형성하는 곳이었다. 그 끝에 작은 우물이 있었다. 예쁜 돌우물과 나뭇조각을 붙여 만든 박공지붕은 동화 속에나 나올 법한 모양이었다. 이안은 우물을 보호하기 위해 만들어진 지붕 아래로 시은을 이끌었다.

"하아— 하아—"

짧은 거리였지만 이안의 속도에 맞추느라 힘껏 달린 시은이 가쁜 호흡을 내뱉었다.

"괜찮아요?"

"하아— 네."

고개를 끄덕인 시은이 숨을 골랐다.

엄청난 양의 얼음 조각이 지붕 위로 쏟아졌다. 지붕을 때리고 떨어진 하얀 얼음 알갱이들이 초록 잔디 위에서 전구처럼 반짝였다.

건조하던 공기가 순식간에 차가운 습기를 머금었다. 가까이 붙어 선 이안에게서 전해지는 온기가 따뜻하게 느껴질 만큼.

주먹을 꾹 쥔 시은이 이안을 향해 몸을 틀었다. 시은의 움직임에 이안이 눈을 맞춰 왔다.

잔잔하던 호수 위로 얼음덩어리가 미친 듯이 쏟아졌다. 크고 작은 파문들이 번져 나갔다. 호수의 파문처럼 시은의 심장이 요란스럽게 뛰었다.

"나랑, 데이트할래요? 나 여기……."

예상치 못한 우박처럼 불쑥 던져진 데이트 신청에 놀란 듯 눈을 키웠던 이안이 갑자기 소리 내어 웃었다. 손바닥으로 얼굴을 덮고는 절레절레 고개를 젓기까지 한다.

당황하던 시은이 울상이 되었다.

"……."

난처한 표정을 하고서 정중하게 거절하거나 아주 희박한 확률로 받아 주거나. 둘 중 하나여야 할 텐데. 이안의 반응은 예상을 한참 벗어나 있었다.

이안은 갑작스럽게 쏟아진 우박보다 더 느닷없는 고백에 한 방 맞은 기분이었다. 기분 좋은 펀치였다.

마치 무모한 일에 용맹하게 뛰어드는 사람처럼 결연한 표정을 하고서 데이트 신청을 해 오는 시은은 지금까지 보였던 그 어떤 모습보다 사랑스러웠다.

마음을 빼앗긴 시은에게 고백마저 빼앗겨 버렸다.

눈동자 그득 웃음을 담은 이안이 양손으로 시은의 얼굴을 잡았다. 먼저 고백을 해 놓고는 시은은 이상한 표정을 짓고 있었다.

이 용맹한 사람에게도 고백이라는 건 긴장되는 일이었나 보다.

"데이트하죠, 우리."

"……!"

이안은 고개를 숙여 놀라 벌어진 시은의 입술을 덮었다.

달달한 걸 아주 좋아하는 시은의 입술은 지독히 달았다. 혀를 괴롭히던 디저트와는 다른 단맛이었다. 이안은 시은의 뒷머리를 조심스레 받치고서 고개를 틀어 좀 더 깊게 입술을 겹쳤다. 단것들은 강한 중독성을 지녔다. 단 한 번만으로도 중독된 것처럼 이안은 시은의 입술에 집착했다.

이안에게 입술을 뺏긴 채 시은은 멍하니 눈을 깜빡였다.

웃어 버려 놓고는. 말도 안 되는 이상한 소리를 들은 사람처럼 웃어 놓고는. 늘 섹시하다고 생각했던 입술로 자신의 입술을 눌러 오고 있었다. 이안은 이상한 날씨보다 더 이상한 반응으로 데이트를 받아 주었다.

머리 위는 어둑했지만 조금만 눈동자를 돌려도 선명한 파란색의 하늘이 펼쳐졌다. 파란 하늘과 회색 하늘. 태양과 얼음덩어리가 한 공간에 공존하고 있었다. 현실 같지 않은 풍경보다 이안과의 키스가 더 비현실적으로 느껴졌다.

하지만 진짜가 아니라고 하기에는 은근한 압력으로 눌러 오는 이안의 입술은 지나치게 뜨거웠다.

시은은 눈을 감았다. 귀를 아프게 하는 시끄러운 소리가 우박인지 미친 듯이 뛰는 심장 소리인지 알 수가 없었다. 꿈을 꾸는 것 같은 기분으로 이안의 목에 팔을 감았다.

반짝 눈을 뜬 시은이 핸드폰을 집었다. 뒤척이느라 늦게서야 잠이 들었다. 설마 알람 소리도 못 듣고 자 버린 건가 했는데 아직 울리지 않은 거였다.

베드 헤드에 등을 기대고 앉은 시은은 어제 공원에서의 고백을 떠올렸다.

딱 한 번만 미쳐 보자 하는 마음으로 데이트 신청을 해 버렸다. 거절당할 줄 알았는데 이해 못 할 웃음을 터트렸던 이안은 어지러워 머리가 핑 돌 것 같은 키스를 해 왔다. 하늘에서 얼음덩어리가 더 이상 쏟아지지 않는데도 한참을 놓아주지 않던 이안이 입술을 떼고는 손을 잡았다.

그가 이끄는 대로 집으로 따라 들어가자 이안은 차가워진 공기에 솜털이 솟은 시은에게 따뜻하고 달달한 초콜릿 우유를 만들어 주었다. 흰 우유에 시은이 선물해 준 초콜릿을 넣어 만든 초코우유였다.

이안은 초콜릿을 녹이며 실은 단건 질색이라고 실토했다. 시은이 부지런히 먹을 걸 나눠 주는 게 재밌고 귀여워서 착각하게 둔 거라고.

뜻밖의 고백에 시은은 가슴이 뛰었다. 질색하면서도 셀린과 셋이서 점심을 먹을 때 지독히도 달았던 디저트를 주문하고 나눠 먹었다. 그럴 만큼은 좋아한다는 의미였다.

초코우유보다 더 달콤했던 이안과의 시간을 되짚던 시은은 문득 의문이 들었다.

"리옹에 있을 때까지만 데이트하는 게 맞는 거지? 데이트할 만큼은 좋아한다는 의미겠지?"

아님 설마 진짜 데이트를 하는 건가. 헷갈렸다.

직접 물어볼까. 출국할 때까지의 기한부 데이트가 맞냐고. 대답에 따라 민망한 상황이 될 수도 있겠지만 속 끓이는 것보다 그게 나았다.

시간을 본 시은은 침실 창을 활짝 열고는 커피를 함께 마시자던 이안과의 약속에 늦지 않으려 욕실로 달려갔다.

씻고 나오자 고소한 커피 향이 맡아졌다.

시은이 발코니로 달려가자 유리 막을 가볍게 노크한 이안이 모습을 드러냈다.

"잘 잤어요?"

막 일어나 평소보다 조금 더 가라앉은, 그래서 더 섹시하게 들리는 목소리였다.

"네. 이안 씨는요?"

"나도요."

커피를 시은에게 건넨 이안이 고개를 숙였다. 살짝 입술을 뗐다가 한 손을 들어 시은의 뒷머리를 부드럽게 감싸고는 다시 입술을 맞대 왔다. 뭉근하게 눌러 오는 입술에 시은의 입술이 살며시 열렸다.

혀가 닿자 시은이 움찔했다. 그 바람에 꼭 쥐고 있던 커피 잔이 흔들렸다. 따끈한 커피가 손에 튀었다.

아. 작은 비명이 그의 입술에 닿았다. 놀란 이안이 입술을 떼고는 엄지로 시은의 손에 흐른 커피를 닦은 뒤 혹시나 화상을 입은 건 아닌가 살폈다. 그러곤 안심한 얼굴로 손에 가볍게 뽀뽀를 남겼다.

"커피가 좀 식어 버려서 다행히도 괜찮아요."

이안은 커피가 식도록 키스에 집중하게 만든 시은의 입술을 손끝으로 살짝 쓸었다. 그러고는 몸을 틀어 야외 테이블에 놓아두었던 종이봉투를 시은의 집 발코니 난간 앞에 놓아 주었다.

익숙한 빵집 봉투에 시은이 놀라 물었다. 이제 막 문 열었을 텐데.

"언제 사 왔어요?"

"일어나자마자."

덤덤한 대답에 시은의 심장이 두근두근 뛰었다. 설레어 하는 얼굴로 아랫입술을 지그시 물고서 종이봉투를 열었다.

"이거 쇼케트잖아요."

부드러운 슈에 설탕 알갱이가 붙어 있었다. 한입에 쏙 들어오는 앙 증맞은 크기였다.

시은은 기대감 어린 눈으로 쇼케트 한 개를 입에 넣었다. 혀끝에서 설탕이 녹았다. 보들보들한 슈는 어금니 사이에서 부드럽게 뭉개졌 다.

이안은 커피를 입으로 가져가며 눈꼬리를 접고서 시은이 단맛에 황홀해하는 모습을 감상했다. 이런 식으로 하루를 시작하는 건 퍽 근 사한 기분이었다.

"진짜 맛있어요. 아쉽다. 이 맛있는 걸 안 좋아한다니."

어깨를 으쓱이는 이안을 보며 시은은 봉투 속으로 손을 집어넣어 쇼케트 한 개를 또 꺼냈다.

"근데요. 이 유리 막 말이에요. 사생활 침해라고 생각했는데 은근 히 로맨틱한 거 같아요. 각자 자기 공간에 있으면서 또 이렇게 같이 있을 수 있잖아요. 난간이 이어져 있어 나란히 커피 잔을 놓을 수도 있고, 손도 잡을 수 있고 또……."

"이것도 가능하고."

이안이 손을 뻗어 시은의 뒷머리를 감싸 살짝 자신 쪽으로 당겼다.

시은의 입 안에 남아 있던 단맛이 이안에게로 넘어가자 이안이 입 술을 떼고는 눈매를 찡그리며 웃었다. 맛있는 걸 안 먹어서 아쉽다더 니, 시은은 의도하지 않고서 단걸 맛보게 해 줬다.

커피를 비울 때까지 자잘한 입맞춤과 미소가 여러 번 교환되었다.

이안이 시은의 빈 커피 잔을 가져가며 물었다.

"조깅 갈 건데 같이 나갈래요?"

"좋아요. 물론 난 뛰지 않고 어슬렁어슬렁 걸을 거지만."

이안이 피식 웃었다.

"그럼 5분 후에 복도로 나와요."

"알겠어요."

"아, 그리고 확인할 거 있는데."

시은이 미소를 지으며 이안에게로 다시 돌아섰다.

"뭔데요?"

"한국 여권으로는 무비자로 90일까지 머물 수 있는 거죠?"

"네?"

"아니에요?"

느닷없는 물음에 급습을 당한 것처럼 당황하던 시은이 살짝 풀이 죽은 목소리로 대답했다.

"……맞아요, 90일."

"알겠어요. 그럼 준비하고 나와요."

"네."

"점심 같이 먹게 진료실로 올래요?"

"네."

"그럼 12시까지 대기실로 와요."

"네."

네네거리는 모습이 인형처럼 사랑스러워 입술에 뽀뽀를 한 이안이 돌아섰다. 이안이 발코니를 떠났지만 미처 마음의 준비도 하지 못한 채 두 사람이 하고 있는 데이트의 실체를 마주해야 했던 시은은 한동 안 그 자리에 선 채였다.

기한이 정해진 데이트인 건지 아닌지 확실하게 물어봐야겠다 했는 데.

"물어볼 필요도 없었네……."

기한부 데이트라는 거, 이미 알고 있었다. 이안이 너무 스위트하게 굴어서 혹시나 하는 희망을 가져 봤던 것뿐이지.

"괜한 욕심 가지지 말아야지."

어제 데이트 신청을 하기 전까지만 해도 거절만 하지 않았으면 좋 겠다고 마음 졸여 놓고는. 아직 두 달 넘게 시간이 있으니까 그동안 후회 없이 데이트하면 되지.

시은은 좀 처지려는 마음을 추스르고는 이안을 다시 만날 준비를 했다.

복도에서 공원까지 손을 잡고 걸어간 둘은 시은이 좋아하는 산책 코스 앞에서 멈춰 섰다.

"그럼 이따 만나죠. 산책 잘 해요."

"이안 씨도요."

손을 흔들어 보이는 시은에게 이안이 고개를 숙여 입을 맞추고는 등을 돌렸다.

멀어지는 이안을 지켜보던 시은이 좀 어이없다는 듯 웃음을 흘렸다.

"진짜 가 버리네."

로봇처럼 정확하게 루틴을 지키는 사람이라지만 그래도 이제 막 데이트를 시작했는데.

"근데 또 그게 어울리긴 해."

어떤 상황에서도 자기 페이스를 잃지 않을 것 같은 이성적이고 냉정한 면이 이안의 매력이긴 했다.

"아님 잠깐 하는 연애라서 그런가."

불장난 같은 한시적 연애가 아니라 진짜 연애 상대와는 다르겠지.

"어차피 모를 일을 뭐 하러 상상해."

아쉬운 목소리로 망상을 털어 낸 시은은 애써 산책에 집중하려 했다.

발코니에서 손을 흔들며 출근하는 이안을 배웅한 시은은 야외 테이블에 앉아 턱을 괴고서 체류 연장에 필요한 일들을 하나씩 체크했다.

리턴 티켓 날짜 변경하기. 집주인에게 렌트 연장 가능 여부 물어보기. 가족에게 체류 연장 알리기. 은행에 연락해서 새 신용 카드 이쪽으로 보내 달라고 신청하기.

당장 떠오르는 건 이 정도였다.

집주인이 거절하면 어떡하지? 그럼 다른 숙소를 알아봐야 하나. 아님 이안이 게스트 룸에서 지내라고 해 주려나.

좀 더 쉬다 간다고 하면 엄마 아빠는 이왕 간 거 잘 생각했다고 할 것 같고, 오빠는 이안 씨랑 엮으며 의심 어린 소리를 해 대겠지.

"더 머무는 김에 프랑스어 다시 배울까."

나쁘지 않은 생각 같아 핸드폰을 집어 프랑스어 단기 어학 코스를 검색했다.

오전 시간을 나름 바쁘게 보내다 이안과의 점심 약속 시간이 가까워 오자 숙소를 나왔다. 그리고 약속대로 대기실로 가 그를 기다렸다.

시은은 오전 마지막 예약 타임이 지나 아무도 없는 대기실을 새삼스러운 눈으로 둘러보았다. 그러다 액자가 눈에 들어왔다.

[J'attends.]

지난번에는 의사가 불러 주기를 기다렸는데, 지금은 데이트 상대를 기다리고 있었다.

기다린 지 얼마 되지 않아 데이트 상대가 문을 열고 나타났다.

시은이 일어나자 성큼 다가온 이안이 가볍게 입을 맞추었다.

"언제 왔어요?"

"딱 5분 전에요. 진료 잘 마쳤어요?"

"잘 마쳤어요."

이안이 시은의 손을 잡고 대기실을 나와 진료실로 데려갔다.

"10분쯤 후에 점심 도착할 건데, 출출해요?"

"아뇨. 10시쯤에 이안 씨가 사다 준 쇼케트 다 먹어 버렸거든요."

"그렇게 맛있었어요?"

"엄청 맛있다고 했잖아요. 그런데 우리 여기서 점심 먹어요?"

이안은 점심 약속을 잡으며 12시, 대기실이라고만 말했었다.

이안이 진료실과 연결된 개인 정원을 가리켰다.

"우와— 우리 여기서 점심 먹는 거예요?"

"피크닉 장소로 근사할 것 같다면서요."

"그걸 기억하고 있었어요?"

감동한 얼굴로 유리문을 열고 밖으로 나가자 벤치에 블랭킷이 준비되어 있었다.

"집에서부터 챙겨 온 거예요?"

"여기서 잠깐 쉴 때 사용하는 거."

벨이 울렸다. 배달 음식을 받으러 나가려던 이안이 문득 떠올랐다는 듯 담벼락 근처를 가리켜 보였다.

"저거 덥석 만지지 말아요. 쐐기풀이라 만지면 가려워요."

"쐐기풀이었어요? 난 또 깻잎인 줄 알고 따 볼까 했는데."

이안이 장난기 가득한 표정으로 대꾸해 오는 시은의 코끝을 손가락으로 톡 건드렸다.

이안이 배달 음식을 받으러 나간 동안 시은은 잔디 위에 블랭킷을 깔았다.

음식 박스를 들고 돌아온 이안이 블랭킷에 앉아 그를 올려다보며 미소 짓는 시은을 물끄러미 바라보았다. 그의 정원 속으로 들어온 시은은 마치 원래부터 그곳에 있어야 했던 사람처럼 자연스럽게 잘 어울렸다.

왜 그러냐는 듯 고개를 갸웃하는 시은에게 웃어 보인 이안이 시은과 마주하고 앉아 박스를 하나하나 펼쳤다.

"맛있겠다. 배달 음식이 왜 이렇게 예뻐요? 여기서 점심 먹기도 해요?"

"가끔."

"주로 뭐 먹어요?"

"샌드위치."

"샌드위치만 먹어요? 더 맛있는 거 먹지. 하긴 여기선 뭘 먹어도 맛있긴 하겠다."

시은이 새삼 정원에 반한 듯 고개를 돌려 주변을 둘러봤다.

싱싱한 넝쿨이 타고 오른 담벼락이 성벽처럼 두 사람을 두르고 있었다. 외부와 차단된 공간에 은은한 라벤더 향이 감돌았다.

동화 속 작은 정원 같은 공간을 감상하던 눈동자가 이안에게로 돌아오며 예쁘게 휘어졌다.

이안은 쏟아지는 햇살보다 더 빛나는 미소에 눈이 부셔 가늘게 눈매를 접었다.

분위기 있는 레스토랑에도 가 볼 생각으로 캐리어에 원피스를 담아 왔다. 하지만 혼자 갈 줄 알았지 데이트 룩으로 고르게 될 줄은 몰랐다.

이안과 하는 두 번째 데이트이자 첫 번째 저녁 식사였다. 어느 걸입을까 고민하다 좀 더 무난한 쪽을 선택했다.

노크 소리에 현관문을 연 시은이 눈을 커다랗게 떴다.

예상치 못한 걸 발견한 사람 같은 반응에 이안이 시은을 따라 눈길을 내려 그의 옷차림을 살폈다.

"뭐가 묻지는 않았는데. 이상해요?"

"아뇨, 근사해요. 셔츠 입은 거 처음이라서 깜짝 놀란 거예요."

"셔츠 입었다고 이런 반응이면 슈트 입었으면 어땠을지 궁금한데요."

시은이 눈을 반짝였다.

"궁금하면 슈트 입어 줘요."

"내일은 슈트 입고 갈 만한 곳으로 예약해 두죠."

"정말요? 진짜 기대되는 거 알아요? 아, 맞다. 나 가운 입은 모습도 보고 싶은데. 화이트 가운은 없어요?"

"대학 병원에서 근무할 때 입었던 거 꺼내야겠네. 요구 사항 또 있어요?"

"음— 당장 떠오르는 건 없는데. 생각나면 말해 줄게요."

미간을 접으며 고민하는 척하다 대답하는 모습에 가벼운 입맞춤을 한 이안이 시은의 원피스를 가리켜 보였다.

"예쁜 거 입었네요."

"이거보다 더 예쁜 거 있는데 이안 씨가 청바지랑 티셔츠 입을 줄 알고 이걸로 입은 거예요. 우리 안 늦었죠? 딱 5분만 기다려 줄래요?"

"기다리죠."

이안은 팔짱을 끼고 복도 벽에 등을 기댔다. 여자 친구를 기다리는 묘한 설렘에 빙긋이 미소를 지었다.

다시 밖으로 나온 시은은 더 예쁘다는 원피스로 갈아입은 채였다.

"어때요?"

"검정색 원피스가 더 어울렸는데."

"……."

이안은 샐쭉한 표정을 짓는 시은의 입술에 살짝 입을 맞췄다.

"농담인 거 알잖아요."

입술에 옅게 묻어난 립스틱을 엄지로 닦아 낸 이안이 또 한 번 입술을 가져다 댔다. 예쁘게 바른 걸 망치지 않으려 간지러울 만큼 입술 끝만 슬쩍 건드렸다.

"차 가지고 올 테니까 여기 있어요."

승용차를 몰고 나온 이안이 시은의 앞에 멈춰 서더니 팔을 뻗어 조수석 문을 열어 주었다.

"고마워요."

시은이 안전벨트를 착용하는 모습을 진중한 눈으로 지켜보던 이안이 차를 출발시켰다.

인터폴을 지나자 이안은 왼쪽으로 핸들을 돌려 강변도로를 달렸다.

시은이 강을 사이에 두고 맞은편 낮은 언덕에 촘촘히 붙은 집들을 가리켰다.

"리옹 하면 파스텔 톤이 떠오를 것 같아요. 다다다닥 붙어 있는 집들이 다 다른 색인데도 채도가 낮아서 촌스럽지 않고 사랑스러워요. 예쁜 건물 그려 놓은 일러스트처럼요."

멀리 초록 언덕 위 하얀 푸르비에르 대성당이 보였다.

"푸르비에르 성당은 꼭 동화 속에 나오는 작은 성 같지 않아요? 비행기 안에서 리옹을 배경으로 한 첩보 영화 봤는데, 첫 장면에 저 성당이 나왔거든요. 크림색 외부랑 달리 실내는 강렬한 터쿠아즈 블루라서 신선했어요."

"첩보 영화 좋아해요?"

"전혀요. 배경이 리옹이라서 봤던 거예요."

그래서 신나게 미행도 했던 건가 했는데, 의외의 대답이었다.

대화를 나누는 동안 승용차는 벨쿠르 광장을 지나 구시가지의 언덕길을 올랐다.

"나 이 길 알아요. 이쪽으로 구시가지까지 걸어 내려가서 트라불 구경했거든요."

트라불이라는 말에 이안의 얼굴에 웃음이 스쳤다.

주차를 하고 레스토랑 안으로 들어간 두 사람은 창가 좌석을 안내받았다. 구시가지가 내려다보이는 곳이었다.

식전주를 사양하고 곧바로 앙트레를 주문하고는 창밖으로 보이는 풍경을 잠시 감상했다. 론강과 손강이 만나는 강변을 따라 그동안 방문했던 곳을 훑던 시은이 트라불이 눈에 들어오자 갑자기 뭔가를 떠올린 듯 은밀한 목소리를 냈다.

"있잖아요, 나 이안 씨 깜짝 놀라게 할 비밀 있어요."

"엄청난 비밀이어야 할 텐데. 잘 안 놀라거든요."

"이건 놀랄걸요."

이안이 들을 준비가 됐다는 듯 테이블에 팔꿈치를 올리고는 깍지 낀 손에 턱을 괬다.

"며칠 전에 이안 씨 여기 비우 리옹 왔었죠? 점심때쯤 자전거 타고서요. 그날 이안 씨 봤어요."

무슨 얘기를 꺼낼지 감을 잡은 이안은 손등으로 슬쩍 입술을 가렸다. 본격적으로 얘기를 듣기도 전부터 웃음이 나올 것 같았다.

"그랬어요?"

"그땐 이안 씨를 스파이라고 의심하고 있던 때라 누굴 은밀하게 만나는 건가 했거든요. 한참 쫓다가 놓쳤는데, 알고 보니까 관광객들은 출입이 금지된 건물이더라고요. 이안 씨 쫓아서 복도랑 계단이랑 정신없이 따라가던 그때가 내 인생에서 가장 스릴 있던 순간이에요. 놀랐죠?"

시은이 뿌듯한 표정으로 물었다. 마치 이 정도면 충분히 놀랍지 않냐는 듯.

이안은 진실을 알았을 때의 표정을 보고 싶어 순간적으로 고민했다. 짧은 고민 끝에 인생에서 가장 스릴 있었다는 추억을 지켜 주기로 했다.

"놀랐어요."

"거봐요."

시은이 거만하게 턱을 치켜들었다. 픽 웃음을 흘린 이안이 물었다.

"그런데 원래 그렇게 겁이 없어요? 내가 진짜 스파이였으면 어떡하려고 무모하게 쫓아왔어요?"

"그러게요. 그때는 호기심에 잠깐 내 정신이 아니었나 봐요. 이웃이 스파이라는 건 흔히 경험할 수 있는 일은 아니잖아요. 그리고 아무도 모르는 외국에서는 평소라면 하지 않을 행동도 하게 되는 뭔가 좀 그런 게 있는 것 같아요."

앙트레 접시를 치우고 메인 디시를 들고 온 서버의 목소리가 부드럽게 끼어들었다.

「주문하신 앙트르코트와 블랑케트 드 보 나왔습니다.」

서버가 시은과 이안 앞에 소고기와 송아지 요리를 놓아 주었다.

"메인 디시도 예쁘게 담았네요."

눈이 즐거울 만큼 화려한 플레이팅에 잠깐 감탄하던 시은은 다시금 이안과의 대화를 이어 나갔다.

하나둘 불이 켜지기 시작한 창밖 야경도 멋있고, 이안이 선택한 레스토랑도 근사하고, 음식도 눈과 혀를 즐겁게 했지만, 무엇보다 마주하고 앉은 데이트 상대가 가장 시은을 사로잡았다.

레스토랑을 나온 건 밤 10시가 넘어서였다.

"밖에서 야경 보는 거 처음이에요."

"그래요?"

"9시 넘어야 어둑해지는데 그 시간에 혼자서 돌아다니는 건 좀 겁나서요."

"빛의 도시에서 야경을 즐기지 못한다는 건 안타까운 일인데."

"그러게요."

"그럼 집에 가기 전에 잠깐 걸을까요?"

"좋아요."

"어디부터 갈까요?"

시은은 고민했다. 비우 리옹이 제일 예쁘지만, 식사하면서 감상했으니까.

"테로 광장이요."

이안은 테로 광장으로 걸어가기 좋을 만한 장소에 주차했다.

테로 광장의 상징인 바르톨디 분수가 조명을 받으며 시원한 물줄기를 뿜어내고 있었다. 광장을 접하고 시청과 시립 미술관이 마주했다. 부조 조각과 금장 장식이 화려한 시청과 옛 수도원 건물인 미술관의 묵직하고 차분한 분위기가 대조되어 독특한 인상을 주는 광장이었다.

시은이 두 건물 사이로 살짝 보이는 오페라를 가리켰다. 아치형의 기둥 구조와 커다란 조각상으로 장식된 하얀 건축물은 그리스 신전을 떠올리게 했다. 생뚱맞은 까만 지붕만 아니라면.

"저 지붕 꼭 검정 덮개 씌운 비닐하우스 같지 않아요? 그래서 처음에는 공사 중인 줄 알았어요."

"장 누벨이 들었다면 울겠는데요."

"나만 이런 생각한 거 아닐걸요? 이안 씨는요? 이안 씨는 저 지붕이 예뻐 보여요?"

"예쁘진 않죠."

"거봐요. 그래도 조명 덕분에 낮에 봤던 것보다는 좀 나아 보이기는 하네요. 어, 저기 봐요. 크레용 보인다."

시은이 상업 지구 파르디외의 랜드마크인 원통형 고층 건물을 가리켰다. 원통에 삼각형 지붕이 크레용처럼 보여 붙은 별칭이었다.

"낮에 볼 때는 별로다 싶었는데, 삼각 지붕에 파란색 빛이 들어오니까 나름 근사해 보이네요. 꼭 거인이 쓸 법한 연필 같아요."

귀여운 발상에 이안이 미소를 지었다.

둘은 오페라에서 벨쿠르 광장까지 이어진 길을 걸었다. 낮에는 사람들로 붐비는 대로를 가로등 불빛이 대신하고 있었다.

손을 잡고 걷던 시은이 아르 누보 스타일의 인테리어가 화려한 카페를 가리키며 웃었다.

"여기가 오래되고 유명한 카페라고 해서 한번 가 봤거든요. 근데 메뉴에 아이스아메리카노가 있는 거예요. 스타벅스 같은 프랜차이즈도 아닌데. 프랑스 카페에서는 아이스커피는 안 판다고 들었는데 여행객들이 많이 오니까 메뉴에 추가했나 보다 싶어서 주문했거든요. 근데 어떻게 나왔는지 알아요?"

"글쎄요. 주문해 본 적이 없어서."

"진짜? 한 번도요?"

"한 번도. 음식에 관심 많은 친구가 마실 때 한 모금 마셔 봤는데 내 입맛은 전혀 아니라서."

"하긴 시원해서 마시는 거지 맛은 따뜻한 커피가 더 맛있긴 해요."

"그래서, 어떤 식으로 나왔어요?"

"얼음 잔뜩 넣은 블랙커피가 든 유리잔이랑 흰 가루 설탕이 든 설탕 통, 그렇게 두 개를 가져오더라고요. 근데 커피가 차가우니까 설탕이 잘 안 녹는 거예요. 아이스커피에 시럽 말고 설탕 넣은 건 처음이었어요. 여기 지나갈 때마다 그때 생각나서 웃겨요."

눈꼬리를 접으며 웃는 시은을 보며 이안은 덩달아 미소 지었다. 시은이 하는 말은 늘 재밌었다. 설령 재미가 좀 없어도 웃을 것 같다.

긴 대로를 걸어 벨쿠르 광장에 도착해 루이 14세 동상과 그 근처 생텍쥐페리와 어린 왕자 조각상을 구경하고 난 뒤, 이안이 제안했다.

"피곤하지 않으면 드라이브 잠깐 할까요?"

"좋아요."

이안은 시은을 태우고 야경이 유독 예쁜 곳을 달렸다. 빛의 축제로도 유명한 리옹의 야경은 기대 이상으로 아름다웠다.

야경에 빠져 있던 시은이 문득 이안을 쳐다봤다. 그러고 보니 이안은 그녀가 원하는 건 뭐든 들어줬다. 냉정하게 생겨서는 다정하게 군다. 그 갭이 사람을 설레게 만든다.

"꽤 늦었는데, 이제 집으로 가 볼까요."

시간이 좀 천천히 흘렀으면 좋겠는데. 아쉬운 마음을 감추고는 고개를 끄덕이자 이안이 부드럽게 핸들을 틀었다.

도로 끝에 테트 도르 공원 정문이 보였다. 그러자 시은이 정문 앞 자그마한 회전목마를 가리켰다.

"봐요, 불 켜졌어요."

회전목마의 줄무늬 지붕 테두리를 장식하는 작은 전구에 불이 들어와 있었다. 어둑한 밤하늘을 배경으로 레몬색으로 발열하는 전구 주변으로 빛무리가 져 몽환적인 분위기를 연출했다.

"어디선가 마술사가 튀어나와서 모자에서 토끼 꺼낼 것 같은 분위기다."

로맨틱한 광경에 홀린 듯한 얼굴에 이안이 물었다.

"밤에 공원 걸어 본 적 없을 텐데, 잠깐 공원 산책하고 들어갈까요?"

"그럴래요."

이대로 데이트가 끝나는 게 아쉬웠던 시은이 반색하며 대답했다.

이안은 집 앞에 차를 주차한 뒤 시은의 손을 잡고서 공원 후문으로 다가갔다.

"어? 문 닫혀 있는데요."

"넘어가면 되죠. 겁나요?"

시은이 눈을 반짝이며 고개를 저었다.

"아뇨."

둘은 낮은 담장을 넘어 공원 안으로 들어갔다.

달빛과 가로등이 비추는 밤의 공원은 생명력 가득했던 낮의 공원과는 달리 신비하고 로맨틱한 장소로 바뀌어 있었다.

둘은 모두가 잠들어 고요한 공원을 말없이 걸었다. 걷다 보니 호수 앞이었다. 호수의 수면에는 오리와 거위 대신 달과 나무가 내려앉아 있었다. 바람이 불자 물비늘이 일었다. 은색 달과 초록 나무가 춤을 추듯 흔들렸다. 한숨이 나올 만큼 예쁜 광경이었다. 시은은 이안과 함께하는 순간들을 눈에 담았다. 다시 오지 않을 추억으로 남을 한여름 밤의 꿈처럼 몽환적이고 로맨틱한 순간들을 차곡차곡 저장했다.

"빛의 도시라더니 가로등도 센스 있게 잘 배치한 거 같아요. 빛 축제가 유명하다고해서 검색해 봤거든요."

시은이 무성한 나무가 작은 숲을 이루는 곳을 가리켰다. 아이들이 조랑말을 타는 곳이기도 했다.

"재작년 축제인가, 저 나무들 사이에 크기가 다른 유리구슬들을 놓아둔 사진 봤어요. 밤에 은은하게 빛나는 구슬 옆에서 날개 달린 요정 의상 입은 무용수들이 춤을 추는 퍼포먼스가 인상적이었어요. 밤에 자주 산책 나와요?"

"자주는 아니고, 생각할 일 있을 때 가끔."

"집 앞에 이런 공원이 있다는 건 정말 근사한 거 같아요. 근데 그 거 알아요? 이안 씨랑 같이 있으면 나 엄청 말 많아지는 거. 이러다가 비밀도 막 다 털어놓게 될 것 같아요."

"그래서 마음이 편해질 비밀이라면 걱정 말고 털어놔요. 들어 줄 테니까."

"이안 씨는 과묵하고 진중한 사람인 데다 여긴 프랑스라 비밀이 새 어 나갈 걱정 없으니까요?"

"강시은 씨 주치의니까."

장난스러운 대답에 시은도 맞장구를 쳤다.

"맞다. 이안 씨 내 주치의였죠. 개인 주치의가 있다는 거 근사한 일 인데요? 그럼 이안 씨도 마음 불편하게 만드는 비밀 있으면 털어놔 요. 난 이안 씨 주치의는 아니지만 여긴 아는 사람도 없고 말도 안 통 해서 비밀 새 나갈 걱정 전혀 없으니까요."

"대신 강시은 씨한테는 번역 앱이라는 막강한 무기가 있죠."

"에이, 아주 간단한 문장도 엉망으로 번역해 놓을 때도 많은데 뭘. 어쨌든 비밀 보장되는 귀가 열려 있으니까 언제든 필요하면 써요."

시은이 장난스럽게 한 손을 동그랗게 만들어 귀로 가져가 보였다.

이안은 한 손에 다 들어올 것 같은 작은 얼굴을 양손으로 잡았다. 그리고 고개를 숙여 입을 맞추었다.

걷다가 멈춰서 입을 맞추기를 반복하던 둘은 밤이 짙어 가로등 불빛이 더욱 환해질 즈음 공원 후문으로 발걸음을 돌렸다.

들어올 때 그랬던 것처럼 이안이 가볍게 울타리를 짚고 넘어갔다. 시은이 지지대를 밟고 올라서자 이안이 울타리 너머로 시은의 양 허리를 잡아 올려 주었다. 몸이 붕 뜨자 시은은 얼른 울타리에 걸리지 않게 다리를 오므렸다.

시은의 발이 그가 서 있는 바닥에 안전하게 착지하자 이안이 웃음을 터트렸다.

"왜요?"

"시은 씨랑 있으면 상상치도 못한 일들을 자꾸 하게 되는 것 같아서요."

여전히 가는 허리를 잡고 있던 이안이 고개를 숙였다. 디저트로 먹었던 일 플로탕트보다 더 달콤한 키스에 발꿈치를 든 시은은 그의 목을 껴안고서 눈을 감았다.

Jour 21

노크 소리에 기다렸다는 듯 현관으로 달려가 문을 연 시은이 입을 벌렸다. 이안은 오늘 저녁 데이트를 위해 슈트를 입겠다고 약속했었다. 평소 그의 스타일을 아는 터라 캐주얼한 슈트를 입을 거라고 짐작했는데.

"……."

할 말을 잃은 채 멍하니 바라보자 이안이 이유를 묻듯 한쪽 눈썹을 밀어 올렸다.

"넥타이도 맸네요."

"슈트 입은 거 보고 싶다면서요."

"진짜 모델 같은 거 알아요?"

"그래요?"

덤덤한 반응에 시은은 고개를 갸웃하고서 이안을 봤다.

"너무 많이 들어서 무감한 거예요, 아님 외모에 별 관심 없는 거예요?"

"조금 들었고, 크게 관심 없는 편."

"여자 친구를 사귈 때도 그래요? 사귀는 기준에 외모는 크게 상관없어요?"

"시은 씨랑 사귀는 거 보면 아주 많이 상관있는 것 같은데."

"……!"

시은의 얼굴이 확 붉어졌다.

이안이 눈꼬리를 접으며 달아오른 볼에 입을 맞추었다. 예쁘게 바른 립스틱을 뭉개지 않으려는 듯 엄지로 턱을 지그시 눌러 입술을 벌리고는 혀끝을 살짝 건드렸다.

"갈까요."

"……."

목소리가 나오지 않아 시은은 고개만 끄덕였다.

귓불까지 발개진 시은을 데리고 나온 이안이 조수석 문을 열어 주었다. 그런 뒤 시은이 안전벨트를 매는 모습을 지켜보았다.

지난번에도 그러더니. 안전벨트를 매고 나서야 출발하는 이안의 행동에 시은은 의사라 안전에 민감한가 보다라는 생각을 잠깐 했다.

부드럽게 출발한 차가 서서히 속도를 내기 시작했다.

"레스토랑까지는 얼마나 걸려요?"

"막히지 않으면 20분."

"해산물 전문점이라니까 기대돼요. 프랑스 사람들은 생선보다는 육류를 더 좋아하나 봐요. 생선이나 해산물 전문 레스토랑을 별로 못 본 데다…… 아!"

시은의 목소리에 귀를 기울인 채 신중하게 코너를 돌 때였다. 예고도 없이 불쑥 끼어든 오토바이가 차선을 변경했다. 이안의 앞에서 달리던 소형 승용차가 오토바이를 피해 급격하게 핸들을 꺾었다. 차도를 벗어난 차가 가로수를 들이받았다.

이안은 반사적으로 브레이크를 밟았다. 타이어가 아스팔트 바닥에 마찰하는 날카로운 굉음이 연이어 들렸다. 도로가 한순간에 아수라장으로 변했다.

"괜찮아요?"

안전벨트를 풀며 물어 오는 이안에게 시은이 얼떨떨한 얼굴로 고개를 끄덕였다.

"……네."

시은의 대답에도 이안은 다급한 손길로 시은의 안전벨트를 풀고는 상처를 살폈다. 마치 응급 환자를 다루는 것처럼 긴장 어린 그의 낯빛에 시은은 놀란 와중에도 이안을 안심시켰다.

"안 다쳤어요. 좀 놀란 것뿐이에요."

앞으로 몸이 쏠린 바람에 안전벨트에 피부가 붉게 쓸렸다. 그 외에는 이상이 없다는 걸 확인하고 나서야 이안의 몸에서 긴장이 조금 풀렸다.

"부상자 상태 체크하고 올 테니까 기다려요."

운전석을 떠난 이안이 사고 차량을 향해 민첩하게 다가갔다. 시은도 걱정 어린 얼굴을 하고서 차에서 내렸다.

팽팽하게 당겨진 안전벨트가 의식을 잃은 운전자를 지탱하고 있었다. 그의 이마에서 흐른 피가 시트에 떨어졌다. 이안의 낯빛에서 핏기가 사라졌다.

이안은 부상자의 호흡, 출혈 정도, 핸들과 안전벨트에 의한 골절 여부를 빠르게 체크하며 응급 센터로 콜을 했다.

— 사뮈(Samu)입니다. 말씀하세요.

「심장내과 전문의, 으젠 이안입니다. 테트 도르 공원에서 샤를 드골 강변도로 방향 50미터 지점에서 교통사고가 발생했고, 운전자는 현재 의식이 없습니다. 갈비뼈 골절 의심되고, 유리 파편에 찢겨 이마에 출혈이 있지만 상처가 깊지는 않습니다.」

— 알겠습니다, 닥터 으젠. 바로 구급차 보내 드리겠습니다.

전화를 끊자마자 멀리서 사이렌 소리가 들렸다. 경찰차였다. 그리고 뒤이어 구급차가 빠르게 사고 현장으로 다가왔다. 경찰들이 수신호를 하며 정체된 도로를 수습했다. 여전히 의식을 회복하지 못한 부상자를 응급차에 실으며 응급 요원들이 이안에게 몇 가지 질문을 던졌고, 이안은 자신이 체크한 것들을 전달했다.

부상자를 실은 구급차가 떠나자 상황의 추이를 지켜보던 사람들도 제 갈 길을 갔다. 사건 현장에 남은 사람은 뒷수습을 해야 하는 경찰 뿐이었다.

이제 이안과 시은도 다시 승용차로 돌아가면 되었다. 그런데도 이 안은 움직일 기미를 보이지 않았다. 시은은 그녀에게서 등을 보이고 선 이안에게로 다가갔다. 바로 옆에까지 다가갔지만 이안은 기척을 느끼지 못한 듯 파손된 승용차를 응시하고 있었다.

시은은 이안의 눈길이 닿은 곳을 살폈다. 뭐가 그의 시선을 사로잡은 건가 싶어 유심히 봤지만 사고의 여파를 보여 주듯 흐트러진 내부는 특별할 게 없어 보였다.

이안은 핏방울이 번진 시트에서 눈을 뗄 수 없었다. 크림색 시트의 붉은 핏방울이 그를 붙들고 놓아주지 않았다. 점점 부피를 늘린 핏방울이 붕 떠올랐다. 눈앞으로 시뻘건 피가 느릿하게 다가왔다. 발밑이 검은 공간으로 빠져드는 착각이 일었다. 또다시 그날로 떨어지고 있었다.

에어컨 바람에 머리가 아파 오자 이안은 창문을 열었다. 습한 열기가 얼굴을 덮었다. 숨이 턱 막혔다. 도로 차창을 올리는 이안을 보며 운전대를 잡은 그의 아버지가 에어컨을 잠시 껐다.

"종일 에어컨 바람 맞으려니 힘들지?"

"머리 아프니? 두통약 줄까?"

엄마까지 가세해 걱정을 해 오자 이안은 그 정도는 아니라고 대답하고는 팔짱을 끼고 눈을 감았다.

피부에 눅진하게 들러붙는 습한 공기. 에어컨이 없으면 잠들지 못하는 열대야. 전철에 올라타면 닭살이 돋을 만큼 추웠다가 밖으로 나오는 순간 훈기에 숨이 턱 막히는 극단적인 변화. 그 모든 것들이 장거리 비행의 여독에서 채 벗어나지 못한 이안을 괴롭히고 있었다.

아주 어렸을 때를 제하고는 여름에 한국을 방문한 건 오랜만이었다. 한국으로의 여행 자체가 오랜만이기도 했다. 부모님만 한국에 오거나, 친척들이 프랑스로 여행을 오는 일이 더 잦기 때문이었다.

몇 년에 한 번 보는 친척들은 낯설고, 같이 놀 또래도 거의 없었다. 조기 은퇴를 한 부모님이 한국으로 영구 귀국을 하는 길이 아니었다면 지금쯤 친구들과 함께 북유럽에서 오로라를 보고 있었을 거다.

이안은 감았던 눈을 떴다. 잠도 안 온다. 옆 좌석에 놓아둔 백팩을 뒤져 루빅큐브를 꺼냈다. 정육면체의 퍼즐을 이리저리 돌려 색깔을 맞추며 한 달간의 체류 기간 동안 뭘 하며 보내야 덜 더울까를 고민했다.

잠들었나 싶어 돌아보던 엄마가 눈썹을 찌푸린 아들에게 말을 걸었다.

"잘생겨서 그런가. 찡그린 것도 근사해, 우리 아들은."

퍼즐에서 눈을 떼지 않은 채 이안이 피식 웃자 그의 어머니가 마주 웃음을 지으며 대화를 이어 나갔다.

"의대는 수업량도 많아서 여름 방학 아니면 여행은 엄두도 못 낼 텐데. 더운 거 싫어서 엄마 아빠 보러 한국 안 온다고 하면 어떡하지."

"두 분이 프랑스로 오시면 되잖아요."

"나이 들었나 봐. 비행기 티켓 끊을 때 신나기보다 장시간 비행기 속에서 시달릴 것부터 걱정돼. 그러니까 내년 여름 방학 때도 네가 와."

"그때 봐서요."

이안이 심드렁하게 대꾸했다. 이제 겨우 법적 성인이 되었다. 시간이 화살처럼 비껴가는 어른들과는 인생의 속도가 다른 이안에게 1년 뒤의 일이란 지극히 먼 얘기였다.

"이제 엄마 아빠랑 자주 못 보게 되는데도 넌 안 서운한가 보다."

"저 대학만 들어가면 한국으로 돌아간다는 말 셀 수도 없을 만큼 들어서요."

"솔직히 말해 봐. 너 실은 엄마 아빠가 너 놔두고 귀국한다고 해서 마음 상한 거지?"

"마음 상할 게 뭐 있다고. 두 분은 두 분의 삶이 있는 거고, 나는 내 삶이 있는 건데."

"……남의 자식이었으면 성숙하고 이성적이라고 했을 텐데, 내 자식이 그러니까 서운하고 섭섭해. 이럴 때 보면 영락없는 프랑스인이라니까."

「저 프랑스인 맞잖아요.」

이안이 장난스럽게 프랑스어로 대꾸해 오자 엄마가 웃어 버렸다.

"하긴, 프랑스에서 태어난 데다 프랑스 국적을 가졌으니 프랑스인 맞긴 하지."

자신보다 덩치가 훨씬 큰데도 귀엽다는 표정으로 손을 뻗어 아들의 머리를 쓰다듬었다. 그러자 그 나이대의 사내아이들이 흔히 그러듯 이안은 머리를 뒤로 젖혀 손을 피했다.

"휴게소 멀어요? 배고픈데."

"10분 정도."

대답을 해 온 건 아버지였다.

휴게소의 아스팔트 바닥에서 아지랑이가 피어올랐다. 신발 밑창이 녹아 버리는 듯한 열기에 이안은 손에 든 물병을 비우며 식당으로 부모를 따라 들어갔다.

메뉴판을 쭉 훑은 이안은 마치 시리얼처럼 유부가 동동 떠 있는 우동을 주문했다. 위가 채워지자 두통도 조금 가라앉는 기분이었다.

순식간에 그릇을 비우는 이안에게 엄마가 떡볶이와 김밥을 가리켜 보였다.

"맛있어 보여서 욕심냈더니 너무 많다. 엄마 거 좀 먹어 줄래?"

이안은 한국 음식 중에 가장 좋아하는 김밥을 집었다.

"어때?"

"맛있어요. 엄마 김밥이 더 맛있지만."

"그래? 내일 점심으로 김밥 말아 줄게."

아들의 덤덤한 칭찬에 엄마가 청량한 웃음을 지었다.

식사를 마친 일가족은 폭염으로 들끓는 주차장을 또다시 가로질렀다. 성큼 걸어 먼저 도착한 이안이 엄마에게 조수석 문을 열어 주었다.

"우리 이안이는 똑똑하고 잘생긴 데다 매너도 좋아서 인기가 많을 거야. 그래도 여자 친구보다는 공부가 우선이야. 알지?"

"이제 이안이도 성인인데 알아서 하도록 둬요."

운전석에서 벨트를 착용하던 아빠가 나는 네 편이라는 듯 룸 미러로 바라보며 윙크를 하자 이안이 픽 입바람을 흘렸다. 그러고는 이어폰을 귀에 꼈다. 좋아하는 노래를 들으며 창밖으로 휙휙 지나는 풍경에 눈을 두었다.

음악을 듣고 있는 이안을 쳐다본 엄마가 조용한 목소리로 남편에게 아쉬움을 털어놓았다.

"한국 돌아오니 좋긴 한데 우리 이안이 자주 못 보는 게 가장 마음에 걸려."

"프랑스에 있어도 학기 시작하면 자주 못 보는 거야 다르지 않을

텐데 뭘. 그리고 우리도 이제 우리 삶을 누려야지. 그게 이안이한테도
덜 부담스러울 테고."

"누가 그걸 모르나. 그냥 아쉽다는 거지. 이럴 때 보면 이안이가 확
실히 당신 닮았다 싶다니까."

아내의 사랑스러운 구박에 남편이 빙긋이 웃었다.

"웃는 것도 판박이야. 그런데 우리는 고향이라서 한국으로 돌아오
고 싶었지만, 프랑스에서 나고 자란 이안이는 우리랑은 다르겠지?"

"추억이 없으니까 다를 수밖에 없지."

남편의 말에 아쉬운 표정으로 수긍하던 엄마가 뒷좌석을 돌아봤
다. 앞으로 얼굴 보기 힘든 아들을 눈에 담다가 휴게소에서 사 온 걸
내밀었다.

"이거 좀 먹어 볼래?"

눈앞에 내밀어진 가늘고 딱딱한 스틱을 보며 이안이 한쪽 귀에서
이어폰을 뺐다.

"뭐예요?"

"고구마스틱."

이안이 플라스틱 모형처럼 보이는 고구마스틱으로 손을 뻗을 때였
다. 전신을 강타하는 충격에 머리가 시트에 부딪혔다. 귀를 찢는 소음
이 뒤따랐다. 앞으로 튕겨 나가려는 몸을 안전벨트가 강하게 조였다.
흉부를 압박당한 이안은 숨을 쉴 수 없었다.

어지러운 시야에 커다랗게 뜬 엄마의 눈이 보였다. 줄이 끊어진 인

형처럼 엄마의 머리가 힘없이 흔들렸다. 유리 파편이 박힌 머리에서 흐른 끈적끈적한 피가 엄마의 이마를 적시고 허공으로 떨어졌다. 빨간 핏방울이 이안의 눈앞을 느리게 스쳐 지나갔다. 모든 것이 슬로 모션처럼 느릿했다. 찰나의 순간에 벌어진 일을 미처 인지하지 못한 뇌가 만들어 낸 착각이었다.

아빠, 엄마가…….

입술을 벌렸지만 소리가 나오지 않았다. 소리가 나왔더라도 에어백에 눌려 숨을 거둔 아버지로부터는 아무런 대답을 듣지 못했겠지만.

아빠를 찾는 헛된 시도는 부러진 갈비뼈에 통증만 더했다.

무슨 일이 벌어졌는지 이해하려는 이안의 눈동자가 힘없이 옆으로 굴렀다. 바로 옆 창문으로 말간 하늘이 보였다.

반대편으로 눈을 돌리자 까마득하게 멀어 보이는 공간이 펼쳐졌다. 창문을 가린 검은색이 아스팔트 바닥이라는 걸 인지하지 못한 이안에게는 우주처럼 끝이 없는 어두움으로 다가왔다. 빛 하나 없는 어두운 공간을 유영하는 것처럼 이안의 동공이 커졌다. 깊이를 알 수 없는 어두운 공간 속으로 빨려 들어갈 것 같았다.

공포를 담은 눈동자가 다시 엄마를 찾았다. 이안을 바라보는 커다란 동공에서 생명이 빠져나가고 있었다. 눈을 감는 순간 엄마가 영영 떠나 버릴까 봐 이안은 흰자의 실핏줄이 터지도록 눈을 부릅떴다.

하늘이 보이던 창이 사람들의 얼굴로 채워졌다. 사람들이 소리를 쳤다.

"아들은 살아 있어!"

이안은 눈앞이 까매지는 공포와 함께 의식을 잃었다.

이안의 상태가 이상했다. 범퍼가 구겨진 차량 내부에서 눈을 떼지 못하고 있었다. 마치 아직 구해 내야 할 부상자가 있기라도 한 듯.

시은은 그런 이안에게 쉽게 말을 걸지 못했다.

부상자를 살피고, 목격자 신분으로 경찰에게 상황 진술을 하는 동안 이안은 이상하리만큼 창백했다. 피를 흘린 게 운전자가 아니라 이안이 아닌가 싶은 반응이었다.

"이안 씨."

핏기를 잃어 창백한 이안에게로 조심스레 손을 뻗었다. 시은이 그의 팔을 잡자 뼈가 드러나도록 주먹을 쥐고 있던 이안이 움찔했다.

"이안 씨."

시은의 목소리가 시꺼먼 바다를 헤매는 난파선에 드리운 등대의 불빛처럼 이안을 현실로 이끌었다.

느리게 고개를 돌린 이안이 그의 팔을 잡은 작은 손을 봤다. 어둡게 가라앉은 눈동자가 시은을 향했다.

"괜찮아요?"

전혀 괜찮지 않아 보였지만 달리 할 말을 찾지 못했다.

이안은 걱정과 의문이 담긴 눈동자를 오래 바라보다 입을 열었다.

"데이트는 취소해야 할 것 같은데. 미안해요."

"미안할 거 하나도 없어요. 집으로 가요. 내가, 운전할까요?"

조심스러운 제안에 이안은 자신이 어지간히 안 좋아 보이나 싶어 쓰게 웃었다.

"그래 줄래요?"

시은이 조심스레 그의 손을 잡았다. 그러자 이안이 어둠 속으로 다시 떨어지지 않으려는 것처럼 강한 힘으로 시은의 손을 붙들었다.

운전석에 앉아 좌석을 조정한 시은이 안전벨트를 맸다. 그런 뒤 핸들을 잡고 심호흡하자 이안이 물었다.

"할 수 있겠어요?"

운전자의 부상 상태는 심각하지 않았지만, 교통사고를 목격한 후 핸들을 잡는 일이 두려울 수도 있었다.

이안의 염려를 다독이듯 시은이 씩씩한 미소를 지어 보였다.

"나 5년 차 무사고 드라이버예요. 이안 씨 집까지 안전하게 데려다줄 테니까 걱정 말아요."

운전면허를 따고 처음 아빠 차를 몰았던 때부터 계산한다면 5년이 맞긴 했다.

다행히 집까지는 멀지 않았고, 어려운 길도 아니었다. 다만 이안의 상태가 걱정되었다.

시동을 걸려던 시은이 이안을 보며 안전벨트를 풀었다. 그러자 이안이 시은을 안심시키려는 듯 가벼운 투로 말했다.

"안 되겠으면 이렇게 잠깐만 있죠. 그럼 내가 운전할 수 있으니까. 정 안 되면 친구한테 와 달라고 해도 되고."

괜찮아진 것처럼 굴었지만, 시동을 걸었는데도 안전벨트를 하지 않는 이안을 보며 짐작보다 그의 충격이 더 크다는 걸 알아챘다.

시은은 말없이 이안에게로 다가가 안전벨트를 채워 주었다.

"……."

조금 망설이다 검지를 집어넣어 이안의 넥타이도 느슨하게 풀어 주었다.

"넥타이 잘 안 하잖아요. 그럼 답답할 수 있으니까."

웃어 보인 시은이 핸들을 잡았다.

"출발할게요."

시은은 신중하게 운전했다. 이안의 얼굴을 확인하고 싶은 마음을 누르고 전방을 주시했다. 다행히도 얼마 지나지 않아 테트 도르 공원이 보였다. 익숙한 공간이 나타나자 시은은 좀 더 안정적으로 달렸다.

남은 길을 무사히 운전해 안전하게 주차를 한 시은은 얼른 안전벨트를 풀고는 차에서 내려 조수석으로 가 문을 열었다. 안전벨트를 풀던 이안이 그의 앞으로 내민 시은의 손을 물끄러미 쳐다봤다. 그러곤 눈길을 들어 시은을 올려다봤다.

이안은 걱정을 담은 눈으로 안심을 시키려는 듯 미소를 지어 보이는 시은의 손을 잡았다.

이안의 손에서 아까의 떨림도 사라져 있자 시은은 속으로 안도의 숨을 내쉬었다.

함께 그의 집으로 돌아온 이안은 시은을 소파에 앉히고는 그녀와 마주하고 앉아 양손 안에 작은 손을 가두듯 잡았다.

"의사라는 사람이, 조금 전보다 더 심각한 상황도 많이 접했을 사람이 왜 이러나 궁금하죠?"

시은은 조심스레 말을 골랐다.

"궁금해요. 하지만 이안 씨 힘들게 하는 얘기라면 안 해도 돼요."

"힘든 얘기가 맞긴 한데, 시은 씨가 또 놀라는 일이 생기면 안 되니까."

"⋯⋯."

"교통사고로 인한 트라우마가 있어요. 짐작했죠?"

시은이 바짝 긴장한 채 고개를 끄덕였다.

"파손된 승용차 내부에서 부상자가 피를 흘리고 의식을 잃은 상황을 목격했을 때 아까와 같은 상태가 돼요. 다행히 부상자를 두고 아무런 조치도 취하지 못하는 일은 없지만, 내 의무를 마치고 나면 교통사고를 당했을 때의 기억에 잠식당하죠."

막상 이안이 얘기를 꺼내자 시은은 더럭 겁이 났다. 어쩌면 조심스레 짐작해 보던 것보다 더 무거운, 듣는 것조차 아픈 이야기는 아닐까 무서웠다.

"의대 입학이 결정되고, 그해 여름에 부모님과 한국에 갔어요. 한국에서 노후를 보내는 게 부모님 꿈이었거든요. 부모님의 귀국길에 동행한 건데, 외할머니가 계신 강릉으로 가는 길에 만취 상태의 의대생이 몰던 승용차와 정면충돌했고, 눈앞에서 부모님이 떠나는 모습을 지켜볼 수밖에 없었어요."

잡은 손으로 시은이 놀란 것이 전해지자 이안이 엄지로 시은의 손등을 가만가만 쓸었다.

"병원에 입원해 있는 동안 사고를 낸 사람의 부모와 변호사가 찾아왔는데, 합의부터 요구하더라고요."

시은은 더 이상 듣지 않고도 이안이 어떤 일을 겪었을지 짐작할 수 있었다.

술에 취했었다고 형량을 줄여 주고, 반성한다고 줄여 주고, 초범이라고 줄여 주고. 무엇보다 의대생이라는 이유로 형편없는 판결을 내렸을 거다. 그리고 그 모든 과정에서 부모를 잃은 어린 이안은 극복이 불가능한 상처를 받았을 테고.

시은의 눈에 눈물이 차올랐다.

"의미 없는 가정이지만, 그런 생각을 하던 때가 있었어요. 만약 가해자의 태도가 달랐다면, 법을 집행하는 사람들이 상식적인 판결을 내렸다면, 나는 억울함과 분노에 사로잡히는 대신 온전한 애도를 할 수 있지 않았을까. 그랬다면 조금 전처럼 시은 씨를 놀라게 하는 일은 없었을 텐데 말이죠."

속눈썹을 적시는 눈물을 보며 이안은 속으로 혀를 찼다. 잘 모르는 이웃이 부상을 당해도 걱정하고 메모를 남기고 먹을 걸 나눠 주는 착한 사람이었다. 그래서 가능한 한 사실만 짧게 전하려고 했는데. 이안은 시은을 달래려 가벼운 말투로 덧붙였다.

"트라우마가 있다고 미리 말을 해 줬어야 했는데, 오늘 같은 교통사고를 목격하는 일은 흔한 일이 아닌 데다 이제 막 시작한 연애에 정신이 팔려 까맣게 잊고 있었어요. 시은 씨한테 걱정이나 끼치고, 한심한 애인이네."

"······흑."

감정을 드러내지 않으려 꾹 물고 있던 시은의 입술 사이를 울음이 비집고 나왔다. 이안이 잡은 손을 놓고 시은의 얼굴을 감쌌다.

"울지 말아요. 속상하게."

"미안해요."

"시은 씨가 왜."

"······."

자꾸만 솟아나는 눈물을 손등으로 닦아 낸 시은이 일어나자 의아한 눈으로 올려다보던 이안이 눈을 크게 떴다.

시은이 팔을 벌려 그를 가슴에 안았다. 눈을 꼭 감은 시은의 볼이 촉촉이 젖어 들었다.

이안이 안쓰러웠다. 막 성인이 된 이안이 지금처럼 담담하게 사고를 언급하기까지 홀로 보냈어야 할 시간들이 안타까웠다. 그 시간들을 위로하고 싶어 시은은 이안을 품었다.

예상치 못한 행동에 시은의 가슴에 얼굴을 묻은 채 경직되었던 이안이 조용히 눈을 감았다. 시은의 허리에 팔을 두르고는 깊이 숨을 들이켰다. 시은의 위로가 위안이 되었다.

갑자기 눈시울이 뜨끈해져 이안은 어금니를 지그시 물었다. 잠시 당황해하다 곧 자존심을 내려놓고 시은에게 온전히 자신을 맡겼다. 시은의 위로는 살얼음에 내리쬔 봄의 첫 햇살처럼 따스했다.

햇살에 살얼음이 녹을 만큼 시간이 흘렀다. 시은의 가슴에서 얼굴을 든 이안이 손을 끌어 그의 무릎에 앉혔다.

"우리 둘 다 기운 좀 나야 할 것 같죠?"

시은이 촉촉해진 눈을 하고서 고개를 끄덕였다.

"그럼 저녁 먹고 시은 씨가 준 초콜릿 먹어야겠네. 디저트는 다 먹어 버렸거든."

"내가 또 만들어 줄게요. 매일 만들어 줄게요."

"아, 매일은 곤란할 것 같은데."

마음을 편하게 해 주려는 듯 가볍게 농담을 해 오는 이안을 바라보며 시은이 고백했다.

"있잖아요, 나 실은 우리 시한부로 데이트하는 건 줄 알았어요."

"……."

너무 생뚱맞은 말에 이안은 할 말을 찾지 못했다.

"나는 몇 날 며칠을 고민하다 데이트 신청한 건데, 이안 씨는 아주 심플하게 '데이트하죠' 그러더니 다음날 무비자로 며칠이나 머물 수 있냐고 물었잖아요. 그래서 나 여행 끝나면 우리 데이트도 끝나는 거라고 생각했거든요. 근데 지금 이안 씨 얘기 듣고 내가 오해한 거 알았어요. 이안 씨의 심플했던 대답은 실은 아주 복잡한 감정과 생각을 거친 끝에 나온 거였어요."

시한부 데이트라니. 이 엉뚱한 발상은 또 어떻게 나온 건가 싶어 이안이 어이가 없다는 듯 헛웃음을 흘렸다.

"비자 때문에 한 번은 한국을 가야 할 테니까 일정을 물은 건데, 강시은 씨는 나랑 데이트 좀 하다가 가 버릴 생각이었다?"

"그게 아니라 나는 이안 씨가 그러길 원한……."

"불장난하듯이 놀러 온 김에 나랑 적당히 즐기다 가자 싶었어요?"

"오해한 거라고 했잖아요……."

"오늘 일 없었으면 나는 영문도 모르고 버려졌겠……."

시은은 놀려 오는 이안의 입술을 입술로 눌러 버렸다.

움찔하던 이안이 부드럽게 입매를 풀며 입술을 움직였다. 입맞춤이 깊어졌다.

입술이 떨어지자 시은은 좀 억울하다는 표정을 했다.

"내가 먼저 보고, 내가 먼저 반했고, 내가 먼저 데이트 신청했잖아요. 내가 더 많이 좋아한다고요. 난 마음 졸였는데 이안 씨는 엄청 덤덤해 보였고. 게다가 체류 가능한 날짜까지 묻고. 오해의 여지가 충분했잖아요."

"먼저 고백한 거 외에는 맞는 게 없는 것 같은데. 내가 언제 반했는지, 내가 얼마만큼 좋아하는지 모르잖아요, 강시은 씨는."

"……."

그 말이 마치 그가 더 먼저 반했고, 더 좋아한다는 고백처럼 들렸다.

"그리고 본 것도 내가 먼저 봤는데."

시은은 검지를 들어 단호하게 흔들었다.

"틀렸어요. 우리 공원에서 처음 마주쳤다고 생각하죠? 그 전에 이안 씨가 공원 들어가는 뒷모습 봤다고요."

"나는 그 전에 뒷모습만이 아니라 얼굴까지 봤는데."

자신만만하던 시은이 눈을 휘둥그레 떴다.

"언제요? 나 언제 봤는데요?"

"캐리어 끌고 도착했을 때."

"정말요?"

"아주 사랑스러운 사람이 이웃이 되는구나 했죠."

이안은 놀란 시은의 얼굴을 부드럽게 감싸고 얼굴을 기울였다. 다가오는 입술에 시은이 대답이 더 중요하다는 듯 고개를 뒤로 젖히며 황급히 물었다.

"그럼 나한테 반한 건요. 언제 반했는데요?"

이안은 커다란 손으로 도망가는 뒷머리를 붙잡았다.

"대답부터 해 달란 말이에요."

다른 손으로는 눈동자를 반짝이며 요구해 오는 시은의 눈을 덮었다. 눈을 깜빡이는지 속눈썹이 손가락을 간지럽혔다. 이안은 입꼬리를 올리고서 시은의 입술을 물었다.

어떤 날 1

발코니에 쏟아진 햇살이 사방으로 빛의 알갱이를 흩뿌렸다. 바닥에 반사된 햇살이 깊게 닫힌 속눈썹을 건드리자 이안이 눈매를 찌푸렸다. 빛을 피해 고개를 돌리며 무의식적으로 말랑한 온기를 끌어안았다.

다시금 달콤한 잠 속으로 빠지려던 이안이 눈을 떴다. 시은은 그의 목덜미에 머리를 기댄 채 잠들어 있었다. 이안은 시은을 깨우지 않으려 조심하며 손을 올렸다. 손차양이 만든 그림자가 얼굴 위로 드리워지자 미미하게 찌푸려 있던 시은의 눈썹이 편안하게 풀어졌다.

어젯밤, 레스토랑의 예약을 취소한 둘은 식탁에 마주하고 앉아 배달 음식을 먹었다. 후식으로 시은이 선물한 초콜릿을 먹을 때까지 이안은 슈트를 벗지 않았다. 시은은 근사한 레스토랑에서 둘만의 식사를 하는 것 같다며 즐거워했다.

잠이 쉽게 올 것 같지 않은 밤이라 커피를 내려 식탁에서 소파로 옮겨 갔다.

소파에 나란히 앉은 둘은 많은 대화를 나누었다. 주로 시은이 묻고 이안이 답하는 식이었다. 진짜 연애라는 걸 안 시은은 그동안의 궁금증을 쏟아 냈다. 이안을 알고 싶어 던져진 질문들은 그의 상처를 건드리지 않으려 정제되어 있었다. 그럼에도 이안이 혼자 버텨 온 시간이 짐작될 때면 시은의 눈동자에 울음이 차올랐고 그럴 때면 이안은 시은을 안은 팔에 힘을 주었다.

밤이 깊어 별이 또렷해지자 두 사람의 말소리가 느려졌다. 그러다 어느 순간부터 그에게 기댄 시은의 무게가 조금씩 더해졌다. 시은의 체온과 무게가 주는 안정감이 좋아 이안은 시은을 따라 눈을 감았다.

이안의 손 그늘 아래서 시은이 쌕쌕 아이 같은 숨소리를 냈다. 여러 번 운 탓에 코가 막힌 탓이었다. 그게 또 사랑스러워서 이안은 눈을 뗄 수가 없었다.

살짝 벌어진 입술 사이로 촉촉한 점막이 보였다. 얼마나 달콤한지 알고 있는 이안은 유혹을 참지 못하고 그늘을 만들어 주던 손을 내려 도톰한 아랫입술을 슬쩍 건드렸다. 그러자 입술이 움찔했다. 잠이 깬 건가 싶어 쳐다봤지만 꼭 닫힌 속눈썹은 미동도 없었다.

이안은 깨우고 싶은 유혹을 누르고 다시 손으로 그늘을 만들어 주었다.

이안의 결심이 무색하게 핸드폰이 울렸다. 얼른 팔을 뻗었지만 닿지 않았다.

벨 소리가 방해된다는 듯 시은이 얼굴을 찡그리며 그의 가슴팍에 얼굴을 비볐다. 귀여워 가슴을 들썩이며 웃자 시은이 눈을 떴다. 평소보다 조금 부어오른 눈가를 어루만지며 이안이 다정히 물었다.

"잘 잤어요? 그럼 나 전화 좀 받아도 되나?"

그제야 이안의 팔을 베고 소파에서 잠들어 버렸다는 걸 알아챈 시은이 후다닥 몸을 일으켰다.

"나 금방 씻고 올게요."

부은 얼굴을 가리면서 현관으로 달아나듯 가 버렸다. 이안이 웃음기가 남은 목소리로 전화를 받았다.

「여보세요.」

— 아침부터 즐거운 일 있나 봐. 목소리가 좋은데.

「응, 즐거워.」

— 뭔데?

「다음에 만나서 얘기해 줄게. 무슨 일이야?」

— 다음 주 응급 센터 야간인데 나랑 스케줄 바꿔 줄 수 있을까 해서. 할머니 생신을 까맣게 잊고 있었어. 건망증인가 요즘 왜 이러나 모르겠다.

「잠깐만.」

이안은 서재로 들어가 데스크 위의 탁상 캘린더를 집었다. 캘린더에 붙여 놓은 시은의 메시지에 이안이 미소를 지었다. 문법이 엉망인, 하지만 필체가 유려한 프랑스어. 동글동글 귀여운 한글.

「11월 둘째 주 근무야.」

— 11월 둘째 주. 체크했어. 그럼 그때 내가……

「나한테 제일 먼저 연락한 거지? 다른 사람들한테도 전화 돌려 봐. 그래도 대타 구하기 어려우면 다시 연락 주고.」

— 어? 어, 그럴게.

대부분의 동료는 가정이나 애인이 있다 보니 스케줄 변경이 상대적으로 쉬운 이안에게 부탁하는 경우가 잦았다. 그리고 이안은 워커홀릭답게 불가피한 상황이 아니면 늘 상대의 스케줄에 맞춰 주었다. 여태까지와는 다른 반응에 당황하던 시몬이 물었다.

— 다음 주 일정 있나 봐?

「애인이랑 보내려고.」

— ……뭐야, 애인 생겼어? 축하해, 정말로. 그래서 즐거운 일 있다고 했던 거구나. 어떻게든 대타 구하든지, 아님 할머님한테 욕먹든지 할 테니까 지금 전화한 건 잊어. 유언장에서 이름 빼 버리겠다는 협박밖에 더 하시겠어. 그럼 더 방해 않고 끊어야겠다. 다음에 같이 보자.

「그래.」

통화를 마친 이안은 욕실로 들어가 답답한 슈트를 벗어 버리고는 재빨리 샤워를 했다.

급하게 말린 탓에 아직 머리카락에 물기가 남아 있는 채로 침실을 나오자 시은이 양손에 커피 잔을 들고 서재 앞에 서 있었다. 잠에서 막 깨어났을 때는 부드러웠던 얼굴이 물기를 머금어 생기 있었다.

"여기 커피요."

"잘 마실게요."

잔을 받아 든 이안이 입술에 가볍게 입을 맞췄다.

"잘 자긴 하던데, 소파에서 불편하지 않았어요?"

"하나도요. 이안 씨는요?"

그러자 이안이 장난스럽게 얼굴을 찡그리며 오른쪽 팔을 흔들어 보였다.

"밤새 눌린 덕분에 좀 아프긴 한데. 그래도 시은 씨 숙면에 도움이 되었다니 참아야죠."

"다음에는 내가 팔베개해 줄게요."

그러자 이안이 가냘픈 팔을 훑으며 영 신뢰가 가지 않는다는 표정을 지었다. 그런 이안에게 새침한 표정을 지어 보인 시은이 서재 안쪽을 검지로 가리켰다.

"나 서재 구경해도 돼요?"

이안의 공간 중 서재와 침실은 아직 보지 못했다.

"얼마든지."

거실과는 전혀 다른 분위기의 서재 안으로 발을 내디딘 시은의 눈에 두 사람이 사용해도 충분할 것 같은 커다란 데스크가 먼저 들어왔다. 그리고 그 옆에 툭 내려놓은 백팩도.

백팩을 보며 했던 상상이 떠올라 웃자 이안이 웃음으로 통통해진 볼을 톡 건드렸다.

"또 무슨 엉뚱한 생각에 빠졌어요."

"나 이안 씨 직업 오해했을 때, 저 백팩 엄청 궁금했었어요."

"총이나 칼 같은 거 들어 있을 것 같아서?"

"그런 건 당연하고. 수갑, 가죽 장갑, 고문 도구 뭐 그런 것도 있지 않을까 했어요."

"짐작 이상으로 하드한 상상력인데. 청진기 같은 거만 들어 있다는 거 알았을 때 실망했겠네."

"엄청 실망했죠."

장난스러운 맞장구에 이안이 갑자기 데스크에 커피 잔을 내려놓더니 시은의 잔도 가져갔다. 그러곤 백팩을 집어 들며 그녀의 손을 잡아 소파 베드로 데려가 앉히고는 스툴을 끌어왔다.

"흥미롭지는 않지만 유용하기는 하죠. 아, 깜빡했네."

도로 일어난 이안이 서랍 한 칸을 열어 화이트 가운을 꺼냈다.

놀란 눈을 하던 시은이 그가 가운을 입는 모습을 지켜보았다. 화이트 가운을 입은 이안은 상상하던 것보다 훨씬 더 섹시했다.

가운을 걸친 이안이 백팩에서 청진기를 꺼내 목에 걸고는 스툴을 바짝 당겨 앉았다. 시은의 다리가 그의 다리 사이에 꼼짝없이 갇혔다.

"설마 진찰하려는 거예요? 나 아픈 곳 없는데."

새삼 반한 눈을 하고서 묻자 이안이 청진기의 이어플러그를 귀에 꽂고는 원피스 단추 하나를 풀어 동그란 다이어프램을 심장 쪽으로 약간 밀어 넣었다.

"시은 씨가 나랑 불장난만 하려는 건지 진짜 연애를 하려는 건지 확인해 보죠."

이안이 입꼬리를 씩 올렸다. 처음 봤을 때부터 눈길을 사로잡았던 눈동자로 빤히 응시하면서였다. 이안이 단추를 풀 때부터 두근거리던 심장이 쿵 소리를 냈다.

"더 빨라지네."

이안의 미소가 짙어졌다.

긴장과 설렘이 뒤엉킨 눈으로 이안을 바라보던 시은이 긴장을 풀려는 듯 깊게 숨을 들이켰다. 시은의 가슴이 크게 부풀었다 가라앉았다. 청진기를 쥔 이안의 손이 부드럽고 따뜻한 물결 같은 움직임에 덩달아 오르내렸다.

웃음기가 사라진 이안의 눈동자가 순식간에 열기로 채워졌다. 그걸 본 시은의 눈동자가 떨렸다.

간질간질 장난 같던 분위기가 한순간에 농밀해졌다.

떨림을 견디지 못한 시은의 가슴이 또 한 번 부풀었다. 부드러운 움직임에 유혹당한 듯 이안이 눈동자를 미끄러트렸다. 시은이 그의 눈길을 따라 고개를 숙였다. 벌어진 옷자락 사이로 브래지어의 레이스가 보였다.

겨우 속옷 조금 보인 것뿐인데, 진료실에서는 지금보다 더 많이 맨살을 보였었는데, 그때와는 비교도 되지 않게 긴장되었다. 가슴의 굴곡과 살갗을 더듬는 이안의 눈동자 때문이었다. 맨살에 와 닿은 햇살보다 그의 눈빛이 더 뜨거웠다.

욕망을 드러낸 그의 눈동자에 당황한 시은이 원피스 자락을 그러쥐고는 마른침을 힘겹게 삼켰다.

가슴을 떠난 이안의 눈동자가 다시금 시은을 마주했다.

시은은 청진기가 없이도 자신의 심장 박동 소리를 들을 수 있었다. 심장이 너무 뛰어 통증마저 느껴졌다.

이 긴장감이 지속되면 진짜로 심장이 터질 것 같아서 마른 입술을 안으로 말아 적시고는 목소리를 냈다.

"……엄청 크고 빠르게 뛰죠? 나 이안 씨 엄청 좋아하나 봐."

"내 심장 소리, 들려줄까요?"

열정에 잠식되어 깊어진 목소리는 은밀한 유혹처럼 들렸다.

이어플러그를 귀에 꽂아 준 이안이 시은의 손을 잡아 동그란 다이어프램을 쥐여 주었다.

시은은 이안이 끄는 대로 그의 심장 위로 청진기를 가져갔다. 청진기로 누군가의 심장 소리를 듣는 경험은 처음이었다.

이안의 심장 소리가 들렸다. 묵직하고도 세찬 박동에 시은의 눈이 커다래졌다.

"내 심장이 확실히 더 **빠르죠**."

물음이 아닌 확신이었다. 쿵쿵 귀를 울리는 그의 심장 소리가 고백처럼 들렸다. 그 소리에 집중했다. 이안의 심장은 이런 소리를 내는구나.

시은은 이안이 했던 것처럼 손을 조금 옆으로 움직였다. 그러자 그때까지 가슴을 내어 준 채 미동도 없던 이안이 손을 들어 시은의 목덜미를 감쌌다. 느릿하고 은밀하게 감싸 오는 커다란 손에 아랫배가 조여드는 기분이었다.

스르르 눈을 감은 시은의 입술이 살며시 벌어졌다. 이안은 입맞춤을 기다리는 달콤한 입술을 기꺼이 덮었다. 부드럽게 입술을 머금은 것과 달리 속옷에 감싸인 가슴을 감싸 쥐는 손짓에 조급함이 느껴졌다.

시은은 입술과 가슴을 내어 준 채로 그의 심장 소리를 들었다. 이안의 고백은 한층 강해졌다. 그 고백에 취한 것처럼 시은은 어지러웠다.

이안은 시은의 귀에서 이어플러그를 빼고서 솜털이 반짝이는 귓불을 입술로 문 뒤 얼굴을 내려 목덜미에 자잘한 입맞춤을 쏟아부었다.

"하……."

시은의 입술에서 긴장과 떨림이 섞인 호흡이 흘러나왔다.

성급한 손가락에 단추가 마저 풀리고 브래지어가 벗겨졌다. 새하얀 가슴이 이안의 시선에 노출되었다. 그의 손길이 닿은 연한 분홍색 정점은 이미 단단해져 있었다.

이안과 시은의 눈이 마주쳤다. 이안은 눈을 떼지 않은 채 천천히 고개를 숙였다. 햇살 아래 환히 드러난 시은의 속살에서 달콤한 향이 났다. 향에 유혹당한 사람처럼 이안은 서둘러 가슴을 물었다.

시은의 가슴은 입술처럼 달았다. 이안은 입을 벌려 좀 더 욕심을 냈다. 처음 맛보는 것에 집중하듯 미간을 접은 채였다.

시은은 가슴을 파고드는 이안의 머리를 껴안았다.

따뜻하고 커다란 손이 다리 사이로 미끄러지듯 들어오자 시은은 신음이 터져 나올 것 같아 떨리는 입술을 꾹 물었다.

어느 순간 속옷마저 벗겨져 소파 베드에 눕혀진 시은의 위로 이안이 올라탔다. 스스로도 자신을 제어할 수 없어 성급하게 시은의 안으로 들어갔다.

이안의 등줄기에 닿은 햇살이 그의 근육을 따라 리드미컬하게 움직였다. 이안에게 매달린 시은이 그와 함께 흔들렸다.

시은은 따뜻한 파도에 몸이 쓸려 갈 것 같은 아찔함에 이안에게 바짝 달라붙었다. 이안은 서재를 달군 햇살보다 더 뜨겁게 부드러운 속살을 파고들었다.

모든 걸 다 말려 버릴 듯 건조한 공간 속에서 두 사람을 감싼 공기만이 점점 습도를 높이고 있었다.

기분 좋은 미소를 지으며 기지개를 켠 시은이 침대에서 내려섰다. 창문을 열자 아침 인사처럼 익숙한 커피 향이 흘러들었다. 서둘러 씻고서 발코니로 뛰어나가자 이안이 막 내린 커피를 건넸다.

"고마워요. 역시 모닝커피가 가장 맛있어."

이안이 고개를 숙여 커피로 촉촉해진 입술을 슬쩍 훔쳤다.

"가장 맛있는 거 맞네."

"……."

장난스러운 미소를 머금은 이안이 다시금 고개를 숙였다. 시은은 양손으로 커피 잔을 꼭 움켜쥐고 한껏 발꿈치를 올린 채 그의 키스를 받았다.

시은의 입술을 손가락으로 쓸어 그의 타액을 지워 준 이안이 난간 위에 빵 봉투를 놓아 주었다.

오늘은 뭘 사 왔을까. 기대를 안고서 봉투를 펼치는 시은은 마치 보물 상자를 여는 아이처럼 보였다.

"크루아상이다."

버터와 달걀 그리고 설탕을 듬뿍 넣은 발효 반죽으로 만드는 비에누아즈리 중에서 아침 식사용으로 가장 많이 사랑받는 건 크루아상이었다. 팽 오 쇼콜라, 에스카르고, 브리오슈. 다양한 종류를 모두 맛본 시은 역시 크루아상에 가장 자주 손이 갔다.

"혼자 먹기 미안할 만큼 맛있는데, 딱 한 조각만 먹어 볼래요?"

이안이 얼굴을 가까이 하며 살짝 입을 벌리자 시은이 한입에 넣기 좋게 뜯어 입에 넣어 주었다.

"맛있죠?"

이안이 고개를 저었다. 그러자 시은이 얄밉다는 듯 눈을 흘겼다.

피식 웃은 이안이 빵을 나눠 준 시은의 입술에 가볍게 입을 맞췄다. 맛있는 커피 맛이 나던 입술이 이번에는 부드럽고 달콤한 빵 맛이 났다.

사이좋게 아침 식사를 마친 두 사람은 함께 공원으로 향했다.

공원 숲길 초입에서 잡았던 손을 놓은 이안이 시은의 머리에 카디건 후드를 씌워 주었다.

"산책 잘해요."

"이따 봐요."

팔랑팔랑 손을 흔드는 시은의 얼굴을 양손으로 감싸 쥐고서 입술을 꾹 누른 이안이 미소를 남기고 걸음을 돌렸다. 순식간에 보폭을 넓힌 이안이 저 멀리 달려갔다. 더 이상 보이지 않을 때까지 지켜보던 시은도 돌아서 어슬렁어슬렁 걷기 시작했다. 새벽 공기에서 벌써 가을 냄새가 났다.

"여름만 보고 갈 줄 알았는데."

유리 막을 사이에 두고 어깨를 맞대고 서서 커피를 함께 마시고, 이안은 조깅을 그리고 시은은 산책을 하러 나온다. 며칠 만에 만들어진 둘의 루틴이었다. 그런데도 시은은 이안과 진짜 연애를 시작했다는 사실이 실감 나지 않을 때가 있었다. 지나치게 달콤해서 그런지도 몰랐다.

카디건 주머니에 손을 찔러 넣고서 걷던 시은이 익숙한 나무둥치 주위로 뼈죽 솟은 달래를 보고는 배시시 웃었다. 불법 행위라고 겁주던 이안의 표정이 떠올랐다.

우물로 통하는 샛길을 지나치며 시은은 이안에게 데이트를 신청했던 때를 상기했다. 용기 내길 잘했지. 가끔은 살짝 미치는 것도 나쁘지 않네.

그러다 시은은 문득 궁금해졌다.

"무슨 생각 하면서 달릴까?"

집중력 강한 사람이니까 달릴 때에는 오로지 달리는 행위에만 몰두하지 않을까. 사랑을 나눌 때 그러는 것처럼.

갑자기 처음으로 서재에서 사랑을 나눌 때의 이안이 떠올랐다.

화끈거리는 뺨에다 바지런히 손부채질을 할 때였다. 누군가 달려오는 소리가 들렸다.

"어?"

이안이었으면 좋겠다고 생각했는데 진짜로 이안이 나타났다. 반가운 얼굴로 손을 흔들어 보였다.

획— 바람처럼 스쳐 가야 할 이안이 시은의 앞에 멈춰 섰다.

"왜 멈춰요?"

이안이 어리둥절해하는 시은의 이마에 입을 맞췄다. 그러더니 획하고 다시 달려가 버린다.

"뭐야."

얼떨떨해하던 시은이 해사한 미소를 머금고서 다시금 걸음을 뗐다. 보고 싶어서 이쪽 코스를 도는 건가 했는데. 달리던 걸 멈추고 뽀뽀를 하고 갔다. 로맨틱한 행동과는 달리 서늘한 인상을 닮은 차가운 바람 내음을 풍기며.

이안의 입술 감촉이 남아 있는 것 같은 이마를 만지작거렸다. 기분이 좋아서 입꼬리를 올린 채 걸었다.

그리고 얼마 지나지 않아 익숙한 발소리가 또다시 가까워지더니, 이안이 나타났다.

이안의 가쁜 호흡이 볼을 간지럽혔다. 따뜻하고 부드러운 입술 감촉이 채 사라지기 전에 또 모습을 드러냈다.

"달리다 멈추면 힘들지 않아요?"

"조금."

조금 힘든데도 좋아서 멈추고 달리고를 반복하고 있다는 말이었다. 마치 매일매일 부피를 더해 가는 감정이 신기하다는 듯, 그리고 그 감정이 넘쳐 표현하지 않고서는 참을 수 없다는 듯이.

이안의 짙은 눈동자가 입술에 닿자 시은은 고개를 들며 발꿈치를 한껏 들어 올려 먼저 입 맞췄다.

시은의 산책 코스를 조깅 코스로 삼은 이안은 눈앞에 나타났다 사라지기를 반복했다.

그의 루틴에 또 변화가 생겼다. 기계처럼 정확한 루틴을 이어 가는 이안은 멋있고, 루틴 안에서 변수를 두는 이안은 섹시했다.

금세 또 나타날 이안을 기대하며 걸었다. 이안이 달려왔다.

어떤 날 2

산딸기를 담은 접시를 낮은 테이블에 내려놓은 이안이 소파에 앉자 시은이 상체를 숙여 산딸기 몇 개를 집어 입에 넣고는 그의 옆에 찰싹 달라붙었다. 좀 더 편한 자세를 잡으려 몸을 뒤척이는 동안 이안은 한 팔을 들어 올린 채 붙박이처럼 꼼짝도 하지 않았다.

꼼지락거림이 멈추자 시은의 어깨에 팔을 두르며 이안이 물었다.

"편해요?"

"네."

시은이 양손에 펼쳐 든 프랑스 지도에 눈을 둔 채 고개를 끄덕였다. 아넨시는 지지난 주에 갔었고, 그르노블은 지난 주말에 갔고. 이번 주말여행을 위해 리옹 인근 도시를 훑어보던 시은이 한 지점을 가리켰다.

"여기 아비뇽 다리가 있는 그 아비뇽이에요?"

장난치듯 시은의 머리카락을 만지작거리던 이안이 관자놀이에 입을 맞추고는 대답했다.

"그 아비뇽."

"가 봤어요?"

"어릴 때 한 번."

"어때요?"

"아담하고 평화로운 소도시. 중세 시대에 지은 교황청이 있는 데다 크림색 건물들이 많아서 고풍스러운 분위기가 나죠."

"교황청도 있구나. 그렇지만 난 아비뇽 다리부터 가 보고 싶어요."

"왜?"

"다리 위에서 사람들이 손잡고 '아비뇽 다리 위에서' 부른다는데 진짜로 그런가 보고 싶어서요. 좋아하는 동요거든요."

"어학원에서 배웠어요?"

시은이 웃으며 고개를 저었다.

"초등학교 교과 내용에 세계 동요가 나와요. 쉬흐 르 퐁 다비뇽 온 이 당스 온 이 당스(sur le pont d'Avignon, on y danse, on y danse)—"

시은이 기억을 더듬어 흥얼거렸다. 그러자 이안이 웃는지 등에 닿은 그의 가슴이 작게 들썩였다. 꼭 음치라고 놀리는 것처럼.

시은이 고개를 휙 돌려 이안을 보며 가늘게 눈을 떴다. 눈웃음을 짓고 있던 이안이 콧등에 쪽 입을 맞췄다.

"왜 웃어요?"

"노래도 시은 씨답게 부른다 싶어서."

"무슨 의미예요?"

"썩 잘하진 않는데 그게 어울린다는 의미."

"뭐, 칭찬으로 받아들이죠."

새치름한 말투에 눈꼬리를 깊게 접은 이안이 고개를 좀 더 숙여 이번에는 입술에 입을 맞췄다.

촉촉해진 입술을 손끝으로 만지작거리던 시은이 물었다. 입맞춤의 여파로 목소리가 살짝 떨렸다.

"아비뇽까지는 기차로 얼마나 걸려요?"

"한 시간 반쯤 되려나."

"생각보다 가깝구나. 근데 우리 가는 곳마다 다 이안 씨가 이미 가 봤던 곳인데, 그래도 괜찮아요?"

"내가 갔던 곳인지 아닌지 여부는 중요하지 않으니까 시은 씨가 가고 싶은 곳으로 정해요. 참고로 해마다 같은 장소로 바캉스 가는 프랑스인들 꽤 많아요. 새로운 곳을 알아 가는 것만큼 좋았던 곳을 다시 방문하는 것도 나쁘지 않으니까."

이안이 아비뇽에서 약간 떨어진 곳을 가리켜 보였다. 아비뇽보다 작은 도시인지 지도 위의 글자가 작고 흐렸다.

"아비뇽 가는 김에 아를도 잠깐 들르는 건 어때요?"

"지도상으로는 아주 가까운데 여긴 기차로 얼마나 걸려요? 작은 도시라서 고속 열차는 안 지나려나?"

"일반 열차로 15분 정도. 정확한 건 예매하면서 확인하죠."

대답하며 이안이 시은의 어깨를 가만히 쓰다듬었다. 시은은 여행할 도시를 선택할 때 기차로 가는 것이 가능한지부터 확인했다. 승용차를 타는 것만으로는 트라우마를 유발하지 않는다는 걸 알면서도 그렇게 마음을 썼다. 마음을 쓴다는 걸 알게 되면 그가 신경 쓸까 봐 애써 감추면서. 그래서 이안도 모른 척했다.

"생각보다 더 가깝네요? 그럼 우리 아를도 가요. 근데 아를에는 뭐가 있어요?"

"반 고흐."

시은이 커진 눈으로 이안을 쳐다보더니 몸을 틀어 그와 마주하고 앉았다. 발음이 같은 도시들이 있어 반 고흐가 살았던 그 도시일 거라고는 미처 생각지 못했다.

"아를도 가 봤어요?"

이안이 고개를 끄덕이는 것으로 답을 대신했다.

"반 고흐 카페도요? 어때요?"

"선입견 가질 수 있으니까 직접 확인해 봐요."

"그렇게 말하니까 살짝 미심쩍긴 한데, 그래도 기대된다. 그럼 우

리 아비뇽 말고 아를에서 자요. 고흐가 그린 그림처럼 밤에 론강 수면
에 별빛이 드리워진 것도 보고요."

이안은 기대로 눈을 반짝이며 제안하는 시은의 이마에 입을 맞췄
다.

"아비뇽에서도 자고 아를에서도 자죠. 금요일 저녁에 출발하면 되
니까."

"신난다."

이안이 웃으며 시은의 콧등에 코끝을 비볐다.

오후 진료를 마친 이안은 진료실 근처 카페에서 그를 기다리던 시
은을 데리고 곧장 기차역으로 향했다.

금요일이라 1등석에도 빈 좌석이 드물었다. 아비뇽과 엑상프로방
스를 경유해 마르세유가 종착지인 열차가 리옹역을 출발했다.

도심을 벗어나자 초록 들판이 보이더니 어느 순간 보라색으로 바
뀌었다.

"남쪽이라 해가 길어서 이 시간에도 풍경 감상할 수 있어서 좋아
요. 근데 저거 다 라벤더죠? 나 라벤더 저렇게 많은 거 처음 봐요."

"라벤더는 이미 졌고, 저건 사프란."

"아, 사프란이구나."

시은은 지평선을 물들인 사프란을 감상하고 이안은 턱을 괴고서 그런 시은을 감상했다. 보라색이 만들어 내는 광경에 홀려 있던 시은이 고개를 돌리며 물었다.

"혹시 아비뇽에서 아를 갈 때 차창으로 해바라기 볼 수 있어요?"

"지금 이 들판보다 더 넓죠."

"예쁘겠다."

그렇게 말하는 시은의 미소가 예뻤다. 이안은 시은에게로 손을 뻗어 뒷머리를 감싸고는 도톰하고 달콤한 입술을 깊이 눌렀다.

쪽— 젖은 살갗이 붙었다 떨어지는 소리가 나자 시은이 쑥스러운 얼굴을 하고서 손등으로 입술을 가렸다. 아무도 신경 쓰지 않는데도 사람들이 있는 곳에서 입을 맞추는 건 여전히 잘 적응되지 않았다.

이안이 시은의 손목을 잡아 내리고는 촉촉한 입술을 살폈다.

"왜? 아파요? 안 깨물었는데."

입술을 떼기 전 아랫입술을 입술로 살짝 빨았을 뿐이다.

"……이안 씨가 프랑스인이라는 걸 가끔 까먹어요."

이안이 턱을 괴고 무슨 의미냐는 듯 물었다.

"이렇게 사람들 많은데 아무렇지 않게 막 뽀뽀하잖아요."

"아."

그런 거였냐는 표정을 하던 이안이 물었다.

"신경 쓰여요?"

시은이 고개를 끄덕였다.

"밖에서는 입 맞추는 거 그만뒀으면 할 만큼?"

방금 이안이 빨았던 아랫입술을 지그시 문 시은이 작게 고개를 저었다.

"아뇨."

좀 신경 쓰이지만 그만두는 건 또 싫었다.

솔직하고도 사랑스러운 대답에 스르르 눈꼬리를 접은 이안이 또다시 고개를 숙였다.

바깥 풍경보다는 서로에게 눈을 맞추고 있는 시간이 더 많았다. 그동안 부지런히 달린 고속 열차가 아비뇽에 시은과 이안을 내려 주었다.

가로등을 밝힌 아비뇽의 밤거리를 산책하는 건 꽤 근사한 일이라는 걸 아는데도 이안은 룸서비스로 주문한 저녁 식사를 마치자 피곤하다는 핑계로 시은을 품에 가두었다.

"거짓말."

이안이 얼마나 체력이 좋은지 잘 아는 시은이 눈을 흘겼다. 핀잔을 주면서도 슬그머니 그의 목에 팔을 둘렀다.

늦잠을 잔 바람에 조식 타임을 놓쳐 버려 호텔 근처 카페에서 샌크림을 잔뜩 올린 와플을 먹던 시은이 어제는 미처 보지 못한 아비뇽에 대한 감상을 전했다.

"한 시간 반 거리면 아주 먼 것도 아닌데 리옹이랑은 분위기가 다르네요. 이안 씨 말대로 크림 색감이에요."

그리고 리옹보다 남쪽이라 조금 더 더웠다.

느긋하게 브런치를 먹고서는 카페를 나와 손을 잡고서 한량들처럼 걸었다. 골목길을 탐방한 지 얼마 지나지 않아 목적지인 아비뇽 다리가 보였다. 딴짓을 하고 걸어도 금방 다다를 만큼 도심과 이어져 있었다.

강 중간에서 뚝 끊겨 버린 다리는 멀리서도 눈길을 끌었다. 가까이 다가가자 누군가가 흥얼거리는 노랫소리가 들렸다.

시은이 노래를 부르던 기억이 나 동시에 서로를 바라본 둘에게서 웃음이 흘러나왔다.

이안은 어제저녁 관광보다는 호텔에서 있자고 꼬드겼던 일을 반성하듯 충실한 가이드로 변신했다. 아비뇽 다리가 끊어진 원인과 끊어진 채로 둔 생각보다 싱거운 이유를 알려 주는 등 이안의 가이드 역할은 14세기에 교황이 머물렀었다는 교황청에서도 이어졌다.

아담한 아비뇽 도심을 구경한 두 사람이 다시 호텔로 돌아왔다. 아를로 출발하기 전 간단하게 씻고 옷을 갈아입기 위해서였다.

호텔 룸으로 들어온 시은이 소파에 털썩 널브러졌다. 손바람으로 사과처럼 발간 볼을 식히며 기운 없는 목소리로 중얼거렸다.

"리옹보다 더 건조하고 더 덥다. 돌아다닐 때는 재밌어서 몰랐는데 객실 들어오니까 갑자기 피곤이 몰려드는 거 같아. 누가 좀 씻겨 주면……!"

말실수를 깨닫고는 얼른 손바닥으로 입을 막았지만 이안은 어느새 장난기 가득한 얼굴로 다가왔다.

"기꺼이 도와주죠."

"아니, 아니, 그게 아니라. 피곤하면 다들 하는 표현이었다고요."

시은이 다급하게 손을 흔들며 접근을 막으려 했지만 이안은 손쉽게 파닥이는 양손을 잡아 시은을 일으키고는 그의 목에 손을 감게 만들었다.

"……"

시은을 가볍게 안아 든 이안이 욕실로 들어가며 붉어진 뺨에 입을 맞췄다. 돌아다니느라 뜨끈해진 볼이 탐스러운 복숭아를 닮아 있었다. 이안은 복숭아를 깨물 듯 슬쩍 입술로 물었다.

"……보이는 데는 안 깨문다고 해 놓고는."

"깜빡했다. 지금부터는 안 보이는 데만 깨물게요."

"……"

이안이 뻔뻔하게 굴 때면 그랬듯 시은은 싫지 않은 얼굴로 이안의 목을 꽉 끌어안았다.

아를은 아비뇽에서 일반 열차로 15분 정도 떨어진 거리의 소도시였다. 5만 명 남짓한 사람들이 살고 있는 작은 도시는 반 고흐의 흔적을 찾아드는 관광객들이 끊이지 않았다.

기차역에서 내린 두 사람은 호텔에 캐리어를 맡긴 뒤 고흐의 그림으로 유명해진 카페부터 향했다.

고흐의 〈밤의 카페 테라스〉 복제품을 걸어 놓은 카페 벽면과 햇빛을 막아 주는 차양 등 모든 것이 온통 노란색이었다.

노란색 페인트로 칠한 벽면을 등지고 앉아 기대 가득한 눈으로 커피를 한 모금 마시던 시은이 콧잔등을 찡그렸다.

"엄청 쓰다."

쓰기만 한 게 아니라 맛도 없었다. 시은의 반응을 기대하던 이안이 빙긋이 웃었다.

"선입견 가지지 말라더니 이래서 맛있는지 아닌지 미리 말해 주지 않았던 거구나. 그래도 반 고흐가 즐겨 왔던 곳이라는 것만으로도 충분히 좋아요."

초롱초롱한 눈으로 주변을 둘러보던 시은이 들뜬 얼굴로 말했다.

"신기해요. 그림하고는 살짝 다른데도 꼭 고흐의 그림 속에 들어와 있는 기분이에요. 저기 하늘 좀 봐 봐요. 리옹 하늘도 맑고 파랗다 싶었는데 여기는 훨씬 더 눈부셔요."

청량한 색감에 빠져 탄성을 내뱉던 시은이 이안의 침묵에 의아하다는 듯 하늘에서 시선을 내렸다. 턱을 괴고서 자신을 빤히 바라보는 이안의 눈동자와 만났다.

"왜 그렇게 봐요?"

"예뻐서."

지독히 덤덤한 말투가 설탕 가루를 묻힌 것처럼 달콤하게 들렸다.

사람 눈 빤히 보면서 대놓고 예쁘다고 하니까 어쩐지 좀 쑥스러웠다. 한두 번 듣는 말도 아닌데 여전히 적응이 되지 않았다. 달아오르는 볼이 간지러워 손끝으로 깔짝거리자 이안이 손을 잡아 방해했다.

"상처 나요."

"상처 안 나요. 마구 긁은 것도 아닌데."

"피부 약하잖아. 뽀뽀 좀 했다고 발갛게 흔적 남는데."

시은이 어이없다는 듯 새침하게 눈을 흘겼다.

"그게 무슨 뽀뽀 좀 한 거야. 막 빨아 놓고는. 빵 사러 갔다가 볼이 발갛네요, 라는 소리 들었다고요."

"볼이 발개서 예쁘다는 말이었겠지."

"무슨 말 안 되는 소리예요."

"이제부터는 눈에 잘 안 띄는 곳만 빨겠다는 약속 꼭 지킬게요."

"……."

거짓말일 게 뻔한 뻔뻔한 말에 발개진 볼을 한 시은에게서 또다시

매서운 눈초리가 날아왔다.

옆 테이블에 앉은 노부부가 그런 둘을 곁눈질했다. 손을 잡고 있는 걸 보면 연인인 것 같은데, 서늘한 눈매를 가진 남자는 턱을 괸 채 덤덤한 말투를 던지고 있었고, 그때마다 여자는 그를 쏘아보며 되받아치는 것 같았다.

「여행 온 것 같은데 다투나 보네. 이왕 여행 온 거 즐기다 가지.」

「젊으니 티격태격할 수도 있지 뭘. 그래도 손 안 놓고 있는 거 보면 저러다 또 금방 화해하겠지. 그럴 나이잖아.」

이안이 피식 웃음을 흘렸다. 시은이 궁금해하는 얼굴을 하자 이안이 노부부의 대화를 전해 주었다.

"풋!"

「거봐. 또 금방 풀어져서 저렇게 웃잖아.」

"웃는다고 안심하시는데요."

"그래요? 다행이다."

둘은 쓴 커피를 사이에 두고서 달콤한 웃음을 주고받았다.

노란 카페를 나온 두 사람은 고흐를 매혹시켰던 아를을 본격적으로 탐방하기 시작했다. 반 고흐의 도시인 아를은 곳곳에 고대 로마의 흔적을 간직한 곳이기도 했다.

2,000년 전에 지어진 원형 경기장과 새로운 랜드마크로 우뚝 솟은 프랑크 게리의 건축물 루마 아를까지 구경한 두 사람은 자전거를 타고 론강 변을 산책했다.

리옹의 강변을 연상케 하는 풍경을 즐기며 달리던 시은이 중얼거렸다.

"목마르다."

작은 목소리를 놓치지 않은 이안이 물었다.

"뭐 마시고 싶어요?"

"딸기 아이스크림요."

시은이 아이처럼 눈을 빛내며 대답하자 이안이 피식 웃고는 안전한 곳을 가리켜 보였다.

"저기서 멈추죠."

자전거를 세운 이안은 시은에게 벤치에 앉으라는 듯 손짓했다.

"여기서 기다리고 있어요."

다시 안장에 오르며 덧붙였다.

"잘생긴 남자가 꼬신다고 넘어가지 말고. 강시은 씨 얼굴에 약하잖아."

공원에서 처음 마주쳤을 때 너무 잘생겨서 눈을 뗄 수 없었다는 고백을 듣고 난 후로 가끔 저렇게 놀리곤 한다.

"글쎄요, 당장 5분 후에 무슨 일이 벌어질지 누가 알아요. 이안 씨보다 잘생긴 남자가 말 걸면 넘어갈 수도 있죠. 그러니까 빨리 와요."

능청스러운 대꾸에 또 입바람을 흘린 이안은 아이스크림 가게를 찾아 페달을 밟았다.

능숙하게 달려 나가는 이안을 사랑이 담긴 눈으로 바라보던 시은이 하늘로 눈길을 돌렸다. 사진으로는 이 예쁜 색감을 그대로 담아낼 수 없었다. 그래서 그림으로 옮긴 건가.

"진짜 예쁘다. 고흐가 왜 아를을 선택했는지 알겠네."

아이스크림을 테이크아웃해 시은을 향해 달려오던 이안이 브레이크를 잡았다. 자전거에서 내려 곁으로 다가갈 때까지도 시은은 인기척을 눈치채지 못하고 있었다. 주변에는 강변을 즐기는 사람들로 북적거렸고, 이안은 소리 없이 다가갔고, 시은은 청명한 하늘에 빠져 있었기 때문이었다.

아를의 햇살은 눈부시다는 말로는 부족했다. 이안은 눈을 가늘게 접고서 햇살보다 더 환하게 빛나는 시은을 바라보았다. 존재만으로 빛이 되는 사람이 있다. 이안에게 시은은 그런 존재였다. 이안은 자신 안으로 스며든 빛에게로 걸어갔다.

하늘에 하얀 직선이 그려지고 있었다. 하늘 높이 떠오른 비행기가 파란 도화지에 하얀색 크레파스로 쭉 줄을 그은 것처럼 경쾌한 선을 남기며 날아가는 중이었다. 시은은 샤를 드골 공항에서 리옹행 비행기를 타기 위해 정신없이 게이트로 달려가던 때를 떠올렸다. 그때만 해도 지금 같은 일들이 벌어질 줄은 상상조차 못 했다. 로맨틱한 파스텔 톤의 도시가 마음에 들었는데, 그런 도시에서 근사한 남자를 만났다.

시은은 핸드폰의 카메라 기능을 켜 반 고흐가 반했다는 아를의 하늘에 가져갔다. 새파란 하늘에 뭉게뭉게 떠 있는 구름과 비행기가 남기고 간 흔적을 저장하려는 순간 화면 안으로 딸기 아이스크림이 불쑥 들어왔다.

"아!"

아이스크림 뒤로 이안이 스윽 얼굴을 드러냈다. 시은은 진짜 이안을 두고서 화면 속 이안에게서 눈을 떼지 못했다. 이안이 눈부시게 웃고 있었다.

눈도 깜빡이지 못하고 홀린 듯 바라보던 시은이 핸드폰을 내리고는 진짜 이안을 바라보며 환하게 웃었다.

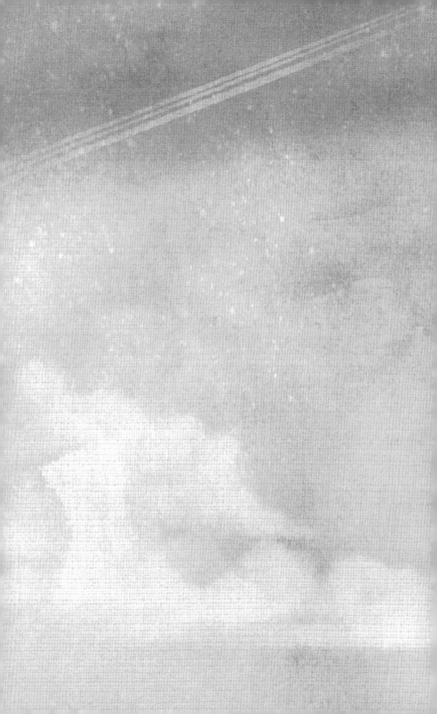

안착

이제 겨우 새벽 4시라는 걸 확인한 이안이 눈을 감았다. 하지만 얼마 지나지 않아 도로 눈을 뜨고는 침대에서 내려섰다. 이미 잠은 달아난 상태였다.

시은이 비자 취득을 위해 한국으로 돌아가자 기다렸다는 듯 불면증이 찾아들었다. 하지만 오늘은 여느 때의 불면과는 달랐다.

오늘, 시은이 온다.

몇 주간의 불면으로 인해 날카로워졌던 눈매가 모처럼 부드럽게 풀어졌다.

커피를 내려 서재로 들어간 이안은 데스크에 앉아 휴가 스케줄을 살폈다. 시은의 귀국에 맞춰 오늘부터 2주간의 휴가가 시작되었다.

시은이 좋아한다는 눈을 실컷 즐길 수 있게 휴가지는 몽블랑으로 정했다. 한겨울에도 영하로 떨어지는 날이 드문 리옹은 눈이 내리는 날역시 드물어 스키를 즐길 수 있는 곳을 선택했다. 시은이 마음에 들어하는 제네바와도 가까운 곳이었다.

시간이 더디게 흐르고 있었다. 수시로 시계를 보던 이안이 일어나 트레이닝복으로 갈아입었다. 새벽 6시 20분. 늦가을의 공원은 여름과 달리 어스름한 기운이 여전히 가시지 않은 채였다. 이안은 달빛과 가로등 빛을 벗 삼아 시은이 좋아하던 산책 코스를 달렸다. 초록이 생기를 뿜어내던 숲길은 단풍으로 물들어 있었다.

조금 거칠어진 호흡으로 공원을 빠져나와 헝클어진 머리카락을 쓸어 올리며 걷던 이안이 걸음을 늦췄다. 그의 침실 창턱에 올려 둔, 시은이 놓고 간 무드 등에 이제 막 어둠을 비집고 나온 햇살이 닿아 있었다. 해가 짧아져 햇살을 많이 품지 못한 무드 등은 여름에 비해 일찍 빛을 소진했다. 이안의 취침 시간과 비슷한 시간에 꺼져 버리는 등이 마치 불면에 시달리는 그에게 잠을 청하라고 말하는 듯했다.

무드 등이 다시 빛을 채울 준비를 하고 있었다. 저 빛의 주인이 돌아온다. 이안의 얼굴에 따뜻한 미소가 번졌다.

샤워를 하고 다시 집을 나온 이안은 트램을 타고서 도심 속 공원묘지를 찾았다. 동심원 형태의 공간을 여덟 칸으로 나눈, 구획 정리가 잘된 길을 걸어 깔끔한 돌판 앞에 멈춰 섰다.

이안은 허리를 굽혀 액자의 유리를 덮은 낙엽을 치웠다. 액자 속 부모님은 변함없는 모습으로 웃고 있었다. 시은이 놓아둔 화분에는 꽃이 폈다.

시간이 흐르는 공간 속에 서서 시간이 멈춰 버린 부모를 바라보는 이안의 눈동자는 격한 폭풍을 지나고 난 바다처럼 평온해 보였다.

'두 분은 이곳에 묻히고 싶었을까.'

부모를 앗아 가고, 부모의 죽음을 모욕한 곳에 두 분을 묻고 돌아오고 싶지 않았다. 단 한 번의 고민도 없이 부모님의 유해를 안고 돌아왔었다.

하지만 사고로 인한 외상이 아물고, 불면과 악몽으로 점철된 밤의 시간이 조금씩 편안해지고도 한참이 지난 후, 손을 맞잡고 평온하게 산책하는 노부부를 보며 문득 그런 물음이 떠올랐다.

'두 분은 이곳에 묻히고 싶었을까.'

한번 떠오른 물음은 무시할 수 없는 무게로 이안을 괴롭혔다. 이미 답을 알고 있기 때문이었을 거다. 그럼에도 외면했었다.

부모님의 의사를 물을 수 있다면, 아마도 자식의 괴로움을 보는 것보다 이국땅에서의 외로움을 선택하셨을 거다.

그에게는 타국이지만 부모님에게는 돌아가고픈 고국이었다.

이안은 깊게 숨을 들이켰다.

'곧 원하시던 고향에서 쉬실 수 있도록 할게요.'

오래 외면했던 물음과 정면으로 마주한 이안은 무언의 약속을 남겼다.

묘지를 빠져나가는 이안의 걸음이 점점 빨라졌다. 시은이 그가 있는 곳으로 날아오고 있었다.

— 프랑크푸르트에서 환승하시는 승객들께서는 게이트를 확인하시길 바랍니다.

기내에서 안내 방송이 흘러나왔다. 그리고 얼마 후 바퀴가 지면에 쿵 닿으며 비행기가 착륙했다. 시은은 얼른 핸드폰을 켰다. 그러자 곧장 메시지가 떴다.

[독일에서 프랑스로의 통화 및 메시지를 무료로 제공합니다.]

기대하던 이안이 아니라 핸드폰과 연계된 인터넷 회사의 자동 메시지였다.

"하긴 진료하느라 바쁠 테니까."

진료 시간에는 사적인 연락을 하지 않는다는 게 이안다웠다. 그런 모습이 더 섹시하기도 하고.

[방금 프랑크푸르트 공항에 착륙했어요. :)]

메시지를 보낸 시은은 보딩 패스를 꺼내 게이트를 확인했다.

"리옹 생텍쥐페리, 게이트 G23."

손에 든 보딩 패스 속 게이트와 게시판에 실시간으로 뜬 게이트가 달랐다. 다행히 출발 시간은 변동이 없었다.

프랑크푸르트에서 리옹까지 1시간 20분. 공항에서 파르디외 기차역까지 고속 트램으로 30분, 그리고 기차역에서 택시를 타고 이안의 진료실까지 10분. 이안을 만날 수 있는 가장 빠른 루트다.

고속 트램이 갑자기 고장 난다거나 차가 엄청 막힌다거나 하는 변수가 없다면 1시 30분쯤에는 이안을 만날 수 있다. 파리가 아닌 프랑크푸르트를 경유한 덕분에 한 시간가량 비행시간이 단축되었다. 게다가 기내용 캐리어만 가지고 온 덕분에 짐 찾느라 시간을 허비하지 않아도 된다.

"리옹 공항까지 마중 나와 주면 더 좋았겠지만."

오후 진료 때문에 공항까지 나오는 건 힘들다는 걸 알고 있다. 서운함보다는 조금이라도 더 빨리 보고 싶어서 나온 투정이었다.

리옹행 게이트는 한적했다. 유럽 연합 국가의 도시 간 이동은 국내선처럼 수속 절차가 심플해 미리부터 와서 기다리는 승객이 드물기 때문이었다. 시은은 기내용 캐리어를 끌고 게이트 주변을 구경했다. 하지만 장시간의 비행에 피곤해 다시 게이트로 돌아와서는 벽면에 등을 기대고 섰다. 열 시간 넘게 앉아 있었더니 다리가 좀 부었다. 다시 한 시간 좀 넘게 비행기를 타야 하니 서 있는 게 혈액 순환에 도움이 될 거다.

"시간 엄청 안 간다."

시은은 이안에게 또 메시지를 보냈다.

[비행기에 보딩 브리지 연결하고 있어요. 좀 있음 탑승할 것 같아요.]

사무용이 아닌, 개인용 폰으로 보내는 거라 오전 진료를 마칠 때까지는 답장이 없을 테지만 그래도 부지런히 말을 걸었다.

[차 엄청 막히지 않으면 1시 30분쯤에는 진료실에 도착할 수 있을 것 같아요. 그럼 잠깐이라도 얼굴 볼 수 있겠다. 이안 씨 점심시간이 길어서 너무 좋아. :)]

아직 읽지 않은 메시지에 새로운 메시지를 차곡차곡 쌓아 가던 때였다. 누군가 바로 옆에 와서 섰다. 팔이 닿듯이 스쳤다. 키가 큰 남자라는 게 느껴졌다.

이렇게 가까이 붙어 설 건 뭐야.

빈 공간도 많은데, 굳이 바로 옆으로 와 은근히 붙어 서는 사람들이 있다. 그리고 경험상 그런 남자들은 혼자 여행 왔냐, 어느 나라 사람이냐, 커피 한잔하자, 뻔하디뻔한 수작을 걸고 정중한 거절에도 귀찮게 군다. 그리고 그런 귀찮음을 견뎌 내기에는 장거리 여행의 여파가 심했다.

미간을 접은 시은이 티 나지 않게 슬금슬금 움직여 남자와 공간을 두었다. 그러면서도 이안에게 메시지를 보내는 걸 멈추지 않았다. 분주히 문장을 만들던 시은이 활짝 웃었다.

"읽었다!"

프랑크푸르트에 도착하고서부터 이안에게 전송했던 메시지에 읽음 표시가 순차적으로 뜨기 시작했다.

[방금 프랑크푸르트 공항에 착륙했어요.]

[게이트 도착.]

[진료 잘하고 있어요?]

[이제 세 시간만 있으면 만난다. 신난다. :)]

[이안 씨가 오빠 바람둥이처럼 보인다고 했었잖아요. 근데 오빠도 이안 씨 사진 보고 똑같은 얘기한 거 알아요? 금욕적인 분위기 가진 남자들이 오히려 속은 더 음흉하다나 뭐라나. 서로에 대한 인상이 비슷한 거 보면 이안 씨랑 오빠 의외로 잘 맞을지도 모르겠어요.]

마지막 문장까지 읽음 표시가 떴다. 하지만 날아오는 메시지는 없었다.

"뭐야, 아무리 바빠도 보고 싶었다는 말 정도는 해 줄 수 있잖아."

시은은 삐죽 입술을 내밀었다. 그러고선 '눈에서 멀어지면 마음도 멀어진다더니' 라는 문장을 분주히 만들고 있을 때였다. 옆에 선 남자와 또 팔이 닿았다.

시은은 속으로 한숨을 쉬며 캐리어 손잡이를 잡고는 아예 다른 곳으로 가려고 발을 내디뎠다.

"한 번을 안 봐 주네."

"……!"

시은이 휙 고개를 돌렸다. 인천 공항에서 비행기에 오르기 전 영상으로 봤던 이안이 눈앞에 있었다. 멍한 얼굴로 바라보던 시은이 이안의 목에 팔을 감고는 와락 안겨 들었다.

달려드는 기세에 휘청하던 이안이 웃음을 터트렸다. 시은이 무사히 자신의 품 안으로 돌아왔다. 영상으로는 전해지지 않던 시은의 체

취와 체온을 품었다. 안도의 숨을 내쉰 이안이 시은의 이마와 콧등,
볼 그리고 입술에 자잘한 입맞춤을 남겼다. 커다란 손으로 얼굴을 감
싸고는 뭉갤 듯이 입술을 꾹 눌렀다.

"왜 온다고 얘기 안 해 줬어요?"

"놀라는 모습 보고 싶어서."

시은이 눈을 크게 떠 보았다.

"진짜로 놀랐다고요."

이안이 눈꼬리를 접으며 머리를 쓰다듬었다. 시은은 기내에서 자
느라 헝클어졌을 머리가 뒤늦게 신경 쓰였다.

"잠 설친 바람에 비행기 안에서 계속 잤어요. 엉망이죠?"

"엉망인데도 예쁜데."

눈동자가 보이지 않을 만큼 눈웃음을 짓던 시은이 물었다.

"왜 여기 있어요? 진료는요? 언제 온 거예요?"

"비행기에서 내리자마자 달려왔고, 오늘부터 2주간 휴가."

"정말요? 신난다!"

이안이 또 웃었다.

웃는 이안을 홀린 듯 올려다보던 시은이 재회의 반가움을 잠시 누
르고 그의 안색을 살폈다. 영상 통화로 보던 것보다 조금 더 날카로운
분위기였다. 시은이 한국에 있는 동안 혹시나 사고가 나지는 않을까
불면의 밤을 보냈다는 걸 짐작할 수 있었다.

시은은 목울대를 넘어오려는 안쓰러움을 꾹 눌렀다. 이제는 떨어

질 일이 없었다.

"진짜 너무 보고 싶었어요."

"나만큼은 아닐 건데."

— 루프트한자 리옹행 탑승이 곧 시작되겠습니다.

안내 방송이 나오자 사람들이 하나둘 모여들기 시작했다. 이안은 큰 손으로 시은의 손을 꽉 잡고서 그녀의 캐리어를 끌었다.

카운터의 지상직 승무원에게 다가간 이안이 시은에게 말했다.

"보딩 패스 줘 봐요."

"왜요?"

의아하게 물으며 이안에게 건네자 이안은 그걸 지상직 승무원에게 보여 주었다.

『이 승객 리옹행 탑승 취소합니다.』

『아, 그러세요.』

승무원이 재빨리 전산 기록을 체크했다.

『화물로 보내는 짐은 없으시군요.』

짐이라고는 기내용 캐리어밖에 없어 취소 절차는 간편했다.

어리둥절한 얼굴로 두 사람의 대화를 듣던 시은이 물었다.

"왜요, 왜 취소했어요? 우리 리옹 안 가요?"

이안은 시은의 손을 잡고 반대편 게이트로 이동하며 그녀의 궁금 증을 풀어 주었다.

"목적지가 바뀌었어요."

"어디로요?"

"몽블랑."

"몽블랑?"

"눈 좋아한다면서요. 2주 내내 실컷 눈밭 보고 오죠. 가는 길에 제네바도 잠시 들르고. 눈 쌓인 제네바 보고 싶다고 했잖아요."

"이것 때문에 꼭 기내용 캐리어만 가지고 오라고 했던 거였어요? 난 짐 찾느라 시간 걸려서 점심 같이 못 먹을까 봐 그런 줄 알았다고요."

두 사람을 태우고 갈 비행기가 보였다.

"갑자기 목적지가 바뀌어서 당황했어요?"

"아뇨, 엄청 흥분했어요."

시은이 눈동자를 빛내며 대답했다.

이안이 기대하던 반응이었다.

두 사람은 다정히 손을 잡고서 보딩 브리지를 걸었다.

「눈 오네.」

누군가 중얼거렸다. 투명한 유리 너머로 굵은 눈송이가 하나둘 나풀나풀 내리더니 한순간에 쏟아졌다. 그러자 여행객들의 시선이 모두 창문으로 쏠렸다.

한바탕 뿌리는 소낙비 같은 함박눈에 누군가는 비행을 걱정했다. 하지만 시은은 눈송이 하나 무게만큼의 걱정도 없었다. 무거운 회색 구름 너머에는 파란 하늘과 눈부신 태양이 있다는 걸 알기 때문이었다.

"올해 처음 보는 눈이에요. 첫눈이 함박눈이라니 근사하죠?"

이안은 대꾸가 없었다. 까만 활주로에 하얀 눈송이가 내리는 광경을 감상하던 시은이 뒤늦게 이안의 시선을 알아챘다. 유리창에 비친 이안은 함박눈이 아니라 그녀를 보고 있었다. 주변의 소란에도 세상에 오직 시은만이 존재하는 것 같은 눈을 하고서였다.

깊은 감정을 담은 눈동자를 말없이 마주하던 시은이 환하게 웃어 보였다. 그러자 유리 속 이안도 시은을 따라 같은 표정을 지었다.

비행기 한 대가 날아올랐다. 하강하는 비행기도 보였다. 저 비행기를 채운 승객들 중에는 생각지도 못한 곳으로 향하는 사람들이 있을 거다. 급하게 리옹이라는 곳의 정보를 찾아야 했던 그녀처럼.

시은은 이안의 손을 잡고 리옹에서 제네바로 목적지가 바뀌어 버린 비행기에 발을 디뎠다. 삶은 예측 불가한 일들이 산발적으로 일어나는 여행과 닮았다. 이안과 함께하는 날들도 그러하겠지.

때로는 불안정한 기류에 흔들릴 때도 있을 테지만, 후진이 없는 비행기처럼 앞으로 나아갈 거다. 시은은 기대와 흥분이 가득할 여정을 함께 떠나는 이안을 바라보았다. 미소를 지은 이안이 잡은 손에 힘을 주었다.

바퀴가 지면을 떴다. 새로운 모험을 향해 힘 있게 날아올랐다.

시은이 상기된 얼굴로 이안에게 말했다.

「준비 다 했어요.」

「신분증.」

「챙겼어요.」

「긴장돼요?」

「조금요.」

「잘할 거예요. 실전에 강하잖아. 가죠.」

시은을 차에 태운 이안은 프랑스어 회화 능력 시험이 진행되는 장소로 출발했다.

시험 시간에 늦지 않게 도착하자 건물 앞에 다양한 국적의 외국인들이 보였다. 그중 차에서 내리는 시은을 알아본 어학원 동기들이 손을 들어 알은체를 해 왔다.

마주 손을 흔들어 인사한 시은이 이안을 돌아보았다.

「태워다 줘서 고마워요. 이따 봐요.」

시은이 집에서 나올 때보다 더 긴장했다는 걸 눈치챈 이안은 다시 차에 타는 대신 시은의 얼굴을 잡고는 눈을 맞췄다.

「왜 이렇게 긴장했어요.」

「그러게요. 시험 성적이 대학원 서류에 반영된다고 생각하니까 그런가 봐요.」

「스파이도 겁 없이 미행할 만큼 간 크잖아. 어깨에서 힘 풀어요. 심호흡하고.」

이안이 다정한 손길로 경직된 어깨를 부드럽게 쓸었다. 시은은 처방전을 따르는 것처럼 어깨에서 힘을 빼고 심호흡도 했다. 그러자 떨리던 마음이 조금 진정되는 것 같았다.

「평소처럼, 나하고 대화하는 것처럼 해요.」

「그래 볼게요.」

「앞에 앉은 심사관이 나라고 생각하면 좀 도움이 될 거예요.」

「어, 그건 불가능할 것 같은데.」

「왜?」

「이안 씨처럼 잘생겼을 리가 없으니까요.」

이안이 피식 웃었다.

「농담하는 거 보니까 긴장 좀 풀렸나 보네. 」

「그런 것 같아요.」

「잘하고 와요. 점심 맛있는 거 사 줄 테니까.」

「알겠어요. 이제 가 봐요. 진료 늦겠어요.」

씩씩한 미소를 지어 보이는 시은에게 부드럽게 입을 맞춘 이안이 차에 올라타자 시은은 손을 흔들고는 시험장을 향해 발걸음을 틀었다. 프랑스에서 교사가 되기 위해 필요한 첫걸음이었다.

시험관을 이안이라고 생각하는 건 불가능했지만 심호흡으로 긴장을 풀고는 시험관과 마주하고 앉았다.

잠시 뒤 시험장을 빠져나오는 시은의 걸음이 가벼웠다. 걱정과 달리 단어를 찾아 머뭇거리거나 질문을 알아듣지 못해 엉뚱한 대답을 하지는 않았다. 이 표현 말고 다른 표현을 써 볼걸 하는 후회는 있었지만 원하는 정도의 성적이 나올 것 같았다.

「내일 봐.」

어학 연수원 동기들과 인사를 한 시은은 테트 도르 공원 방향의 버스에 승차했다.

버스가 이안의 진료실로 이어지는 도로 앞을 지나자 고개가 자연스레 그쪽으로 향했다. 환자를 검진하고 있을 이안을 떠올리며 미소를 짓는 사이 집 앞 정류장에 도착했다.

엘리베이터에서 내리며 가방에서 이안의 집 열쇠를 꺼내 현관문을 연 시은은 집 안으로 들어가자마자 소파에 드러눕듯 뻗었다. 오랜만에 입시생처럼 공부를 하고 시험을 치른 여파가 뒤늦게 밀려왔다.

한동안 그러고 있다 혹시나 싶어 핸드폰을 집자 이안에게서 메시지가 와 있었다.

[집에 도착했어요? 달콤한 거 먹으면서 쉬어요. 쉬다가 기운 나면 수영하는 거 어때요? 물에서 노는 거 좋아하잖아. 수영장 갈 거면 메시지 줘요. 오전 진료 끝나고 합류할 테니까.]

시은은 얼른 답장을 작성했다.

[좀 전에 도착했고, 안 그래도 커피랑 디저트 먹으려고 했어요. 진료 잘하고 우리 수영장에서 만나요.]

문자를 보내고는 몸을 일으켜 냉장고에서 밀푀유를 꺼냈다. 시은이 직접 입에 넣어 줄 때에만 한 입 맛볼 뿐 여전히 단건 질색하는 이안이 사다 준 페이스트리였다.

달달한 설탕으로 기운을 얻은 시은은 가방에 수영복을 챙겨 다시 집을 나와 자전거 주차장으로 향했다. 줄지어 서 있는 자전거들 중에 그녀의 자전거가 제일 예뻤다. 이안이 성능이 뛰어난 모델 몇 개를 추렸고 그중 마음에 드는 디자인으로 시은이 고른 이안의 선물이었다.

시은은 야외 수영장을 향해 페달을 밟으며 미소 지었다. 이 자전거를 선물받던 때가 떠올라서였다.

― *자전거 도착했어요.*

'어디 있어요?'

— 자전거 주차장.

'지금 내려갈게요.'

주차장에 도착한 시은이 자전거를 보고는 걸음을 멈췄다. 함께 고른 자전거였다. 예쁜 크림색 몸체에 바구니가 달린. 그런데 자전거의 핸들 바에 솜사탕 같은 핑크색 리본이 묶여 있었다. 자전거와 이안을 번갈아 바라보던 시은이 눈을 빛내며 물었다.

'이거 이안 씨가 직접 단 거예요? 나 지금 엄청 감동받은 거 알아요?'

자전거를 선물한다고 했을 때보다 더한 반응에 이안이 어이가 없다는 듯 웃었다.

'자전거보다 리본이 더 마음에 들어요?'

'이안 씨 선물할 때 포장 같은 거 신경 안 쓰잖아요. 리본 달아 준 선물은 처음이란 말이에요.'

'그야 다른 것들은 구입한 곳에서 포장해 주니까.'

일부러 그러나 싶게 무정한 대꾸에 시은이 새침한 표정으로 눈을 흘기자 이런 반응을 원했다는 듯 이안이 웃으며 시은의 볼을 톡 건드렸다.

'근데 달달한 거 질색하면서 리본까지 달아 주다가 알레르기 생기는 거 아니에요?'

'달달한 사람이랑 같이 지내다 보니 면역 시스템이 생긴 것 같은데.'

그의 대답에 시은의 눈동자가 장난기로 반짝이자 이안이 진지한

어조로 덧붙였다.

'그렇다고 한 입 이상 먹여 주면서 시험해 보지 말아요.'

'음…….'

장난꾸러기 같은 표정으로 약속을 하지 않자 이안이 웃으며 고개를 흔들었다. 그러자 시은이 이안에게로 한발 다가서며 발꿈치를 들었다.

'근사한 선물 고마워요.'

시은이 먼저 다가와 입을 맞출 때면 그러듯 이안의 눈동자가 행복으로 차올랐다.

그때의 이안을 닮은 미소를 지은 채 시은은 페달을 밟아 나갔다. 이안의 진료실로 이어지는 도로를 지나자 기요티에르 다리가 보였다. 다리 앞 작은 회전목마를 타려고 아이들이 줄지어 서 있었다. 시리도록 강한 햇살에 모자와 선글라스를 쓰고 얌전히 차례가 오기를 기다리는 귀여운 모습에 행인들의 입가에 미소가 스쳤다.

다리를 지나자 강변 야외 수영장이 보였다. 수영을 즐기기에 좋은 날씨였지만 주중이라 붐비지 않았다.

야외 수영장으로 들어가 수영복으로 갈아입은 시은은 수영장 가장자리에 걸터앉아 물에 발을 담갔다. 종아리를 간질이는 물결을 즐기다 미끄러지듯이 물속으로 들어갔다.

물이 피부를 감싸는 감촉을 즐기며 자유형으로 수영장을 한번 왕복하고는 몸을 돌려 물 위에 누웠다. 발과 손만 까딱까딱 움직이며 바다 같은 하늘을 감상했다. 흰 선을 그으며 지나는 비행기가 마치 바다를 가로지르는 요트 같아 보이는 착각을 일으켰다.

수영장으로 들어선 이안이 눈이 부셔 가늘게 눈매를 접었다. 물결이 햇빛을 반사했다. 물비늘이 보석처럼 반짝이는 가운데 시은이 있었다.

배영으로 물과 하늘을 동시에 즐기던 시은이 갑자기 허리를 감아오는 손길에 깜짝 놀라자 이안이 물을 먹지 않도록 바로 서는 걸 도와주었다.

수영장에 온 지 30분 정도밖에 지나지 않은 것 같은데 눈앞에 이안이 있었다.

"맛있는 거 먹고 잘 쉬었어요?"

"……."

"왜 미운 사람 보듯 노려보지? 내가 뭐 잘못했어요?"

"이제야 한국어 써 주고. 진짜 독해. 하긴 그렇게 독하니까 의대 수업도 견뎠겠지만."

"회화 시험 잘 보고 싶다고 해서 도와준 건데, 잘 도와줬다고 미워하다니 너무한데."

"생각 안 나서 한국어 썼는데도 꼬박꼬박 프랑스어로 답해 줄 건 뭐냐고요. 그래도 덕분에 근사한 점수 받을 것 같아요. 틈만 나면 꾀부리고 힘들다고 투정 부렸는데 잘 참아 줘서 고마워요."

시은이 민망한 듯 콧잔등을 찡그렸다.

"말하다 보니까 나 이안 씨한테 엄청 떼썼다는 거 알겠다. 미안해요."

"떼쓰는 모습이 귀엽게 보여서 나도 좀 당황했어요. 시은 씨 닮은 아이가 떼쓰면 꼼짝 못 하고 응석받아 주는 나쁜 아빠가 되면 어쩌나 좀 걱정됐거든."

"걱정 말아요. 내가 엄하게 할 테니까요."

믿기지 않는다는 표정을 지어 보이는 이안에게 야외 수영장에 와 신이 난 시은이 제안했다.

"점심 먹으러 가기 전에 우리 수영 내기 할래요? 대신 실력 차 감안해서 이안 씨는 배영, 난 자유형으로요. 배영하면서 팔은 쓰지 말고 물장구만 쳐요."

"제약이 너무 많은데. 그렇게까지 해서 이기고 싶어요?"

"체력 차이, 실력 차이 고려한 공정한 룰이라고요. 그럼 셋 하면 출발해요."

시은이 시합에 앞서 준비 운동을 하듯이 발끝으로 수영장 바닥을 톡톡 차고 올랐다. 그러자 가슴이 물 위로 나왔다가 사라지기를 반복했다. 이안의 눈길이 물이 흘러내리는 가슴을 향하자 시은이 들었던 발꿈치를 천천히 내렸다.

그러곤 손가락에 물을 적셔 이안의 얼굴에 뿌렸다.

"그렇게 보지 말아요."

"먼저 유혹한 게 누군데."

이안이 얄밉다는 듯 흘겨보는 시은을 부드럽게 당겨 안았다. 맨살이 빈틈없이 밀착했다. 이안과 몸을 맞대고서 그를 바라보던 시은이 문득 고백처럼 내뱉었다.

"있잖아요. 나 배고파요."

거짓말이 아니라는 듯 시은의 배에서 난 꼬르륵 소리가 그의 배를 울렸다. 그러자 이안이 웃음을 터트렸다. 햇살을 반사하는 물비늘처럼 눈부신 웃음이었다.

일기 예보는 예년보다 더운 여름에 연일 주의를 당부하고 있었다. 예보가 틀리지 않다는 걸 말해 주듯 머리카락을 쓸고 가는 바람이 미지근했다.

발코니의 어닝을 펼쳐 놓아 해먹에는 햇살이 닿지 않았다. 하지만 한여름의 강렬한 햇살은 발코니 바닥에 반사된 빛만으로도 눈이 부셨다. 갈증이 인 시은이 실눈을 뜨고서 아이스커피가 담긴 유리잔을 향해 손을 뻗었다. 얼음을 잔뜩 넣은 유리잔 표면에 송골송골 맺힌 물방울이 유혹적이었다.

그런데 잔이 놓인 테이블까지의 거리가 팔 길이보다 멀었다.

조금만 더, 조금만 더. 상체를 일으키며 손을 뻗는 순간 해먹이 살짝 흔들렸다. 뒤집히는 건 아닌가 싶어 순간적으로 당황한 시은이 허둥거렸다. 그러자 포켓 사이즈의 페이퍼백을 읽던 이안이 팔을 뻗어 시은이 원하는 걸 집어 건넸다.

"고마워요."

시원하게 음료를 들이킨 시은이 얼음도 한 조각 입 안에 물었다.

"이안 씨도 먹을래요?"

"아니. 다 마셨어요?"

"네."

그러자 시은의 손에서 컵을 가져간 이안이 얼음만 남은 유리잔을 테이블에 놓았다. 그리고 다시 팔베개를 해 주었다.

"내가 없을 때는 다리 내려서 바닥에 발 짚은 후에 집어요. 그러다가 해먹 뒤집히면 골절상 입을 수도 있어요."

"혼자 있을 때는 안 그래요. 이안 씨가 있으니까 안심하고 그런 거지."

대꾸한 시은이 차가운 얼음에 볼 안쪽 살이 얼얼해 오자 얼음을 반대편으로 옮겼다.

"근데 올여름은 예년보다 훨씬 더울 거라더니 작년이랑 확실히 다르다, 그죠? 30도 넘는 날도 꽤 있을 거고 열대야도 예고하던데. 그래도 이제 한 주만 더 견디면 더블린에서 지낼 거니까 별로 걱정 안 돼요. 이안 씨 휴가가 길어서 너무 좋아."

다음 주부터 3주간의 여름휴가를 더블린에서 보낼 계획이었다. 여행을 떠난다는 생각만으로 더위를 견딜 수 있었다.

책을 쥔 손을 배 위에 올리고 팔베개를 해 준 손으로 시은의 머리카락을 만지작거리며 그녀의 목소리에 귀를 기울이던 이안이 물었다.

"부모님은 강원도 숙소 알아본다고 하시더니. 예약하셨다고 해요?"

"저번 주에 통화했을 때 아직 못 했다고 그러던데요. 동해나 강릉처럼 바다 근처 도시는 서울처럼 덥거든요. 그래서 평창이나 영월 쪽으로 숙소 알아보는데, 마음에 드는 곳은 예약이 꽉 찼고 자리가 있는 곳은 마음에 안 들고 그런가 봐요."

"부모님 초대해서 같이 휴가 보낼까요?"

"네?"

이안의 제안에 시은이 놀라 발딱 일어나 앉자 해먹이 흔들렸다. 그러자 이안이 한 발을 내려 균형을 잡았다.

"어머님이 시은 씨처럼 에어컨 바람 싫어해서 여름 많이 힘들어하신다면서요. 더블린 숙소에 침실도 여유 있으니까 두 분 오셔도 지내시기 불편하지 않으실 거고. 장거리 비행 힘드실 텐데 오시는 김에 결혼식 때까지 계시는 것도 나쁘지 않을 것 같은데, 시은 씨 생각은 어때요?"

"정말요? 안 그래도 더블린 8월 평균 최고 기온이 20도라고 얘기하니까 깜짝 놀라더라고요. 휴가 같이 보내자고 하면 엄청 좋아하겠다. 잠깐, 몇 시지?"

흥분한 시은이 해먹에서 발딱 일어나자 이안이 얼른 바닥을 짚은 다리에 힘을 주어 해먹이 뒤집히지 않도록 했다.

이안이 아이처럼 흥분해서 거실로 달려 들어가는 시은을 사랑스러운 눈으로 바라보았다.

얼른 수화기를 들고나온 시은이 해먹에 앉아 이안의 품에 비스듬히 등을 기대고서는 전화를 걸었다. 이안은 들뜬 시은이 또다시 마구 움직일까 봐 시은의 허리에 단단히 팔을 감아 안았다.

— 응, 시은이니? 거긴 2시지? 점심 먹었겠네. 날씨 보니까 거기도 오늘 덥던데, 뭐 해 먹었어?

"월남쌈. 엄마, 강원도 펜션 예약했어?"

— 영 마음에 드는 게 없어서 아직이야. 그래도 점점 더 더워지니까 개중 낫다 싶은 곳으로 가야지 뭐.

"그럼 여기 와서 우리랑 같이 여름휴가 보내는 거 어때?"

— 너희랑 같이? 더블린에서?

"응, 이안 씨가 부모님 초대하는 거 어떠냐고 해서 물어보러 전화 건 거야."

— 유진 서방이 그러자고 해?

이안이 시은에게 수화기를 건네 달라는 듯 손을 내밀었다.

"안녕하세요, 어머님. 이안입니다."

— 아유, 그래. 잘 지냈어요?

"네. 어머님 아버님과 함께 더블린 오시면 좋겠다 싶어서요. 오시는 김에 저희 집에서 지내시면서 결혼식까지 보고 가시면 시은 씨도 저도 부모님 오래 뵐 수 있고요."

— 아유, 그러면 우리야 좋긴 한데. 결혼식이 11월인데, 그때까지 있어도 되겠어요?

"그래 주시면 저희가 더 감사하죠. 그럼 그렇게 알고 지금 비행기 표 알아보고 가장 빠른 날짜로 예약하겠습니다. 그동안 건강하시고 요. 곧 뵙겠습니다."

— 그래요, 그때까지 두 사람도 건강하고 행복하게 잘 지내요.

이안에게 찰싹 붙어서 엄마 목소리를 같이 듣고 있던 시은이 수화기를 다시 건네받고는 엄마를 놀렸다.

"엄만 이안 씨랑만 통화하면 고장 나 버리는 거 알아? 벌써 두 번이나 만나 봤잖아. 그것도 잠깐 얼굴만 보는 것도 아니고 몇 주씩 같이 지내다 갔으면서, 아직도 어색해?"

— 어색하기보다 예의를 지키는 거지.

"난 엄마가 이안 씨한테 '유진 서방'이라고 할 때마다 너무 웃겨."

— 아니, 그럼 곧 사위 될 사람을 뭐라고 불러. 하여튼 별게 다 웃기지.

딸의 놀림에 엄마가 핀잔을 주는 소리가 들렸다.

이안은 모녀의 다정한 대화를 들으며 핸드폰을 집어 가장 빠른 더블린행 비행기표를 검색했다. 인천에서 더블린까지의 직항은 없었다. 이안은 그중 암스테르담을 경유하는, 비행시간이 가장 짧은 네덜란드

항공을 선택했다. 타 항공사들과 한 시간 차이지만 장거리 비행에서는 한 시간만 줄어도 반갑다. 특히나 부모님 나이대에는.

이안은 시은에게 예약한 비행기의 스케줄을 보여 주었다. 그러자 시은이 엄마에게 출발 날짜를 알려 주고는 덧붙였다.

"메일로 비행기 티켓 보내 줄 테니까 아빠랑 같이 스케줄 확인해요."

— 아빠 깜짝 놀라시겠다. 예비 사위 덕분에 시원한 여름 보내겠네. 네 약혼자한테 고맙다고 전해 줘. 지난번에 보니까 진미채랑 쥐포 같은 건어물류 좋아하던데, 챙겨 가야겠다. 먹고 싶은 거나 필요한 거 있으면 가져갈 테니까 얘기해.

"엄마, 그럼 소고기 육포. 이안 씨 친구들 초대했을 때 술안주로 반응 엄청 좋았어. 선물하게 좀 많이 갖고 와 줘요. 응, 또 전화할게요."

통화를 마친 시은이 이안을 뚫어져라 쳐다봤다. 그러자 이안이 이유를 묻듯 한쪽 눈썹을 밀어 올렸다.

"고마워요. 난 생각도 못 했는데."

"무슨 말을 하려나 했네."

"근데 괜찮겠어요?"

"뭐가요?"

"결혼식까지 계시면 3개월을 같이 지내는 거잖아요."

"안 괜찮을 게 있어요? 처음도 아니고."

"그때는 한 달이었잖아요. 같이 살 때는 몰랐는데, 오랜만에 만나니까 엄마 아빠 은근히 잔소리 많다는 거 새삼 알겠더라고요. 특히나 엄마. 그래서 나중에는 내가 좀 투덜거렸잖아요. 기억 안 나요?"

"멀리 떨어져 사니까 걱정되셔서 그러시는 거라고 이해되는 정도 던데. 그리고 나한테는 잔소리 안 하시잖아요."

"조심하시는 거죠. 예비 사위인 데다 이안 씨 안 시간이 얼마 되지 않으니까."

"그런 거였어요? 그럼 나한테 잔소리하시는 걸 편해진 척도로 삼으면 되겠구나. 언제쯤 어떤 잔소리를 하실지 기대되는데요."

이안이 그런 결론을 도출하자 시은이 좀 당황했다. 3개월은 짧지 않은 시간이고, 부모님은 나이가 들수록 걱정에 가까운 잔소리가 늘었다. 혹시라도 부모님의 잔소리로 이안이 불편해하는 일이 생기지 않을까 염려해서 한 말인데.

"아니, 꼭 그렇게 생각할 건 아니죠. 잔소리 안 하셔도 친해지지 않아서라고 오해하지 말아요. 이안 씨가 잔소리가 필요 없는 모범 사위라는 뜻일 테니까."

그러자 이안이 새로운 사실을 알았다는 표정을 했다.

"내 기억으로는 시은 씨도 나한테 잔소리를 한 적이 없는데. 그렇다는 건 내가 모범 피앙세라는 뜻?"

진지하던 시은의 얼굴이 금세 장난스럽게 변했다.

"아니, 그렇다기보다는 내가 착한 피앙세죠. 소소한 것들은 눈감아주고 있거든요."

"소소한 거 뭐?"

"이를테면 아침 식사로 커피만 마시는 거. 의사들이 더 건강 안 챙긴다는 말 있던데, 아침 식사 패턴 보면 진짜 그래."

"그래도 시은 씨가 주면 두 입은 받아먹잖아요. 또?"

"말하면 반박할 거면서."

"안 그럴 테니까 말해 봐요."

시은은 삐죽 입술을 내밀었다. 잠시 기다리던 이안이 씩 웃었다.

"할 게 없구나."

"……."

그렇긴 했다. 겨우 두 조각이지만 오랜 식습관을 바꾸는 게 힘들다는 건 달달한 걸 끊지 못하는 자신이 잘 알고 있었다. 두 조각도 큰 노력이었다. 청바지에 티셔츠를 편해하면서도 그녀가 코디해 주는 대로 입어 주는 무난한 성격이기도 하고.

"생각할 시간 필요하니까, 이안 씨도 내가 고쳤으면 좋겠다는 거 말해 줘요."

"말할 게 없는데."

"뭐야, 그렇게 말하면 내가 미안해지잖아요."

"그러라고 한 거니까."

"뭐예요."

투덜거리는 입술에 가볍게 입을 맞춘 이안이 시은을 불렀다.

"시은 씨."

"왜요?"

"부모님 한국으로 귀국하실 때 우리도 같이 한국 잠깐 다녀올까요? 시은 씨 친구들도 만나고, 어때요?"

"……."

시은은 코끝이 시큰해져 와 금방 대답이 나오지 않았다. 언젠가 이안이 부모님을 한국에 모시는 게 옳은 것 같다는 말을 한 적이 있었다. 상처의 깊이를 알고 있기에 그 언젠가는 꽤 오랜 시간이 흐른 후 찾아올 줄 알았다. 이안의 상처와 트라우마가 조금씩 휘발되어 완전히 치유되는 날이 오기를 바랐던 시은의 눈동자가 젖어 들었다. 시은은 햇살에 눈이 부신 것처럼 눈을 가늘게 접어 눈물을 감추고는 환하게 웃었다.

"너무 근사한 생각이에요."

이안이 마주 웃으며 시은을 품에 안았다. 시은은 그의 목덜미에 얼굴을 묻고는 손을 잡았다. 이안이 발로 바닥을 밀었다. 해먹이 그네처럼 느릿하게 흔들렸다. 기분 좋은 반동에 두 사람은 서로의 눈을 마주하고는 미소를 지었다. 해먹이 잔잔히 흔들렸다 멈추기를 반복했다. 엄마의 품 안처럼 포근한 해먹 속에서 둘은 눈을 감고 여름낮의 평화로움을 즐겼다. 함께하는 일상의 풍경이었다.

-Fin

리옹 불시착

Lyon, attérrissage d'urgence

1판 1쇄 찍음 2023년 11월 3일
1판 1쇄 펴냄 2023년 11월 10일

지은이 | 미요나
펴낸이 | 정 필
펴낸곳 | (주)뺄미디어

기획·편집 | 이경순, 정보림
표지·디자인 | 우 물

출판등록 | 2002년 9월 11일 (제1081-1-132호)
주소 | 경기도 부천시 원미구 소향로17, 303(두성프라자)
전화 | 032)651-6513 팩스 | 032)651-6094
E-mail | dahyangs@naver.com
블로그 | http://blog.naver.com/dahyangs
비북스 | http://b-books.co.kr

값 9,000원

ISBN 979-11-6973-870-5 03810